URAKAGYOTENSEI

裏稼業転生

～元極道が家族の為に領地発展させますが何か？～

3

Presented by
西の果てのぺろ。
Illust. riritto

TOブックス

Contents

目次

URAKAGYOTENSEI

~Motogokudo ga kazoku no tameni ryochihatten sasemasuga nanika?~

Illust. riritto
Cover Design AFTERGLOW

Character
人物紹介

リーン

リューの従者のエルフ。
リューの両親とは古い友人。
元気で好奇心が強く、
戦闘力も高い。

リュー

《ゴクドー》スキルを持つ元極道の
心優しい少年。騎士爵家の三男。
前世で家族に恵まれなかった分、
転生後は、家族の為に
領地経営に励んでいる。

ハンナ

リューの妹。
賢者スキルを持っている。
要領が良く、
好奇心が強い。

ファーザ

リューの父。
領地を治める領主。
剣技が優れている。
お金はどんぶり勘定。

セシル

リューの母。
治癒士兼魔法使い。
普段優しいが怒ると怖い。

カミーザ

リューの祖父。
かつては凄腕の冒険者だった。
今もその実力は健在。

ケイ

リューの祖母。
カミーザと共に悠々自適な
老後生活を送っている。

タウロ

リューの兄で長男。
『騎士』のスキル持ち。

ジーロ

リューの兄で次男。
『僧侶戦士』のスキル持ち。

序章

リュー・ミナトミュラー騎士爵家の新体制での船出がなされることになった。

もちろん、表と裏のトップはリューが務める。

ナンバー2はリーン。

この時点で、事情を知らない者は女子供がてっぺんで良いのか!? と、心配になるところだが、そこに付き従うのは、誰もが納得の顔ぶれである。

表の組織であるミナトミュラー商会の実務を担当するのはランスキー。

裏の竜星組の母体となるイル・カモネとルッチの元手下達をまとめるのはマルコになる。

最初、ルッチの元手下達の一部は、マルコとその手下を最弱と馬鹿にしていたマイスタの住民ではない連中だったので、従う事を良しとしなかったが、ルッチの元手下にはマイスタの住民も多く、そこが中心となって鉄拳制裁を行うとその雰囲気は一変した。

元々、マイスタの街の住民である手下達の強さは確かであったが、ルッチの無理難題に難色を示して素直に従わないから敬遠され、ルッチのグループでは隅っこに追いやられていただけだったのだ。

だから、そこを中心に戻すと他の連中も強いものに従うのがこの裏社会のルールである、まとまるのも早かった。

マルコはこうして、『闇組織』解体後、突然現れた裏社会の新たな最大勢力『竜星組』の中心幹部として組織を任される事になったのであった。

裏社会でも、新たな組織『竜星組』の名はすぐに広まった。

ただの小さなチンピラグループならすぐに大きなグループが潰して縄張りごと吸収してそれまでなのだが、『闇組織』程ではないにしろ、その『闇組織』で最大勢力だったルッチと同じ幹部であったマルコのグループが合わさった組織である。

抗争を繰り広げていた三連合と同等かそれより少し大きいくらいだ。

現在、そういう事で、最大勢力の『竜星組』を筆頭に、王都にはノストラが結成した『闇商会』、ルチーナが立ち上げた『闇夜会』と続き、三連合を形成した筆頭の『黒炎の羊』、抗争での痛手が大きく規模がかなり縮小された『月下狼』、『上弦の闇』と続く。

三連合はこのまま一つのグループになって他の組織に対抗すれば良さそうなものだが、同じ敵があったからこその連合だった。被害が大きかった『月下狼』と、『上弦の闇』はこのままだと『黒炎の羊』に吸収されかねないと危惧して、抗争終結を理由に連合はすぐ解体されたのだった。

そんなわけで、突然現れたリューが密かにトップを務める謎の組織『竜星組』は王都の裏社会にも幅を利かせる事になるのである。

マイスタの街の裏事情が解消されたリューは表の顔であるミナトミュラー商会の仕事を請け負う

為にランスキーが東奔西走していた。

まだ、ミナトミュラー商会は知名度ゼロである。

だから、まずは地元であるマイスタの街の家の建築を安く請け負う事から始めた。

その辺りは、マイスタの街で顔が広いランスキーであったので、営業は実を結び、次々に建築依頼が舞い込むようになってきた。

今は、こうした地道な実績作りが大事だろう。

リューは、ランスキーにその辺りは任せる事にするのであった。


裏の顔である竜星組の中心であるルッチの元手下達は農家が多い。

その者達を中心に違法薬物の原料になる『葉っぱ』を育てていたのだ。

そこで、リューはその『葉っぱ』を育てる技術を活かす事にした。

ルッチが運営していた畑の施設をそのまま、コヒン豆畑にする計画だ。

南東部のランドマーク領と違って環境が違うので普通に育てるのは難しいが、『葉っぱ』を育てる為に室温管理された平屋の大きな建物郡の施設と技術があるのでコヒン豆を育てるのも不可能ではないと判断したのだ。

平屋の天井は開閉式になっていて日中日差しを取り込むのも可能であり、十分な施設と言えた。

この施設はマイスタの街の北側の森にあるので、そことの出入りを出来るようにする為に北側の壁に穴を開け、門を作る事になった。

この作業は、表の顔であるミナトミュラー商会に任せた。

ついでに、その城門から北の森内の畑施設までの道も整備し、商会の実績作りにするのであった。

マイスタの街は、こうして街の稼ぎ手であった『闇組織』の解体で今後を心配されたが、すぐにその後の代わりとなる仕事が行われて住人達も一安心するのであった。

「ふー。ルッチが貯め込んでいた財産を投入して需要が生まれているから、街が活気づいてきたなぁ」

「王都でも仕事が取れるように、ランスキーが王都支店を作りたいって言っていたわよ」

リーンがランスキーの提案を相談してきた。

「うん、王都にはランドマークビルのような建物を造りたい商人やお金持ちは多いだろうからね。まずは実績作りで、王都に適当な土地を買ってビルを建て、そこからうちの技術を発信していこう」

リューはランスキーの案を採用すると、土建屋としての地位を築く為に頭を巡らせるのであった。


マイスタの街はランドマーク家の臣下の領地として、ランドマークビルで扱う商品の製造、開発で活気づき、そして、ランドマーク家の与力であり、下請けになるミナトミュラー騎士爵とその商会による建設工事により、貧困層にも日雇いの職が生まれ、街の生活水準が上がりつつあった。

「みんな、おはようございます。早速だけど、日雇いの人でも見込みのある人は、ツバ付けておいてね。土魔法を使える人、その素質がある人は、うちの土建業向きだから。それ以外でも働き手は必要だから、何か才があると感じたら報告して下さい」

リューは、ミナトミュラー商会の朝礼で、みんなに挨拶するとそう伝えた。

リューの話は続く。

「それと、これからは従業員全員に読み書き、簡単な計算を覚えて貰います。学校も作る予定です。みなさんはしっかり勉強し、商会の従業員としてみんなの手本となって下さい」

従業員達がざわめいた。

「そ、その勉強にはどのくらいお金がかかるんでしょうか？」

従業員の中でも比較的若い男が、質問した。

「もちろんタダですよ。経費は全て代表である僕が負担します。みなさんはお金の心配はせず勉強に励んで下さい」

「「「おお！」」」

「まさか、勉強ができる日が来るとは……！」

「俺、頭悪いから大丈夫かな……」

「タダで学べるんだぞ？　少しでも吸収して若の力になるんだよ！」

従業員達は歓声を上げると一人一人勉強できることへの思いを口にする。

「読み書き、計算がこちらで定めた基準に達した人は、その分の手当も付けるので頑張って下さい」

リューがそこに、学ぶ為の目標を与えるべく飴を提示してみせた。

「勉強させて貰える上に、手当までも⁉　――みんな、若の為にも自分達の為にも頑張るぞ！」

「「「おおー！」」」

朝から、マイスタの街の一角にあるミナトミュラー商会のビルで近所迷惑なくらいの喊声《かんせい》が響き渡るのであった。

「あ……、教師陣はどうするんですかい、若」

ランスキーが、学校建設の場所は決定しているが、教師がいない事に気づいた。

「ランドマーク領の学校の責任者であるシキョウさんに話は通してあるから、学校が出来るまでには、教師陣はこちらに連れて来るよ」

リューはマイスタの街の街長になる時点で色々と考えていたのだ。

そして、ランドマーク領という成功例があるので準備は簡単だった。

「ランドマーク本領と変わらない識字率にしたいわね」

リーンが、目標を語った。

「そうだね。学校が出来たら本格的に、子供を中心に沢山勉強できる環境作りを用意していきたいね」

リューが頷くと、そこに街長代理であるマルコがやってきた。

「若、商会も大事ですが、街長としての仕事もお願いします。私は今、畑の管理と裏の方で手一杯ですので」

マルコはそう言うとリューとリーンを馬車に乗るように促した。

「マルコはすっかり、変わったわね」

リーンが馬車に乗り込むとマルコの変化を口にした。

「本人が言うには、ボスの座は自分には向いていなかったんだってさ。おかげで憑き物が落ちたように変わったからね。これからはミナトミュラー家の一員として頑張る、という事らしいよ」

リューは笑うとそうリーンに説明した。

「大所帯になったし、ミナトミュラー家を管理する執事も欲しいところよね」

リーンがもっともな事を言う。

「確かにそうだね……。執事のセバスチャンのところのシーマはランドマーク家でタウロお兄ちゃんの専属だから、うちには貰えないよね……。うちも考えないといけないけど……、あ、そうだ！　スーゴの部下のギンが仕事が早くて表と裏にも精通してそうでいいかも！」

リューは思い出したように一人の名前を出した。

ちなみにスーゴはランドマーク家の領兵隊長の事である。

「ギンって、『二輪車貸出店』の管理業務を担当しているカタギとは思えない強面の人よね？」

リーンが誰だかすぐに思い出して言った。

「そう。あの人だよ。スーゴの部下だから、荒事もいけるし、何より管理業務もしっかりこなしていたから、うちのような鼻息の荒い連中相手にも十分イケると思うんだよ」

「それはいいけど、寄り親である主家から優秀な人材を引き抜くのは感心しないわよ？」

リーンが、鋭い事を指摘した。

「それを言われちゃうとな……。——仕方ない。こっちで執事向きな人を探すかな」

リューはため息を漏らす。

「マルコの街長時代には執事いなかったの？」

「正体がばれたくないから、執事は敢えて置かなかったみたい。マルコを執事にしても良いのだけど、それだと竜星組の実務を任せる人がいなくなるからなぁ」

「ルッチの元手下は、荒事が得意な力自慢ばかりだものね。マルコの手下は比較的にバランス良いけど執事を任せられる程ではないし……、ランスキーの手下は、職人が大半だからどうなんでしょうね？　――やだ、本当だわ。案外いないものね……」

こんなに大所帯になったのに意外に候補がいないのでリーンもリューと一緒に悩むのであった。


マイスタの街と表と裏の業務の為、学校を休んでいたリューとリーンだったが、数日ぶりに登校する事にした。

学校には、休む事は一応届け出はしていたので、許可は貰えていた。

「お！　リュー、リーン、久し振り。仕事で学校にこられなかったんだってな？　二人とも大変だな。ははは！」

ランスが、リューとリーンを普段通りに教室で出迎えた。

そこに、ナジンとシズが同じように加わる。

「二人とも大丈夫か？　流石に成績トップとはいえ、騎士爵として一つの街を統治するって大変じゃないか？」

ナジンが、この数日の休みは忙殺されての事だろうと想像して心配してくれた。

「……二人とも、無理はしないでね？」

シズもリュー達を気遣って声をかけてくれる。

「街の統治も忙しいけど、商会を作っちゃったから、そっちが大変かな」

それに加えて、裏社会を治める為に竜星組を組織してそれも大変とは流石に言えず、嘘は言ってないから大丈夫だよね？　と、リーンと無言の視線で語り合い、確認するリューであった。

「商会？　ランドマーク商会があるのにか？」

ランスは意図が分からず聞き返した。

「うーん、その下請けをする為の商会を作ったんだ。名前もミナトミュラー商会なんだけどね。ランドマークビルで扱う商品の製造と商品開発をする職人さん達を従業員にしたんだ。後は、土建業、縫製業、宝石業など色んな職人さん達もいて大所帯で大変だから、軌道に乗せる為に色々とやっている最中なんだ」

「驚いた……。それ、大手の総合商会のような手広さじゃないか。資金は大丈夫なのかい？」

ナジンが、想像を超える規模の大きさに呆れながら心配した。

「資金は、臨時収入（闇組織の多額の隠し財産）があったから、それで何とかね。当分は大丈夫だと思うし、マイスタの街の需要にも繋がって来ているから今は投資の時期かな」

「……おいおい。寄り親であるランドマーク家より、稼ぐなよ？　家臣の方が稼ぎ出すと後々揉めるぞ」

ランスも、リューの才覚に呆れながら将来を心配した。

「……大丈夫だよ。リュー君が、自分のお父さんやお兄さんを困らせるわけが無いもの」

シズが、すぐにフォローした。

「ははは。ミナトミュラー商会の親はランドマーク家だからその辺は問題ないよ。将来は、独立して良いとは言われているけど、僕はいつまでもランドマーク家の三男だから、今後も主家の発展に努めるよ」

リューの家族優先は筋金入りのようだ。

「そうは言っても、リューもミナトミュラー家の主なんだから、付いて来てくれる部下の為にもそれなりに名を売って貰わないと困るわよ？」

リーンが、リューの第一の従者として、商会と、竜星組のナンバー2を意識して、釘を刺した。

「ははは……。それはもちろんだよ」

リューは苦笑いすると言葉少なに答えた。

「……でも、そうなるとリュー君達、学校に通いながらだと大変だね？」

シズが、リュー達の悩みの種の一端を指摘した。

「そうなんだよね……。今は学校を優先するようにお父さんにも注意されているし。どこかに優秀な執事はいないかな？」

「執事？　――そっか、騎士爵家として、執事がまだいないのか。前に言っていた街長代理をしているとかいう人は？」

ランスが、一番適当そうな人物を上げた。

「マルコは他の仕事が忙しくて、今は執事どころじゃないんだよね……優秀だし第一候補ではあるんだけど」

「ふむ……。――リューが治めるマイスタの街で応募をかけてみてはどうだ？　やはり、地元を知っている者が向いていると思うんだが？」

ナジンが、少し考えると提案した。

「……応募か。確かに、今の部下の中から選ぶというのも限界があるから困っていたけど……、応募でそれ以外から選ぶのも手だね！」

リューは目から鱗とばかりに、納得するのであった。


数日後――

マイスタの街の広場に執事募集の立札が立てられた。

住民達がその看板に集まって来る。

「何て書いているんだ？」

「何々……、ふむふむ、なるほど。――街長であるミナトミュラー騎士爵家の執事を募集しているんだとさ」

「執事？　執事って何をすればいいんだ？」

「今の街長はまだ子供だから、大変じゃないかい？」

「おいおい、あんた何も知らないな？　街長であるミナトミュラー騎士爵様は、商会まで作って職の無い者にも道の整備や、城門の設置の仕事を与えてくれて、真面目な者は正式な従業員として雇ってくれたりしている立派なお方だぞ。子供と侮るのはいけないな」

「そうだぜ。それに街長は表向きの顔で、今や、この街の『闇組織』に代わる裏社会の三大組織『闇商会』『闇夜会』を上回る最大勢力『竜星組』の――」

一人の男が事情通なのか、関係者なのかリューの裏の顔を言おうとすると、他の関係者と思われる長髪の若い男に口を塞がれた。

「こんな明るいところで、下手な事を言っちゃいけないよ、旦那。そういう事はお天道様の見ている間は口にするもんじゃない。マイスタの住民ならその辺は心得てないといけないよ」

耳元でそう囁いて警告すると、口を塞がれた男は慌てて頷いた。

「わかればいいさ」

そう言うと長髪の若い男性は口を塞いでいた手を離した。

余計な事をしゃべりそうになった男は振り返ると、

「なんだ、仕立屋のアーサじゃないか。低い声で言うから男かと思ったぜ、ビビらせんなよ」

と、知った顔だったらしくその男性と思われた長髪の本当は女性の名前を口にした。

「おっちゃん、口は災いの元さ。周囲がマイスタの住人だからって安心し過ぎさ」

そう注意するとその長身で仕立屋らしい格好の男装した女性は笑ってその場を立ち去る。

「……執事か。丁度いいかな」

アーサと呼ばれた仕立屋はそう独り言を口にすると自分のお店に戻って行くのであった。

マイスタ街長邸宅の広間において執事の採用面接が行われる事になった。

応募したマイスタの住人は意外に多く、その数三十八人。

職にあぶれて仕事が欲しいという者から、主婦、まだ十代の若い男女、職人やメイド、他所の貴族の下で働いていたが、この為に辞めて来たという者もいた。

他には変わり種で食堂の女将や、冷やかしと思われるよそ者のチンピラ、仕立屋を名乗る男装した女性、最近マイスタの街に移り住んだという元商人、元冒険者に元傭兵などまで混じっている。

想像していたより様々なタイプの職を経験した者が集まったので、リューとリーンは目を見合わせるのだったが、募集した以上面接をしなければならない。

学校も一日休みを貰っていたので、有意義に時間を使いたい。

出来れば、この日の内に執事を見つけたいところだった。

「番号札一番から順に面接しますので番号を呼ばれたら部屋に入って来て下さい」

街長代理マルコの部下でもある使用人が、執事候補を一人一人部屋に呼び入れた。

「め、面接番号一番！　住所不定無職ニートンだ、働かせてくれ！」

一番目から働く気満々の男性が、リューが椅子を勧める前に座ると食い気味に第一声を放つ。

「えっと。まず、読み書き、計算は出来ますか？」

「いや、できねぇ」

「それでは、何ができますか？」

「できたら、無職じゃねぇよ」

「やる気はあるけど、手に職は無い……と。それでは、ニートンさん。うちの商会の土木部が働き手を募集しているのでそちらで面接を受けて下さい」

「力仕事は、疲れて嫌だから、執事の面接受けたんだよ」

「……わかりました。あなたに今後、仕事が見つかる事を祈っています。お疲れ様でした」

「祈るって何だよ、採用してくれよ！」

「次の方をお願いします」

リューの言葉にそばに居た使用人が二人、男を両サイドから腕を掴んで強制退室させる。

「……最初からあれなの？　あと三十七人こんな感じなら大変よ？」

リーンが、一番目からの癖の強さに呆れた。

「……これは、ぱぱっと判断しないと駄目だね」

そうリューが答えていると二番目の男性が入って来るのであった。


「──だからさ。俺、生まれも育ちもこの街なんだよね。だからあんたの先輩じゃん？　色々教える事出来るから雇ってくれていいんだぜ。それに隣のエルフ、超可愛いじゃん。俺タイプだから頑張れると思うんだよな」

十何人目かの十六歳の彼は一応、今年で成人した男性だが一般常識は欠けているようだ。

「先輩かどうかでマウント取っている暇があったら、上司になるかもしれない相手への口の利き方に気を付けて下さい。──それじゃ次の方をお願いします」

リューは、もう慣れて来たのか駄目だと思ったら一言答えると退室させて次を呼び込むようになっていた。

「……リュー。今のところまともな人いないんだけど？」

リーンの方は、ウンザリして来たのか頬杖をついて愚痴を漏らした。

「まあまあ。まだ、今ので十八人目だから。残り二十人の方に良い人いるかもよ？」

リューがリーンを宥めていると、次の面接者が入って来る。

「面接番号十九番。ミータといいます。商家の屋敷でメイドをしていました。読み書き、計算もできます」

「おお？」

やっと執事として最低条件であった基準に達する人が現れたのでリューも反応した。

「なぜ、商家でのメイドからこちらへ？」

「職業柄上、色んな事を見聞きする事が多くて、その情報を他に売……、話していたら、お暇を貰う事になったので、地元であるこちらに帰って来たところ、この話を聞いて面接を受けに来ました」

「……クビになったという事ですね」

「いえ、ただお暇を――」

「クビ、ですよね？」

「……はい」

「雇い主の情報を他所にバラすのは、良くない事だと理解して下さいね。それでは次の方どうぞ」

「面接番号？　二十五番だったかな？　――それよりお前いくつよ？　まだガキじゃん。ウケる！　たまたま、この田舎に来ていたんだけどさ。執事？　なってやってもいいぜ？　俺、地元ではかなり喧嘩つぇーって有名だからよ、お金次第では、用心棒とかやってもいいぜ？」

あー、この人、ただの冷やかしだ。

リューは、そう理解するとその面から表情が消える。

こういう輩は、普通に対応するとつけあがるのはわかっているので、最初から鉄拳制裁するに限ると判断したリューであったが、隣のリーンはすでに殺気を漂わせていた。

それに気づいてリューが止めようとした次の瞬間、リーンは細剣を抜き放ち、一瞬でチンピラの服をズタズタに切り裂いていた。

チンピラは、一瞬の出来事に身動き一つ取れず、唖然としているところに、リーンのその剣先はチンピラの右の眼球の前にピタッと添えられていた。

「礼儀以前に騎士爵相手にそんな態度が許されると思っているの？　というか自殺願望があるのなら言いなさい。明日の朝には遺体も残さず、失踪者扱いにしてあげるわよ」

リーンが殺気を剣先に乗せて放つと、チンピラは椅子に座ったまま青ざめて失禁し、

「ご、ごめんなさい……」

と怯えて答えた。

リーンが、放つ殺気を抑えて剣を引くと、チンピラは恐怖で動けなかった身体が動けるようにな

ったのか、短く悲鳴を上げ、逃げるように慌てて退室するのであった。

「リーンご苦労様。ちょっと休憩入れようか」

リューはリーンのストレスを理解したのか休憩を挟む事にするのであった。


執事採用面接は、短い休憩を途中挟む事になった。

その間に使用人が汚れた床を掃除している。

休憩の間、リーンがベランダから「わー！」と、叫んでストレスを発散させたので残りの面接者達が何事かとざわつくのであったが、リューは短い休憩が終わると何事も無かったかのように使用人に次の面接者を呼び入れてもらった。

「面接番号二十六番。アーサ・ヒッター、見ての通り地元で仕立屋をやっている者さ。読み書き計算は出来るよ」

後半の面接、最初の人は女性のようだ。

というのも、見た目は黒い長髪を後ろで束ね、黒い瞳に浅黒い肌の美形で、白いシャツに茶色いズボン、茶色い蝶ネクタイ、そしてサスペンダーという仕立屋らしくきっちりとした服装だが、それらは男性ものなので男装の麗人といった印象だ。

だが、リューはその容姿よりその黒い瞳の奥に注目していた。

「アーサさん、執事になったら仕立屋はどうするんですか？」

リューはアーサの瞳をじっと見て質問する。

「お店は畳むかもしれないね。元々赤字続きだったし。仕立屋は祖父の代から続いたこの街の老舗だったけど、他のお店にお客さん盗られてどうしようもなかったし、副業も親子三代続けていたのだけど、ボクがすぐ辞めちゃったからね。食べていくには稼がないと、でしょ？」

「なるほど。ちなみに副業とは何をしていたんですか？」

リューはアーサの瞳から目を逸らす事なく、見つめたまま掘り下げて聞いた。

「それは答えられないよ。もう、何年も前に辞めた事だし……。でも、ここで雇ってくれるなら、また、副業は始めていいかもしれないね」

リューはこのアーサという男装の麗人が只者ではないと、その目を見て判断していた。

あまりに自然体で、つい警戒を解いてしまいそうな雰囲気を持った女性だが、この人は前世の極道時代に何度も会った事がある職業の人間だと頭のどこかで確信があった。

「……そうですか。今日の目的は、僕の品定め？　それとも……、いや、止めておきましょう。それでは、帰りに使用人に名前と住所をお知らせ下さい。後日、合否を連絡しますので」

「もう、終わりかい？　ボクの良いところのアピールは出来てないのだけど？」

「アーサさん。執事で雇うかは、まだ、わかりませんが、あなたの事は確実に採用しますのでご安心下さい」

リューはそう確約するとアーサを退室させた。

「どうしたの、リュー？　合否は全員面接した後って言っていたじゃない。私の意見はどうなるのよ」

リーンが愚痴をこぼした。

「ごめん、ごめん。彼女はうちで採用しないと他所にいかれたら厄介だと思ったから」

「厄介？」

「うん。彼女があと半歩、意識して僕との距離を縮めたら、危険だったよ」

「え？」

「彼女の副業は多分、殺し屋だよ。すっかりあの雰囲気を持つ人に関して忘れていたけど、無意識のうちに警戒して目を離す事ができなかったよ。話している内に思い出したけど」

「え？　殺し屋？　そんな雰囲気、全然感じなかったけど？」

「ごく稀に一流どころでいるんだ。殺気を持たずに近づいて平然と殺せるタイプの危険な人。普通は、どうしても殺害対象を見ると殺気が出るから、気づかれないように距離を取って殺すか、気づかれる前に一気に距離を詰めて殺すのが定石なのだけど、あのタイプは殺気を感じさせずに普通に近づいて殺せちゃうからね」

「じゃあ、彼女、リューを狙ってきたのかしら？」

「どうだろうね？　あっちも距離を縮める事無く帰って行ったから。――それにしてもこの街にあんなヤバい人がいたとは……。後でマルコに聞いてみるよ。――次の人を呼んでくれるかい？」

リューは、マイスタの街の底知れぬ奥深さに冷や汗をかきながらも、面接を続ける事にするのであった。

「面接番号、三十八番。マーセナル。元傭兵で西部の辺境貴族の下で執事経験があります。読み書き、計算もできます」

ついに最後の面接者になった。

途中、元冒険者や、執事経験者の印象が良く、候補になりそうな人もいたが、最後の最後でリュー好みの落ち着きを見せる銀髪の中年男性が現れた。

「マーセナルさんなぜ、傭兵を辞めたのか、そして、執事経験について教えて下さい」

「戦場で膝に矢を受けたので傭兵業は引退しました。その後、執事として西方の辺境に位置する地方貴族に仕えていましたが、他の貴族との抗争で主家がお家断絶になり、失業したのでその後処理をして、故郷であるこちらに流れてきました」

確かに、微かだが右足の動きに、不自然さを感じていた。

なるほど、そういう事かとリューは納得する。

そして、その渋い顔に陰を感じるのは主家のお家断絶を見届けてまだ、後を引いているのだろう。あとは能力だが……。

「その地方貴族の下ではどんな仕事が多かったですか？」

「文字通り執事としての職務全般です。他には領兵達の訓練、時には主のご子息の教育もしておりました……、すみません、生きていれば丁度騎士爵殿と同じくらいの年齢だったので……」

マーセナルは今は亡き、主とその子息を思い出し目頭が熱くなったのか数秒目元を手の平で覆った。

「……ちなみにお家断絶の理由は？」

「……寄り親への謀反の疑いです。……完全に濡れ衣でした。今思えば、こちらの領地が富んでいく事への嫉妬から嵌められたのだと、確信しています。復讐の道も考えましたが処刑前の主に止められて断念しました。そして最近ようやく新たな人生を歩もうと思い立ち故郷であるここに戻って来たところ、この募集を見て応募した次第です」

どうやら、壮絶な人生を歩んできたようだ。能力もありそうだし候補に入れて、後で経歴を調べたら最終判断しよう。

リューはそう考えると、執事採用面接を終了するのであった。

執事採用面接が行われて数日後。

リューはランドマークビルの居間でリーンと共に執事の候補について、書類による最終選考を行っていた。

「やはり、執事の第一候補はマーセナルかな？」

「そうね、簡単な身元調査でも、マーセナルの言う通りみたいだし、いいんじゃないかしら？」

「でも、元冒険者や、元執事の彼も良かったんだよね……」

「まだ、そこで悩んでいたの？　マーセナルの実績が優《まさ》っているじゃない」

「いや、執事はマーセナルで良いと思うんだよ。でも、元冒険者と元執事も優秀そうだから採用したいなと」

「そういう事？　じゃあ、雇えばいいじゃない。ミナトミュラー騎士爵家は人材不足なんだから。

——そう言えば、仕立屋の彼女は雇うの決定しているんでしょ？　どういう仕事をさせるつもりなの？」

「アーサは、どうするべきか迷っているんだよね……。他所にいかせるのは危険だから呼び止めたものの……」

「本人はうちが雇うなら副業を再開させてもいいような事言っていたでしょ。という事は、リューの予想が合っているなら、ミナトミュラー家の殺し屋になるつもりじゃないの？」

「――ヒットマンかー。そんな物騒に見えるのかな。うちって……うーん……」

リューが、腕を組んで唸る。

「実際、裏で竜星組も結成しているんだから、綺麗事では済まされないって言ってたのリューでしょ？」

「そうなんだけど。彼女、一度、足を洗っていたわけじゃない。もし、生活の為にヒットマンに戻ると言うなら、それも嫌だなと思ったんだよね」

前世でも足を洗って社会復帰しても、普通の生活が出来ず、出戻りした悲しいケースは沢山見て来ていた。

それだけにリューは、アーサの姿にそれを重ねたのだ。

アーサの身元はマルコから聞いたのだが、やはり、アーサのヒッター家は、『闇組織』結成当時からのお抱えのヒットマンだったらしい。

そんな筋金入りのヒッター家を、若くして亡くなった親に代わりアーサは引き継いだが、ある日突然引退宣言し、仕立屋稼業に専念していたという事だ。

マルコ曰く、「アーサは数多くいた殺し屋の中でも最強の天才」だったという。

マルコがボスの椅子に座った八年前に、丁度、アーサは引退宣言したので直接的な関わりはないが、先代のボスの時代の数年間はこのアーサを恐れて当時のボスに歯向かう者は皆無だったそうだ。

だが、そのボスが急死して、アーサも引退宣言、マルコがボスになる際、復帰するよう交渉したが相手にされなかったらしい。

そのアーサが自ら戻ってきたのでマルコは驚いていたのだが……。

「現在、アーサは二十七歳。脂が乗っている年齢だよね。八年間現役を退いていたけど、面接の感じだと現役バリバリの雰囲気だったから、腕は磨き続けていたんだろうね」

リューは、ため息を吐くと、また、考え込む。

「職業病って事かしら？　引退したのに腕を磨き続けるって矛盾しているもの」

「そうかもね。……よし、決めた！　アーサ・ヒッターは純粋にうち専属の仕立屋、兼、メイドとして雇う」

リューは突拍子もない事を言い出した。

「仕立屋はわかるけど、メイドはどうなの？」

リーンがツッコミを入れる。

「本人が裏家業のヒットマンを望むなら仕方ないけど、生活に困っているならちゃんと仕事を与えたいじゃない？　仕立屋業も続けていたわけだし、その意思はあると思うんだよね。メイドの方は僕の目の届くところに置いて無茶しないかを見る為だよ」

「なるほどね。……わかったわ。あとはアーサがそれを受け入れるかだけど、連絡しておくわね」

リーンはリューの優しさに頷くと採用する面々に通知を送るのであった。


一週間後のマイスタの街、街長邸の広間――

「それでは今日から、働いてくれる四人をみんなに紹介します」

リューは、邸宅で働く使用人達が一堂に会する場で自己紹介をさせる事にした。

「では、マーセナルから」

「はい。――執事を仰せつかりましたマーセナルと言います。今日から若様に誠心誠意お仕えさせて頂く所存です」

短く簡潔に答えると、全員から拍手が起きる。

「じゃあ、次」

「俺は、元冒険者だったタンクだ。執事のマーセナルさんの助手になるぜ、よろしくな！」

まだ、二十八歳で元気が有り余っている雰囲気を漂わせて茶髪の頭を下げて、こちらも、簡潔に自己紹介をした。

「私は、元執事でしたシーツと言います。こちらでは、街長代理であるマルコ様の助手を務めさせて貰います。よくここには顔を出す機会が多いと思いますのでよろしくお願い致します」

三十代過ぎの男が深々と黒髪の頭を下げた。

彼は竜星組の実務を担当するマルコの助手だから、街長邸と竜星組本部を行き来する事になる。

そして、四人目は……、

「ボクは、アーサ・ヒッターだよ。ボスである若様がどういうわけか仕立屋兼メイドとして雇ってくれたからよろしくね」

そう、アーサ・ヒッターは当初、かなり驚いていたが、面白いと思ったのかリューの提案を快諾したのだ。

「それでは、みんな今日からこの四人もミナトミュラー家の家族だからよろしく」

リューの言葉に全員が返事をする。

「「「はい！」」」

こうして、ミナトミュラー家の体制が一応整うのであった。

裏の業務ですが何か？

短期間で表面上のマイスタの街は、リューの手腕によって安定する事になった。

街長として雇用を生み出し、治安の改善も行う事で経済が順調に回り出している。

もちろん、それは裏の方でも同じで、竜星組が街の悪党を束ねて街中での悪さは控えさせ、『闇組織』が行っていた商売も引き継いで竜星組が仕切っている。

一つ違うのは、今、マイスタの街の裏社会は、リューの率いる竜星組が第一勢力として一部を仕切っているが、『闇組織』元幹部のノストラ率いる闇商会、同じく『闇組織』元幹部ルチーナの闇夜会も存在し、実質、三強で治めているという状況だ。

ノストラの闇商会は主に情報の転売や不動産、表向きの商会取引と、裏の密輸取引、その分野からのみかじめ料（用心棒代）などで勢力を保っている。

ルチーナの闇夜会は、風俗店、飲み屋、金貸し、それらの分野のみかじめ料などに勢力を持っている。

もちろん、三勢力ともマイスタの街のみならず、王都でこそ、その力を振るっているのだが、マイスタの街ではそういう棲み分けが出来ていた。

ちなみに、リューの率いる竜星組の主な仕事だが、現在は農業（中でもコヒン豆の生産を始めたばかり）、債権取り立て代行、酒の卸し、酒の製造、賭博や興行の仕切り、露天商の取りまとめ、それら関係店からのみかじめ料、そして、全体的に悪党を取りまとめ、用心棒などの人材を派遣する事などが行われている。

これらを現在、マルコが取り仕切っている状態だ。

表ではミナトミュラー商会の方でランスキーが土建業を仕切っているが、マルコの負担を下げる為、酒の卸し、酒の製造、農業の方もこちらに任せる予定だ。

但し、酒の製造はあまり大きな声でやっているとは言いづらい。

厳密には酒の製造は許可制だからだ。

なので、国からの許可の無い製造は密造に当たる。

だが、許可されている酒造商会が製造するものだけでは庶民が消費する量に追い付かない為、密造酒も大目に見られている状況なだけなのだ。

だから、お酒の製造は国に許可を求める手続きをしつつ、目立たないように密造していくつもりでいた。

「ところでマルコ。僕はまだ、飲める年齢じゃないからわからないのだけど、うちの密造酒はおいしいの？」

リューは、街長邸の会議室でマルコの報告を聞いて疑問を口にした。

「こう言っては何ですが、王都に出回っている物でうちの密造酒は夜の世界では中々評判が良いと思います」

「主にどんなの？」

「主に、大麦、ライ麦などを原料にしたウイスキーです。これが一番庶民に飲まれています。あとは、リゴー酒などの果物酒も少々作っています」

「ウイスキーか。密造酒の定番だね。果物酒は何で少々なの？」

「こちらに関しては、国から許可を貰っている酒造商会と被る事が多いので派手にやると訴えられる可能性が高いのです。ですから、『闇組織』時代は関係店で出す分を製造していました」

「していた？」

「ええ、『闇組織』解体に伴い、元幹部ルチーナの闇夜会が夜のお店関連ごと独立したので卸すところが無くなったんです」

「そういう事か……。じゃあ、ノストラとルチーナを呼んで今度代表会合を開こうか」

「あの二人とですか？」

「いくら分裂したとはいえ、現状マイスタの街の住民には変わりないし、お互い分裂して困っているところはあるでしょ？」

「ええ、まあ。担当を分けていたので、分裂でその役目がなくなり、麻痺している部門はありますから」

「そこを伝えて歩み寄れる部分がないか話し合おうと提案しておいて」

「……わかりました。断られる可能性もありますが伝えてみます」

「あ、それと、用心棒などの人材派遣だけど……」

「はい」

「あまり、評判良くないね。『闇組織』時代の感覚でいる人には、うちの看板に泥を塗らないように再教育しないと駄目だ。向いてない人はミナトミュラー商会の土建業部門に一時的に回そうか」

「わ、わかりました。そういう方向性で手下達には徹底させます！」

マルコはリューの静かな怒りに気づいて、慌てた。

そうだ、若は「看板」に拘りがある人だった。

一人一人に誇りを持たせる事を徹底している。

表の顔であるミナトミュラー商会の手下達はその辺りが徹底されていて、若への忠誠心に揺るぎがない。

それに比べてルッチの元手下の中にはマイスタの街出身者でない者も多く、そういった誇りや忠誠心に欠ける者も多いのだ。

この辺りは自分の手腕にかかっている。

これまでは統率などはルッチに任せていたが、あの男は力で恐怖心を植え付けていただけだったのだ。

裏社会ではそれが一番でとてもわかり易いが、それだけではすぐに裏切る者も多い。

『闇組織』が無くなり、竜星組となった今、新たな体制である事を徹底させなければならないだろう。

どうやら、最初は監視役だと思っていたが、若に助手としてシーツという男を付けられたのは、これから忙しくなるからという事だったようだ。

農業部門、密造酒部門の移動で少しは楽になると思っていたが、まだまだ忙しさは続きそうだと両手で頬を叩くと気合いを入れ直すマルコであった。


マイスタの街の表と裏のお仕事が忙しいリューであったが、リューとリーンの本分は学業である。

父ファーザにもそこはきつく注意されていた。

母セシルもたまにリューの『次元回廊』で王都に来ては、二人に宿題を置いていくようになった。

もちろん、マイスタの街長としての業務が大変なのは理解しているが、二人に学業を疎かにして欲しくないという事であった。

それにもうすぐ、期末テストもある。

リューとリーンも、忙しさに学校を休む事が増えていたので流石に気合いを入れ直さなければならない。

まあ手下達も新体制に慣れてきて、言われずとも動けるようになってきたので一段落した感じではあった。

「夏休みまであとわずかだし、学業に力を入れよう！」

リューはリーンにそう言うのであったが、それは自分に言い聞かせているのであった。


リューとリーンが学校に到着し、教室に向かうと生徒がざわついていた。

中にはこちらを見てひそひそ話を始める生徒もいる。

「……？　何か僕達やったのかな？」

心当たりがないリューは頭に疑問符を浮かべつつ、リーンと一緒に教室に入ると、先に居たランスがリューとリーンの顔を見るなり、

「二人とも大丈夫か⁉」

と、声をかけてきた。

「おはよう。どうしたのランス？」

挨拶をしてリューが聞き返すと、

「イバルが学校に戻って来たみたいだぜ。無期限停学が解けて今、職員室に来ているらしい！」

と、興奮気味に伝えた。

「え？」

すっかり忘れていた名前だ。

そして、驚く情報であった。

どうやら、自主退学する事無く復帰するらしい。

「相当面の皮が厚いわね？　あれだけ恥をかいてまた、この学園に戻って来るなんて」

リーンが呆れた顔をして言った。

「まあまあ。イバル君は、どちらかと言うと踊らされていた側の人間だから」

一番、絡まれた被害者であるリューがイバルを庇うという変な構図になった。

そこへシズとナジンがやって来た。

「……リュー君大丈夫？　気を付けてね。また、絡まれるかもしれないし……」

シズが、噂を聞いたのだろう、挨拶より先に気遣う言葉をかけて来た。

「おはよう、リュー。噂ではイバルは無期限停学の間に下級貴族の元に養子に出されたらしいから、逆恨みされている可能性は高いな」

「え？　イバル君、本当に養子に出されたの⁉」

リューはナジンの言葉を聞いてある意味ショックであった。

そういう噂はリューも何度か聞いていたが、親子の縁を切られるような事はそうそうないだろうと思っていたのだ。

だが、実際には縁を切られてしまったらしい。

自分が悪いとは思わないが、きっかけになったのは確かだったので複雑な気持ちになるのであった。

「廃嫡の情報は確かだったんだが、養子に関しては噂だったんだ。でも、今日、停学明けで学校に来た時の馬車が、下級貴族のものだったから、その可能性は高そうだ」

ナジンが、朝から見かけたようで、可能性について語った。

「それが本当ならイバル君、ショックだろうな……。親に縁を切られるとか……」

リューは自分がそうされたらどんなにショックだろうと想像すると悲しくなるのであった。

「リュー、自業自得よ。……確かにちょっとかわいそうではあるけど。……でも、その状況で学園に自主退学せずに戻って来るってかなりの図太さよ？　反省してないいんじゃないかしら」

リーンが、リューの気持ちを汲みつつ、ありそうな事を指摘した。

「だな！　俺なら恥ずかしくて他の学校に転校するぜ。よほど、リューに恨みを持って復讐心に燃えてないと戻って来るとか出来ないな。リュー憎し！　って感じだな」

ランスが、イバルの視点に立って代弁した。

「……あはは。やっぱりそうなのかな？　イバル君関連では三年生のギレール・アタマン先輩からも恨み買ってそうだし、学園生活は平穏に送りたいのだけど……」

前世ではろくに学校には通えていなかったので、リューは今世での学園生活をとても楽しめていた。

まあ、最近は休みがちにはなっていたのだが……。

「でも、どうするつもりなのかしらねイバルって子。もう、エラインダー公爵家の名を名乗れない下級貴族になったのなら、誰も従わないいんじゃないの？　今のクラスだって、他の上級貴族が仕切っているわけでしょ、イバルって子、下手したらいじめの対象になるかもよ？」

リーンが鋭い事を指摘した。

確かに、言われてみれば、今の隣の特別クラスはエラインダー公爵派閥であるマキダール侯爵の嫡男が仕切っているがこの子は貴族主義の典型だ。

エラインダー公爵家から縁を切られた者を、それも下級貴族に養子に出された者に従うとは思えない。

逆に、これまでの自分達への扱いに恨みを持って、やり返す可能性の方が高いだろう。

自業自得と言えばそうなのだが、イバルを操っていたライバ・トーリッターにもかなりの責任があったのは確かだ。

ライバ・トーリッターがいない今、全ての恨みを一身に受ける事になるのではないかと心配するリューであった。

そこに、まだ、授業には時間があるが、担任のスルンジャー先生が入って来た。

「リュー・ミナトミュラー君。ちょっと職員室にいいかね？」

「え？」

まさかの指名にリューは戸惑った。

今、職員室にはイバル君がいるはずだ。その場に、揉めた当人を呼ぶというのは、どういうことだろう？

リューは一抹の不安を覚えつつ、スルンジャー先生に伴われ、一緒に行くと言って譲らないリーンと共に職員室へ向かうのであった。

職員室の扉が担任のスルンジャー先生によって開けられ、入るように促される。

リューはちょっとした緊張感を持って職員室に入るのであったが、そこには、イバルはおらず、先生達がこちらを見ている。

「……えっと？」

リューは、リーンと共に、戸惑いながら目を見合わせる。

「ああ、奥の部屋に良いかな？　そこでイバル君が、君に話があるそうだ。君達にはイバル君の話を聞いて欲しいと思ってね。本人もそれを望んでいるし良いかな？」

スルンジャー先生が、何とも言えない表情でそうリュー達を説得した。

「……はい。わかりました」

リューはどうやら、過激な事にはならないようだと感じるとリーンと目を合わせて確認し、了解するのであった。

スルンジャー先生が奥の部屋にリューとリーンを先導する。

そして、その奥の部屋の扉の前に到着するとノックした。

確かここは、学園長室のはずだ。

扉の向こうから、返事がある、イバルではなく学園長の声のようだ。

スルンジャー先生が扉を開けるとリュー達に入るように促す。

そこには、髪を短く切ったイバルが直立不動で立っている。

リューとリーンが学園長室に入ると、背後で扉が閉められた。

「二人とも、座りたまえ」

学園長が、リューとリーンに着席を促した。

「失礼します」

リューはこの緊張感漂う室内に入ると、内心気合いを入れて二人とも着席する。

「それでは、二人とも、イバル・コートナイン君の話を聞いてくれるかな？　イバル君、君もずっと立ってないで座りたまえ」

学園長が、イバルにも着席を促した。

するとイバルは、椅子の横に一歩ずれると、そのまま床に正座した。

そして、深々と頭を下げる。

「あの時は、君を危険な目に遭わせてしまい、すみませんでした」

イバルは床に頭を付けたまま、リューとリーンに謝罪した。

「「え？」」

二人はこの予想だにしない展開に思わず椅子から腰が浮いて動揺した。

「妄言に踊らされ、俺のつまらないプライドの為に、リュー君には本当にすまなかったと思っています。俺はそれだけは伝えないといけないと思い、停学処分が解けるまで待っていました。本当にごめんなさい」

イバルは最後、涙声になりながら、リューに謝罪した。

どうやら、以前のイバルとは思えない程、改心した様子であった。

確かに、自分の愚かな行為で、未遂とはいえ一人の生徒の命を奪おうとした事で学園を騒がせ、それが元で廃嫡になり、親子の縁を切られて養子に出されるという、これまでの人生がひっくり返る経験をしたのだ。

イバルにとってそれは自分の誤りに気づき、反省を促すには十分な出来事だろう。

「頭を上げて下さい。僕は無傷でしたし、全くあの日の事は気にしていません。イバル君の事は許していますのでこれ以上は気にしないでください」

リューはそう答えると、イバルに歩み寄り立たせて、椅子に座らせるのであった。

イバルは感極まってボロボロと涙を流していたが、リーンにハンカチを渡されて嗚咽を上げながらも一生懸命泣くのをこらえた。

「……ありがとう。俺は許して貰えると思っていなかったから……、本当にありがとう……」

イバルは許してもらえるか余程不安だったのだろう、そう答えるとまた、ぼろぼろと涙が溢れ始めた。

「――それではイバル・コートナイン君。君は彼に許されるまではこの学園に通い続けるつもりだと決心を伝えてくれたが、それも叶った。これからどうするかね？　元のクラスに戻るのも大変だと思うが……」

静かにこのやり取りを見守っていた学園長が、助け舟を出すように声を発した。

どうやらイバルが恥を忍んで学校に来たのはリューに許して貰う贖罪の一心だったようだ。

「……願いが叶ったので俺はこの学園を――」

イバルはくしゃくしゃの顔に何かを決心した表情を浮かべて、退学願いを口にしようとした。

「――学園長、僕からお願いがあります」

リューはイバルに最後まで言わせずに遮ると学園長に向き直った。

「何かね？」

学園長は、リューに対して次の言葉を促す。

「イバル君を僕達のクラスに編入してもらってもいいでしょうか？」

「編入……、とな？」

「はい。――正直、イバル君の居たクラスに、このまま戻るのは大変だと思います。なので僕と同じクラスにして貰い、僕が友達としてクラスメイトになる事で誰も文句は言えなくなるのではないかと思うのですが？」

「俺は、もういいんだ！　これ以上君に迷惑をかけるわけには――」

イバルがリューの提案に慌てて口を出した。

だが今度は、学園長がその言葉を遮る。

「――そうか、そうか！　当人である君が許すと言い、そう願うのであれば、私も無下には出来ないな。そういう事ならば、早速、イバル・コートナイン君はクラス替えして王女クラスに移って貰おう。それでいいかな、イバル・コートナイン君。元々、君の学費は全額納められていたから、今後の事を気にする事も無いだろう？」

「で、ですが……！」

まだ、言い募ろうとするイバルであったが、リューが声をかけて制止した。

「イバル君。ここで辞めるのも一つのけじめのつけ方かもしれない。でもまだ、他の生徒達や、王女殿下に対する過去の失礼な言動も許してもらわないとね。ここに残ってその償いをするのも一つの道だよ。大変かもしれないけど一緒に乗り越えよう」

その言葉に、イバルは返す言葉がみつからず、ただ、涙を流しながら頷くのであった。


一年生棟はおろか、学園中が騒然としていた。

イバル・エラインダー、もとい、イバル・コートナインが、学園に戻って来たのだ。

それも、敵対していた王女クラスに移動し、更には無期限停学の原因であるリュー・ランドマーク、もとい、リュー・ミナトミュラーの隣の席になるというこの不可解な状況に、生徒全員が「？」を頭に浮かべずにはいられなかっただろう。

それも、そのリューとリーンが、このイバルの傍にいて、親し気に話している。

イバルの方はまだ緊張している様子だが、過去のトラブルが嘘のような状況だ。

教室の出入り口には、他のクラスの生徒が集まって、その怪異のような場面を眺めるのであった。

「ミナトミュラー君が、彼と話しているという事は、過去の事は水に流すって事かな？」

「いや、これからその代償を支払わせるつもりじゃないかな？」

「馬鹿、あのリーンさんも笑顔で話しているじゃないか！　そんな雰囲気じゃないだろ」

「でも、何で元のクラスじゃないのかな？」

「イバル個人に恨みを持っている奴もいるからじゃないか？」

「今やエラインダー公爵家の嫡男から、コートナイン男爵の養子に急降下だからな。公爵家と関係なくなった今、これまでの事をやり返そうと思う奴らは多いだろうな」

「でも、それは王女クラスも一緒じゃないか？」

「だが見ろよ。うちの学年で一番の成績を獲得し、あの歳で騎士爵に叙爵したミナトミュラー君が許すという姿勢で隣にいるんだぜ？　誰が手を出せるよ？」

「あ！　イバルが、ミナトミュラー君と一緒に王女殿下のところに歩いていくぞ！」

他所のクラスの生徒達が、無神経に教室内の動きに反応して、声を上げる。

教室の出入り口が騒がしくなる中、イバルとリュー、リーンの三人はエリザベス第三王女殿下の前に移動して挨拶する。

「王女殿下、イバル君が謝罪をしたいとの事なので、聞いて頂けないでし――」

リューが軽く会釈すると、イバルとの仲裁役に入ろうとした。

「その必要はないですわ」

エリザベス王女殿下は席を立つとリューの言葉を遮った。そして続ける。

「イバル君の目を見ればわかります。そして、リュー・ミナトミュラー君が彼を許したのであれば、私がとやかく言う事ではありません。――イバル・コートナイン。今後は王家への忠誠を胸に学業に励んで下さい」

流石は王女殿下といったところだろうか。

ざわついていた教室がこの言葉でピタッと止んで静かになった。

「……だから、イバル君。ここで膝を突く事はないのですよ」

最後に王女は、イバルに近づくとこそっと耳打ちした。

リューの言葉を遮り、イバルにしゃべらせなかったのは、周りの目も気にせず、イバルが今にも膝を突いて許しを請いそうだったからだ。彼の今後の為にもそれをさせないよう、遮ったのだった。

イバルはこの王女の計らいに、みるみるうちに涙を浮かべ、泣きそうになる。

リューとリーンはそんなイバルの表情を隠すため、両脇から周囲の目を遮るように壁になってから、ポンと背中を軽く叩き、自分の席に戻るように促した。

そこへ、担任のスルンジャー先生が教室の出入り口にたむろする生徒達を注意する声が聞こえてくる。

「ほら、自分の教室に戻りなさい！　もう、授業の時間ですよ！」

他所のクラスの生徒達は、蜘蛛の子を散らすように慌てて自分の教室に戻って行くのであった。

この王女の寛大な振る舞いはすぐ、一年生全体に広がった。

こうして、イバル・エラインダー、もとい、イバル・コートナインは、王女殿下、ミナトミュラー騎士爵の双方にこれまでの非礼の数々を謝罪して許しを得、学園に残る事になったのだった。

休憩時間――。

「コートナイン家って、エラインダー公爵家の元与力だっけ？」

ランスが事情通なところを見せて、イバルに質問した。

数年来の友人のような気楽さだ。

「うん。今のコートナイン男爵家の当主、現在の俺の義父はその二代目でまだ、二十六歳。子供も五歳の男の子がいるのに、俺みたいな厄介者を養子縁組させられて困っているよ。それにあまり裕福とは言えないから、俺がこの学園に通い続ける事も実は負担になりかねないんだよ……」

イバルはランスの質問に答えるのであったが、思ったより重い話であった。

「でも、エラインダー公爵家からお金は出ているんだろ？」

ナジンが男爵家は無理を押し付けられるのだから、それくらいの見返りはあるだろうと予想して聞いた。

「それなら、まだいいのだけど……。絶縁したとは言え、公爵家の血筋を入れてやるのだから名誉だろう、って感じだと思う。学費は全額支払われているけど、それ以外は自己負担だから夜に義父と義母が頭を悩ませていたよ」

「それは大変だね……。――そうだ！　今、人手が足りないからうちで働くかい？　生活費くらい稼げれば、今の家にも居づらくて困る事ないでしょ？」

リューはイバルの今後を考え、働く事を提案した。

「え？　……それはありがたいけど、俺に出来る事あるのかな……」

「いくらでも出来る事はあるよ。国に納める税をちょろまかすお手伝いとか、国の官吏に便宜を図って貰う為の賄賂の運搬とか――」

「ヤバい仕事を友人にさせるなよ！」

リューのその場を和ませる為？　のヤバい提案に、ランスとナジンがすぐにツッコミを入れるのであった。

「……その話、楽しそう。詳しく聞きたい」

意外なところでシズが、リューの冗談に興味を持つのであった。

王立学園三年を代表する天才、ギレール・アタマンは憤っていた。

まず、生徒会長になれなかった事、これは、立ちはだかった王女と二年生、そして、王女が二年生を支持するように仕向けたと噂されるリュー・ミナトミュラーに対して恨みを持っていた。

そして、もう一つは、自分の兄がイバル・エラインダーの教育係の一人だったのだが、イバルが廃嫡、養子に出されたことで、その職を失った事だ。

これも、廃嫡の原因を作ったのがミナトミュラーである事は有名だ。

イバルが公爵家を順当に継いでいれば、兄はその右腕として権勢をほしいままにした事だろう。

その弟である自分も学園を卒業後、その事を背景に就職先は引く手数多だったはずだ。

兄は今、エラインダー公爵家の伝手で魔法省に就職出来たが、兄の実力からすれば十分な地位とは言い難い。

全てはあのリュー・ミナトミュラーという、元々、地方貴族の三男のガキのせいだとギレールは恨みを募らせていた。

そして、公爵家を追放された時点で、今では関係無いが、イバルが学園に復帰したらしい。

それは別に構わない。

だが、復帰後すぐに王女とミナトミュラーに取り入って仲良くなったらしい。

貴様が廃嫡されたせいで兄は出世街道から逸れたのに、何食わぬ顔で廃嫡の原因である相手に媚びるとは！

そうした意味で、ギレールはイバルにもかなりの怒りを感じていた。

だが全てはリュー・ミナトミュラーだ。

我が、アタマン侯爵家の未来を挫いたあのガキは許すわけにはいかない。

うちの現当主である父も、自分達兄弟にがっかりしているのは知っている。

兄は、出世街道を外れ、弟は生徒会長最有力であったのに惨敗したのだ。

アタマン家の名に泥を塗ったのだから、がっかりされるのも仕方がない事だ。

それもこれも全てはリュー・ミナトミュラーだ。

弱冠十二歳で騎士爵に叙勲されたとはいえ所詮は騎士爵。

聞けば、実家であるランドマーク家の与力として早くも一つの街を治めているらしい。

これは、アタマン侯爵家の力を使って圧力をかける事もできる。

アタマン侯爵家は、表だけでなく、裏社会にも力を持っているのだ。

王都で裏社会の有力な組織を動かし、ミナトミュラーの治める街に嫌がらせをしてやろう。

ギレールはそう算段すると、早速、父親の名を使い、裏社会の有名なボスと接触するのであった。


「――で、アタマン侯爵家の坊ちゃんとやらがうちに何の用ですかい？」

ギレールを迎えた男は大きな体躯が特徴であった。

「お前が、『上弦の闇』のボスか？」

「ああ、そうだぜ。用件は何ですかい？　うちは今、見ての通り忙しいんですよ。ちっとばっかしトラブルで被害を被ったんで金策に駆けずり回っているんだ。お金になる話以外はアタマン侯爵様本人が来てもそうそう相手は出来ませんぜ？」

「報酬はもちろん弾もう。簡単な仕事だ。とある騎士爵の街を荒らして回るだけでいい。報酬はこれだ」

ギレールはそう言うと、金貨が入った袋をポンとボスの前に投げて寄越した。

「……ほう。結構入っているな。――で？　その不幸な騎士爵様の街とはどこの事だい？」

『上弦の闇』のボスは、革の袋の中身を確認しながら答える。

どうやら、仕事内容的に楽そうだと判断したようだ。

「確か……、マイスタの街と言ったはずだ」

「マイスタの街……？　どこかで聞いた気がするが……。――おい、お前、マイスタの街ってどんなところだ？」

『上弦の闇』のボスは、手下の一人に質問した。

「へい。マイスタの街は確か王都の北にある辺鄙《へんぴ》な街だったと思います。昔、王様が職人の街として作ったっていう話以外は何も特徴が無い所ですね」

「……そうか。じゃあ、わかりやした。この仕事お引き受けしますよ。後はその騎士爵様の不幸に歪む表情を見て結果を確認してくだせい。うちが動いたらその街は、再起不能なくらいの被害を受けますからご安心を」

『上弦の闇』のボスはニヤリと笑うと新しい金蔓《かねづる》になりそうな坊ちゃんに保証するのであった。

「――これで、あのガキに恨みを少しは晴らせるというものだ!」

ギレールは『上弦の闇』のボスの言葉に満足すると、事務所を後にするのであった。

「一応、後を付けて本当にアタマン侯爵の息子か確認しとけ。違ったらこの金は没収だからな。がはは!」

「へい! わかりやした! チンピラに後を付けさせます。――ところでボス。そのマイスタの街はどんな手筈でやりますか?」

手下が、策を聞く。

「うちの得意なのは放火に恐喝、喧嘩に殺しだろ? とりあえず、そのマイスタの街の街長邸と街で一番大きそうな商会、あとは大きな施設辺りに火を点けて燃やしてしまえ。他には、適当にその地元のチンピラグループの拠点を潰して、王都の裏社会を牛耳る組織がどれだけ怖いか見せつけてやれ。――うちが抗争で被害を受けて勢いが無くなったと思っている連中もいるからな。派手にやって、『上弦の闇』が健在だって事を示してこい！」

「了解しやした！　早速、人を集めます！」

こうして、抗争で大損害を受けて焦っていた『上弦の闇』は、この時期に突《つつ》かなくてもいい藪を突いて大変な目に遭う事になるのであった。

街への襲撃ですが何か？

マルコはリューの街長代理として普段は街を治めていたが、リューが雇った執事のマーセナルが来てからは表の仕事のほとんどを引き継いでいた。

そして、自分はリューを頭とする竜星組の実務をこなす事に集中していた。

その中で、農業関連のミナトミュラー商会への引き継ぎは順調に行われているが、お酒の卸し、製造に関しては難航していた。

リューから助手に付けて貰ったシーツが手続きの為に奔走してくれているのだが、中々許可が下りそうにないらしい。

お酒の製造について現在、許可を得ているのは、貴族の商会ばかりだ。

独占市場と言っていいだろう。

自分が仕えるミナトミュラー家ももちろん、騎士爵家。

同じ貴族だが、要は格の問題らしい。

新参の下級貴族に許可は出せないと現在の酒造ギルドが反対しているそうだ。

これでは、若に良い報告が出来ないではないか！

マルコはこのままでは若の信頼を裏切る事になると歯噛みしたい思いであった。

そんな事を思いながら仕事をこなしていた夜。

そこに、街長邸のマーセナルから報告があった。

邸宅に火を点けようとした賊をメイドが捕らえたらしい。

「何⁉　若が留守の間にどこのどいつだ？」

マルコが、憤っていると、今度は、ミナトミュラー商会のランスキーから報告が飛び込んできた。

商会に火を点けようとしたチンピラを捕らえたという。

「どうなっている？　立て続けに二件は偶然とは思えんぞ？」

マルコが冷静になって頭を働かせる。

この時期に竜星組に仕掛けてくる馬鹿がいるだろうか？

出来たばかりとはいえ、王都やその周辺も含めて裏社会では一番大きな組織だ。

ノストラの闇商会や、ルチーナの闇夜会も単独では仕掛けてこないだろう。

いや、もしかしたら、二人が組んでこちらに仕掛けて来た？

だがしかし、あっちも今は独立したばかりで足場固めも出来ていないはずだ。

こちらを攻める余裕は無いはず……。となると街の外の連中か……？

マルコが色々と可能性について頭を巡らせていると、七名もの捕らえられた賊達が、竜星組事務所に連行されてきた。

賊を連行しているのはランスキーのところの部下と、なぜかメイド姿の女だった。

「……メイド？　って、もしかしてアーサ・ヒッターか！」

マルコはリューからメイドに雇ったと報告を受けている伝説の殺し屋一家の三代目である娘の名を口にした。

「……誰？　——ああ、そうなの？　あなたがマルコさん？　マーセナルさんから言伝《ことづて》だよ。『若様の留守だから良かったが、若様がもし居る時だったら大惨事になるところだったので、この賊に情けをかける必要性はないと思いますが、その点を考慮して処罰をお願いします』だそうよ」

メイドの女、アーサは過去に自分を勧誘していたマルコとは初対面らしく用件だけを告げると賊を引き渡し帰って行った。

「元殺し屋がメイドか……。若から聞いていたが、本当にメイドをしているんだな……」

マルコは呆れるのだったが、執事のマーセナルの言伝にも呆れた。

「……マーセナルの奴、昔の仕えていた主人の息子に若を重ねているのか、若絡みだと過保護で判断が冷酷だな……。——よし、地下にそいつらを連れて行け。誰からの指示か吐かせろ。加減はしなくていいらしい」

「へい！」

その一時間後、すぐにどこの指示かが判明した。

「何？　『上弦の闇』だと？　――馬鹿なのかあそこは？」

拷問を行った手下からの報告を聞いていたところ、外が騒がしいのでマルコが外に出ると夜の空を赤く照らす街の一角がある。

「あっちは、倉庫通りです。もしかしたら、捕まえた奴らの仲間かもしれないですね」

手下の一人が、目を細めて眺めると場所を特定した。

「お前ら、人を連れて消火にあたれ。ランスキーのところも動いているはずだ、協力して被害を抑えろ！」

「へい！」

手下は人数を集めると火事が起きている倉庫通りに急いで走って行くのであった。

マルコはそれを見送ると、

「……やれやれ。ここも襲撃する予定箇所だったのか」

マルコが、その細く鋭い目を暗闇に向けると、その暗闇から十数人の男達が思い思いに武器を持って湧いて出て来た。

「へっへっへっ。どうやら人も出払っているみたいだが、この田舎街のチンピラ共の溜まり場か？　それにしては結構立派だが関係ねぇ。お前らやっちまえ！」

「お前ら、『上弦の闇』の連中だろ？　もう、ネタは上がっているんだよ！　うちの事務所を狙った時点でもう死んだぞ、きっちり落とし前つけさせて貰うからな！」

マルコが珍しく吠えると、その姿が闇に溶け込んで消えていく。

「な！　消えたぞ⁉」

上弦の闇の連中が、マルコが消えるのに驚いていると、その傍から仲間達が血飛沫を上げて悲鳴を上げる。

「ぎゃー！」

「何かに斬られた！」

「ぐはっ！」

「何が起きている⁉」

上弦の闇の連中は、見えないマルコに斬られて次々に戦闘不能に陥って行く。

マルコは幻惑の魔法で、闇に溶け込んでいるのだ。

為す術も無く斬られていく上弦の闇の連中は手にしている武器を放り投げると、「助けてくれ！」と、逃げの姿勢に移った。

だが、消えたマルコは容赦がない。

追いすがって背中から斬りつけると、ひとりで全滅させるのであった。


リューはマイスタの街に対する襲撃を、執事のマーセナルの使いの報告で朝方知る事になった。

倉庫通りでは放火による火事で大きな倉庫がひとつ全焼したが、ランスキーとマルコの部下の対応の早さのお陰で死傷者はおらず、被害を最小限に抑えられたようだ。

そして、竜星組事務所への襲撃である。

これは、単独でマルコが撃退してくれたらしい。

これらの犯行を行ったのは『上弦の闇』という事もマルコの使いがやって来て報告を受けた。

「先の抗争で大打撃を受けた『上弦の闇』が何でまたうちに喧嘩を売ってきたのだろう？」

リューは敵の不可解な言動に「？」しか思い浮かばなかった。

「これからどうするの、リュー？」

傍で報告を聞いていたリーンが、判断を促した。

「もちろん、売られた喧嘩は倍返し、この落とし前はキッチリつけさせるよ。――マルコに連絡して。先の抗争の時の情報収集で上弦の闇の拠点は全てわかっているから、今から言うところにカチコミするよって」

リューはそう言うと、数か所の拠点をマルコの手下に伝える。

「――それと、見せしめの意味も込めて、『上弦の闇』は、この地上から消すからそのつもりで、と伝えてね」

「へ、へい！」

マルコの手下は、リューの一見平然と述べているが、恐ろしい内容に、慌てて返事をすると、組事務所まで馬を走らせるのであった。


こちらも朝方。

『上弦の闇』の本拠地にマイスタの街に放火して戻った手下が戻って来ていた。

その表情は血相を変えていて、ボスを早く起こせと、他の仲間に伝える。

「おいおい、どうした？　他の連中はどうしたんだよ。は？　やられた？　冗談も休み休み言えよ、ははは！　放火組はともかく襲撃組はうちの猛者達だぞ。戻るのが遅れているだけだろ？」

「違うんだ！　襲撃に参加しようと倉庫に火を点けた後、合流しようと駆けつけたら襲撃組が全滅していたんだ！　みんなやられていたんだよ！　だから俺達は大慌てで他の放火組との合流地点に向かわずこっちに直接戻ってきたんだ」

「……まだ、朝も早い。城門は夜中通ると怪しまれるから、みんな朝になって戻るはずだ。それに襲撃組の全滅とか何かの見間違えだろ。昼前までにはみんな戻るだろうから待ってろ」

「本当なんだよ！　信じてくれ！　早く伝えた方が良い！　きっとあそこはどこかデカいグループの縄張りだったんだ！」

放火組のチンピラはあまりにも必死に言い募るのだったが、明け方まで飲んで、寝て間がないボスをこの時間に起こして半殺しに遭うのはごめん被りたい手下は、放火組の連中を労うと昼にまた来いと追い返すのであった。

こうして、『上弦の闇』の連中は自分達がしでかした事の重大性に気づかぬまま、ボスが起きるのを待っていたのだったが、そこへ招かれざるお客が来る事になる。

丁度、お昼であった。

上弦の闇の本拠地の頑丈な作りの扉が、術者の土魔法の一撃で簡単に吹き飛び、四散する。

「お礼参りに来たぞコラ！」

眼帯の厳つい大男、ランスキーが、先陣を切って『上弦の闇』の事務所に飛び込んでいく。

「何だこの野郎！　どこの連中だ⁉」

『上弦の闇』のチンピラ連中がその大男に怯む事無く迎え撃つ。

「竜星組だ！　夜のお礼参りに来たって言ってんだよ！」

そうランスキーは答えると、チンピラ連中を殴り飛ばし、頭を掴んで壁に叩きつけ、刃物を抜いて斬りかかる相手にはその刃物を奪い取り、太ももに突き刺した。

「ぎゃー！」

ランスキーは、悲鳴を上げるチンピラは無視して部屋の奥に入って行く。

それに続いてランスキーの部下達も『上弦の闇』のチンピラ達を手慣れた様子でボコボコにしていった。

「ボス！　竜星組の襲撃です！」

『上弦の闇』のボス、アーバン・レンボーは、もう、昼だというのに大きな鼾《いびき》を立てて熟睡していた。

「ボス！　起きて下さい！　竜星組の連中が――」

手下が再度、言う途中でその背後から手が伸び、その手下の頭を掴むと背後の壁に叩きつける。

手下はその衝撃で気を失った。

「……うちを襲撃しておいて熟睡とは、馬鹿なのか？　――あ、若」

ランスキーが中々起きない『上弦の闇』のボス、アーバン・レンボーに呆れているとそこにリューが入って来た。

「……この感じだと、うちと戦争する気はなかったのかな？　……うーん。――ランスキー。場所を移動するよ。何でうちを襲撃したのか縛り上げて吐かせた上で、後の事は決めようか」

「へい、若。承知しました。おい、こいつを縛り上げろ」

「へい！」

ランスキーの手下達は慣れた手つきで熟睡したままのアーバン・レンボーを瞬く間に縛り上げ、担いで外に連れ出すと、場所を移動するのであった。


他の『上弦の闇』の拠点も同時刻にマルコ達が襲撃して壊滅させ、リューが宣言した通り、この日の昼間の数時間足らずで、王都で指折りの力を持っていた『上弦の闇』は壊滅したのであった。


アタマン侯爵家は、震撼していた。

何かと裏で利用していた『上弦の闇』が他の組織に潰されたのだ。

それだけならまだ、問題は無い。

他の繋がりを持てばいいだけだからだ。

だが、問題はそうではなかった。

数日後、アタマン侯爵家に一通の手紙と小包が送られてきたのだ。

その送り主不明の手紙には、

「これは、うちのシマに手を出した者の末路です」

とだけ記されていた。

アタマン侯爵は「？」であったが、執事が侯爵に代わって包みを剥がすと小さな箱が現れた。

それを開けると……、

「ゆ、指⁉」

そこには、趣味の悪い指輪が嵌められた小指が一つ入っていたのだ。

「旦那様……、この指輪には見覚えがあります。先日、壊滅して組織ごと行方不明である『上弦の闇』のボス、アーバン・レンボーのものかと……」

「何⁉　それがなぜうちに送られてくるのだ⁉　『上弦の闇』はよく人の処分に使っていたが、裏の組織同士の争いに首を突っ込んだ覚えはないぞ⁉」

アタマン侯爵は身に覚えがない、文面からも警告とわかるこの小指を凝視して身を震わせた。

「……申し訳ありません旦那様。実はギレール坊ちゃんに先日、『上弦の闇』について聞かれましたのでお教えしました。その際に『依頼料が必要だ』とおっしゃるのでお金もお渡ししましたから、その事かもしれません……」

執事が、青ざめながら身に覚えがある事実を口にした。

「な、何⁉　ギ、ギレールを呼べ！　何て事をしてくれたのだ、あやつは！」

アタマン侯爵は激怒すると執事に命令する。

「坊ちゃんは今、学校です。夕方にはお戻りになるかと思いますが……」

「すぐに学校まで使いを走らせろ！　学校どころではない！　裏社会で大きな勢力を持っていた『上弦の闇』を潰すような連中だぞ！　そのような組織に目を付けられ、周囲をうろつかれたらアタマン侯爵家の家名にも傷が付く！」

アタマン侯爵は憤ると愚かな事をしでかした息子を呼びつけるのであった。


暫らくすると、学校から急いで戻って来たギレールが、父親の執務室に飛び込んできた。

「父上！　大丈夫で──」

どうやら、父親に何かあったと勘違いしたようだ。

「このバカ息子が！　『上弦の闇』を使って、どこの組織のシマに手を出させたのだ⁉」

アタマン侯爵は飛び込んできたギレールの言葉を最後まで聞く事なく怒鳴りつけた。

「え？」

ギレールはピンピンしている父親の姿にホッとする暇も無く怒鳴りつけられ、その内容も頭に入ってこない。

「貴様が『上弦の闇』を動かしたのだろうが！　そのせいで『上弦の闇』は潰され、うちは、どこかの組織に目を付けられたのだぞ！」

「え？　……えー⁉　──ちょっとお待ち下さい、父上！　私は兄上と自分の経歴に傷を付けた後輩が統治を任せられている田舎街を燃やさせただけですよ？　結果報告はまだ、届いておりませんが……」

「どこの何と言う街だ⁉」

「確か……マイスタという街だったかと……」

「マイスタの街……、そこは聞いた事がないですね……。坊ちゃん、本当にそこで間違いありませんか？」

事情通の執事がギレールに確認する。

「あ、ああ……。そこの街の街長が自分達兄弟の経歴を傷つけたミナトミュラー騎士爵なんだ。そんな田舎街の一つや二つ燃えたところで……」

「その結果、そこを縄張りにしている組織がこの王都で幅を利かせていた『上弦の闇』を潰したんだ、馬鹿者！　——あっちは、お前がその街を襲わせた事を調べ上げてこんな物を送り付けてきたのだぞ！」

アタマン侯爵は、机の上に置いてあった手紙と小さい箱を掴むとそれをギレールに押し付ける。

手紙を読み、箱を開けたギレールは、思わず中身に驚くと箱を投げ、指輪の嵌まった小指が床に投げ出された。

「その騎士爵に謝罪して、その地元の組織との仲介をお願いしろ！」

「奴に、この私が頭を下げるのですか⁉」

「当然だろう！　仲介して貰い、あちらの地元組織に、今回の事を水に流して貰わないと、いつまたこのように指が届くかわかったものじゃない！　その為なら、お前の土下座の一つや二つ安いものだ！」

ギレールはミナトミュラーに自分が土下座する姿を想像して屈辱に顔を真っ赤にしたが、父親の命令である、従うしかないだろう。

父親に今すぐ学校に戻って謝罪して来いと再度怒鳴られると、渋々学校に戻って行くのであった。


すでに時間は夕方に差し掛かり、生徒達が下校の準備を始めていた。

リューもリーンと二人、教科書やノート、筆記用具をマジック収納に入れ、席が近いランスやイバルと話しながら席を立ったところに、教室の扉が勢いよく開けられた。

その音に和気あいあいとしていた教室の生徒全員がピタッと止まり視線がその方向に向けられる。

そこには三年生のギレール・アタマン先輩が立っていた。

「リュー・ミナトミュラー！　話がある。体育館裏に来い」

「……いえ、すぐ帰りたいので用件はここでお願いできますか？」

ギレールの態度からまだ、懲りずに絡んでくるのだろうかと思ったリューは、証人がいた方が良いと思い、そう答えた。

「……くっ！」

ギレールはその返答に言葉を詰まらせると、何か踏ん切りがつかないのか顔を赤くしたり、青くしたりしながら挙動不審な動きをし続ける。

ざわざわ。

他の生徒達もこの三年生の先輩の挙動にざわつき始める。

ギレールはその教室の反応を感じて、これ以上引き延ばすと良い事はないと思ったのか、リューの傍まで駆け寄ろうとした。

「そこで止まりなさい！」

リーンがその間に入って、手で制す。

ギレールは接近して小声で謝罪するつもりだったが、リーンに間に入られてそれも出来なくなった。

「……先日の街の一件は私がやらせた事だ。……すまなかった。許してくれ、この通りだ……」

観念したギレールはその場に土下座するとリューに許しを請うのであった。

教室内はギレール・アタマンの想像をはるかに超える行動に一瞬息を呑み、重々しい沈黙が支配した。

ギレールの言葉の内容からリュー・ミナトミュラーに何かしたようだが土下座する程だから、余程の事をしでかしたのだろうと、教室内の生徒達は下校の準備中だった手を止めて近くの生徒と憶測し始めるのだった。

「……心当たりがありますが、そういう事ですか？」

土下座された当人であるリューは驚く事なく冷静に対応した。

「……ああ、本当にすまない……！　被害に関してはアタマン家から賠償金もちゃんと支払う……、支払います。だから君には地元を縄張りにしている組織に会える手筈をお願いしたい。仲裁して貰えれば助かる……」

ギレールはリューに頭を下げる屈辱に顔を歪めながら、言葉を振り絞るようにお願いする。

「ギレール先輩がやった事は、国に報告して裁いて貰うレベルの行為だとわかっていますか？　それに先輩が言う地元の組織、僕はあの街の長に収まっていますが新参者です。手筈を整えるだけでも大変だと思いませんか？　これだけ迷惑をかけておいて、都合が良すぎると思いますよ？」

その組織、竜星組の組長であるリューだが、もちろんそれは秘密なので知らないフリである。

それに、街を燃やそうとした行為自体、そう簡単に許されるものではない。

リューは素直に頷くつもりはなかった。

「……くっ！　ど、どうすればいい……？」

「そちらの誠意を見せて貰わないと、こちらからそんな裏社会の組織と接触する手筈や仲裁など、僕には迷惑でしかありませんよ？　そんな都合のいいお願いがあると思いますか？」

前世のヤクザの常套手段「誠意を見せろ」である。

自分で言っていて笑える思いであったが、その笑いを堪えてギレールを少々追い詰めてみる事にした。

「……賠償金の他に迷惑料、紹介料、仲裁の手間賃も支払う。……それに今後、手を出さないと誓う」

ギレールは父から怒られるのを覚悟して譲歩する姿勢を見せた。

だが、大きく譲っているように聞こえて、実はあまり譲っていなかった。

口約束の時点で、信用はゼロだ。

この辺りはやはり狡猾だ。

「……まだ、ご自分のお立場を理解されていないようですね。侯爵家だからこのくらい譲歩したというつもりなのでしょうけど。犯罪者として国に訴え出ていいのですよ？　証人はこのクラスの生徒がいますし。僕が治める街の襲撃を裏社会の組織にさせておいて、お金と当てにならない口約束だけで僕が頷いて問題が解決するとでも？」

リューはクラスの生徒全員を証人にする為にギレールの犯罪をはっきりと口にした。

「……ぐぬぬ！　……ではどうすればいいんだ！」

ギレールは逆ギレ気味に立ち上がると言い返した。

「まず、今回の犯罪行為を全面的に認めた事を書面にして下さい。もちろん、さっきおっしゃった事も守って貰います。その上で、我が寄り親であるランドマーク家、そして、僕のミナトミュラー家に対して今後一切関わらないという誓約も書面にお願いします。それが出来次第、裏社会の組織との橋渡しをさせて貰います」

書面にする事で、今後何か起きた際、今回の事でいつでも国に突き出せる状態にしようという事だった。

これは、ギレールには屈辱的な事だ。

今後、ランドマーク絡みで自分が関わる事があったら、証拠書類の存在でいつでも捕まる事になる。

リューが巧みなのは、敢えてアタマン侯爵家の名前を出さなかった事だ。

アタマン侯爵家にしてみたら、いざという時、次男であるギレールを切れば済む事だ。

そういう意味では、アタマン侯爵家のメンツは保たれる。

リューはこうする事で、アタマン侯爵家を全面的に敵に回す事なく、ギレール個人の立場を悪くして追い詰めたと言っていい。

ギレールは、それを察したのか顔を真っ赤にし、そして、断れない事を理解して顔を青くすると、一言「……わかった」と承諾し、教室を出て行くのであった。


後日、リューの元に、書面が送り届けられ、それを確認すると、さも接触するのが大変だったという風に間に入り、竜星組との仲裁を仕切るのであった。

竜星組の代表はマルコ。

アタマン侯爵家からはギレールと執事である。

そして、その間に仲裁役のリューだ。

「うちのシマを荒らすよう、『上弦の闇』に依頼したのはそいつか……？　子供の遊びにしては度が過ぎたなお坊ちゃん。おかげで家のシマを襲撃した『上弦の闇』はうちの報復で壊滅。ボスのアーバン・レンボーは、〝失踪〟だ。残党はおそらくあんたを逆恨みしていてもおかしくないな。もちろん、うちも怒り心頭なわけだが」

マルコが、リューとの打ち合わせ通り、先制パンチで静かに雰囲気をピリつかせながら、凄んで見せた。

この辺りはマルコも本職である、上手いものだ。

リューが内心感心していると、

「ミナトミュラー騎士爵から話を伺っていると思いますが、今日は穏便に済ませて貰いたく……」

執事が、怖じけづく事無く、ギレールを守るように前に出た。

「アタマン侯爵家は、謝罪と賠償金を支払うと言っているので、今回は僕の顔を立ててチャラにして貰っていいですか？」

リューが執事に感心して早速仲裁の仕事をする。

「……本来ならシマを荒らされた時点で竜星組はアタマン侯爵家とそっちの坊ちゃんを徹底的に追い込むところだ。だが、ミナトミュラー騎士爵が、そう言うのであれば……仕方がない。こちらの提示する額で手を打とう、これがうちのボスの要求額だ」

マルコはそう言うと、目の前に金額を書いた紙を提示する。

執事はその額を見て顔色一つ変えず、頷く。

ギレールはその額に目を剥いて驚くと、執事の表情を窺い、次に相手のマルコを見て、最後にリューの顔を見たが、何も言う事が出来ずに大人しくしているのであった。

「ギレール坊ちゃん。わかっていると思いますが、あちらの竜星組は、出来たばかりですが、王都で裏社会最大の組織です。その組織が一目置くミナトミュラー家、ランドマーク家には今後一切手を出してはなりません。わかりましたね？」

帰りの馬車で、冷や汗を拭った執事は、そうギレールに釘を刺した。

「……わかった」

ギレールはそう一言答えるような垂れ、馬車内は沈黙に包まれるのであった。

後日、『上弦の闇』のボス以下、主要な幹部は、マイスタの街での放火事件、王都での殺人などの重犯罪の容疑も含め、逮捕されたマイスタの街でその罪を問われて有罪となり、即日縛り首の刑に処せられたのだった。

一目置かれてますが、何か？

王女クラスを騒然とさせたギレール・アタマンの土下座姿から数日。

リューとリーンは何事も無かったかのように学園生活を過ごしていた。

いつもの隅っこグループと新たな友人、イバル・コートナインの六人で話に花を咲かせていた。

「……イバル君は今回の期末が最初のテストだけど勉強大丈夫？」

シズが、意外にも自分からイバルを気にかけてか話を振った。

「うーん。どうだろう……。一応、エラインダー家に居た間は家庭教師が付いていて学校の授業よりは先の方まで勉強していたのだけど、中間テストの内容を教えて貰ったら難しかったんだよね。みんなあんな内容を授業で勉強していたのかい？」

イバルは、勉強に自信があったようだが、前回の問題内容を知って驚いている様子だった。

「あの内容は気にしなくていいみたいだよ？　他のクラスメイトにも聞いたけど、あの難しい内容の問題を解けたのはここに居るリューとリーンだけみたいだったようだからさ。王女殿下も頑張ったみたいだけど二人ほどではなかったらしいよ」

ナジンが前回のテスト問題がとてもレベルが高いものだった事を指摘した。

「そうそう。平均点も低かったみたいだし、心配の必要はないぜ？　それより、今回のテストはイバルが良い線いきそうだから楽しみだな」

七光りで入学した口だと思っていたイバルが、実技の授業で高いレベルの結果を残したので、ランスは面白がっていた。

「そうね。正直イバルは親の七光りで入学試験二位だと思っていたから、意外に出来て驚きだったもの」

リーンは歯に衣着せぬ物言いでイバルを評価した。

「あはは……。そう思われても仕方ない。でも、俺も親や家名のプレッシャーと戦いながら努力はしていたんだよ。それでも、魔法や剣の実技では、ランスやナジン、シズが凄いのには驚かされたけどね。リューとリーンが凄いのは散々聞かされてわかってはいたけど」

「……私達はリュー君とリーンちゃんに教えて貰っているからね。……勉強もテスト対策で教わったから好成績残せたの、おかげで私は八位だったよ……！」

シズが前回の順位八位を誇って見せた。

「ははは！　今回はイバルが入ってシズや自分、ランスは順位が下がる可能性があるから頑張らないとな。人の心配している場合じゃないぞ？」

ナジンがシズに指摘する。

「……イバル君。今回は無理しないでいいよ？」

シズが珍しく冗談を言う。

「ははは！　さっきは心配してあげていたのに」

そんなシズの冗談にリューが笑う。

「おいおい。リューも下手をしたらリーンに抜かれる可能性があるんじゃないか？　それに王女殿下もすぐ下に居るわけだし、油断しているとナジンも迫って来るぜ」

ランスが楽観的なリューに危機感を持たせようと指摘した。

「それはないわ。リューの実力はみんなわかっているでしょ？　私だってリューには実技の方では敵わないもの。勉強の方はセシルちゃんが毎回宿題出すし、日頃から努力しているリューが負ける事はないわよ」

リーンが自分の事のようにリューを自慢する光景はいつも通りであった。

「ははは。じゃあ、俺はみんなに追い付けるように頑張るよ」

イバルは、楽しいやり取りの中に自分も入れている事に喜びを感じつつ、努力を誓うのであった。

「……そこでイバル君の魔法の使い方についてなんだけど――」

リューがランス、ナジン、シズに教えた魔力の基本の練り方について、提案する。

来た！

ランス達も基本からやり直した経緯があるので、イバルも指摘されるだろうと思っていたのだ。

「ふふふ。イバル君よ。君も俺達同様に基本から学び直すがいい」

ランスが、イバルの肩に手を回し、勿体ぶって言う。

「？」

イバルは、どういう事なのかわからずに困惑する。

「リューのやり方を習得すれば、魔力の無駄が省けて効率がよくなり、練習も捗るのさ。ただし、慣れるまで時間がかかるんだ」

ナジンがこれから苦労するであろうイバルに軽く説明する。

「……イバル君も慣れれば、中級魔法を早い段階で使えるようになるよ」

シズが一足先に中級魔法を使えるようになった先輩としてイバルに教える。

「え？　みんな中級魔法が使えるの⁉」

イバルは驚く。

自分も家庭教師から教わっていたが、使えるようになる前に養子に出されていたのだ。

「俺は最近やっと使えるようになったばかりだけどな！　でも、だからこそ期末テストが楽しみなんだ」

ランスも優秀そうなイバルに先輩面《せんぱいづら》出来て嬉しそうだ。

「……どんなやり方か教えてくれる？」

イバルはリューの手を掴むと目を輝かせ、嘆願するのであった。

数日後。

「まだ、基本だけど出来るようになったよ。みんなありがとう！」

イバルがみんなの前で火の下級魔法を手の平の上に出して成功を見せて感謝した。

「飲み込みが早いよ、イバル君！　これなら中級魔法もすぐに使えるようになるかもね」

リューは感心して頷く。

そんな中、複雑な思いで見る者がひとり……。

は、早すぎる……、俺が先輩面出来たの数日だけかよ！

ランスはイバルの習得の早さにがっくりと肩を落とすのであった。

一年生の王立学園学期末テストは予定通り行われ、ほぼ想像通りと思われる順位が発表された。

一位　リュー・ミナトミュラー
二位　リーン
三位　エリザベス・クレストリア
四位　ナジン・マーモルン
五位　イバル・コートナイン
・

七位　シズ・ラソーエ

・

・

・

二十九位　ランス・ボジーン

上位四人は変わらず。

これには、みんな納得した。

前回の中間テストで、その実力を理解しているからだ。

だがその後に続く五位イバル・コートナインの名は、他の一年生をざわつかせた。

「え？　エラインダー公爵家を追放されたのに、何で五位なの？」

「おいおい……、エラインダー公爵家の力がまだ、順位に反映されているじゃないか」

「今はコートナイン男爵家の養子だから、そんな力ないだろ？」

「じゃあ、実力……なのか？」

「実技のテストの時、やっているところ見たけど、全系統の魔法を操っていたぞ？　それに、あのリュー・ミナトミュラー騎士爵のグループにいるんだから、実力があるのかもしれないぜ？」

「全系統!?　それって滅多にいないとされる希少な才能じゃん！　……確かにエラインダー公爵家時代にそんな謳い文句で入学していたみたいだけど、正直、嘘だと思ってた……」

「俺もそう思ってた……。そんな才能あるのに、廃嫡されて養子に出されるって……、親のエラインダー公爵って馬――」

「それ以上はやめとけ。それはきっと言動に問題があったからさ」

「その言動も、謹慎中に良くなったって聞くぜ？」

「馬鹿！　人がそんな簡単に変わるかよ」

「でも、そうじゃないと、ミナトミュラー君のグループに入れないでしょ？」

「……そこだよなー。俺もリーン様と一緒のグループに入って仲良く話したい……」

「話が逸れているよ！」

と、一部関係ない話も混ざっているが、イバル・コートナインの五位という順位は大半の生徒が驚きを以て受け止め、話題の中心になっていた。

「ふふふ。みんなびっくりしているよ」

リューは自分の事のように、喜び楽しんでいた。

期末テストまでの間、イバルが相当優秀なのは一緒に勉強していて実感していたのだ。

「くそー！　俺もかなり頑張って順位上げたのに、イバルが話題を独り占めかよ！」

ランスは悔しがる。

ランスは中間テストで良い成績を取ってからというもの、勉強が楽しいのか普段からきちんと真面目に授業を受けていて、伸び率でいったら、断トツであった。

それはそうだ。

元は、補欠入学の身である。

それが、今や、上位である二十九番目の成績とあっては相当な自信になる。

「ランスはまだ、伸びしろがあるんだから今後も頑張れば良いじゃない」

リーンが珍しくリュー以外のメンバーを励ました。

「……ナジン君が今後はイバル君に順位を抜かれるかも……」

シズが幼馴染のナジンをからかうような事を言う。

「今回は勝てたけど、確かに二学期はどうなるかわからないな。イバルは相当優秀なのはわかったよ」

ナジンは冷静に今回の結果を受け止めているようだ。

シズの珍しい、からかうような言葉も幼馴染として慣れているのか、スルーしてナジンは答えた。

シズは、無反応のナジンに頬を膨らませたが、何も答えずへそを曲げるのであった。

「……リュー式魔法基礎を教えて貰えたから良かっただけだよ、俺は。そうでなければもっと順位は下だったと思う」

そう答えるとイバルは謙遜した。

こういうところも他の生徒が別人かと驚く態度であった。

イバルは実の親に廃嫡され、養子に出されるという経験をして、まだ十二歳の子供にはかなり大きな心の傷のはずだったが、謹慎期間中にそれを乗り越え、何枚も脱皮して成長を遂げたようだ。

リューや王女殿下に罪を許され、リューのグループに友達として迎えられた事も、その一助になっていただろう。

イバルは文字通り、生まれ変わったのかもしれなかった。

だが、このイバルの変貌ぶりを面白く思わない者はいた。

元エラインダークラスの一部の生徒である。

散々公爵家の力を背景に自分達をこき使っておいて、何事も無かったかのように舞い戻り、ちょっかいを出させた生徒、リューと仲直りしているのだ。

今は男爵という下級貴族の養子だから、戻った時点でいじめるつもりであったが、王女クラスに移動し、それどころかこの学年では王女の次に偉い騎士爵持ちであるリュー・ミナトミュラーの庇護下に入ったのでそれもできない。

それに、一番の被害者であるリューがその罪を赦したとあっては、表立ってイバルを批判するわけにもいかず、マキダールと一部の生徒はそういった鬱屈とした思いを抱いて、今回の期末テストの結果を受け止めるのであった。


生徒達の沢山の想いが錯綜する期末テストが終わると、次に来るのは夏休みである。

その夏休みはイベントが沢山あるから楽しみであった。

そしてその先の夏休み明けに来るランドマーク領の豊穣祭には今年、お客側としてリューは参加するつもりでいた。

もちろん、今年の豊穣祭の出し物については、家名を貰う前に計画していたので、準備は整っている。

その為に、謹慎中にランドマークの屋敷の地下に地下三階を作って準備していたのだ。

あとは、兄タウロと妹ハンナがその準備を引き継いでくれているはずである。

リューはランドマーク領の領民が、アレを食べて驚く様子を想像すると楽しみでいっぱいであった。

リューとリーンは好成績で期末テストも終えた事で、マイスタの街長として、ミナトミュラー商会の代表として、そして、竜星組の組長として仕事に集中する事にした。

街長としては、竜星組のおかげで、治安がかなり向上した。

たまに、同じマイスタの街を拠点とする『闇商会』と、『闇夜会』のチンピラと揉める事はあるが、そこはリューが街長として領兵を出す事で抑えていた。

それに、『闇商会』と『闇夜会』とは、定期的に連絡会を行う事で同意している。

双方とも自分の組織が大事だが、それと同時にこのマイスタの街が大切なのだ。

その共通認識の下、下っ端同士のいざこざはあっても、大きく揉める事無くやっていけそうな感じであった。

それに、こう言ってはなんだが、リューは街長である。

領兵に、竜星組の兵隊、商会の部下達を動員すれば、大きな被害を出しながらではあるだろうが、双方とも潰す事は不可能ではないのだ。

あちら側もそれくらいはわかっているので、大きなトラブルは避けているのだった。

街長邸で今後の方針と報告について部下達と話し合う事になった。

リュー以下、リーン、執事のマーセナル、マルコ、ランスキー他、その部下であり各部門の代表者である者達も参加している。

「ミナトミュラー商会は、土木、建設は今、かなり順調に伸びています。製造の方も、ランドマーク商会の下請けとして大きく伸びていますし、若が力を入れている『自転車』なるものの動力につきましても、職人達の研究で解決出来そうな雰囲気です。竜星組から引き継いだばかりの農業に関しては、ランドマーク領から、コヒンの木を大量に引き継いで、畑に植えたので今年は流石に無理ですが、来年には早速収穫が見込めるかと思います。加工に関しては、すでに工場を作って生産ラインに乗せていますので、こちらはもう、大丈夫です」

ランスキーが商会を代表して、報告する。

「え？　チェーン問題解決しそうなの？」

リューが、初耳とばかりに聞き返す。

「さっき報告を受けたんですが、若の言うチェーンを魔物の革を加工して代用できるのではないかと革職人連中が今、試作品を作り始めたらしいです」

ランスキーが部下にその情報を耳打ちして貰って、改めて報告する。

「そうか！　その手があったね！」

「俺も詳しくは聞いていませんが、ベルト状の革を重ねて若の提案した歯車が歯飛びしないように出来そうだとの事。耐久性も魔物の種類によっては十分丈夫な物を作れそうだという報告が上がっています」

「じゃあ、それで進めておいて。あとは馬車で培った技術もどんどん利用していこう。自転車が出来れば、逆に馬車の開発にも転用が利くしね。チェーンの開発研究も続けておいて。損はないと思うから」

「わかりました」

ランスキーは頷いた。

その後も、ランスキーの商会の仕事内容についての報告がひとしきり続いた後、休憩を入れた。

「あ、アーサ、みんなにお茶を頼める？」

「わかったよ、じゃない、わかりました若様」

メイド姿の元超一流の殺し屋アーサ・ヒッターは、リューの背後で、静かに立っていたが、リューの一言でテキパキとお茶を入れ出した。

この姿に、メイドの前職を知っているマルコは、内心驚くのであったが、アーサはそれに気づいているのか気づかないのか会合参加者全員にお茶を出すのであった。

ランスキーも、アーサの事は組織に入らない孤高の仕立屋としてもよく知っていたので、メイドの姿には驚いていた。

殺し屋を辞めてからは、頑なに仕立屋一本でずっとやっていたので心配であったが、仕事を見る限り、ちゃんとやれているようだ。

二人の幹部の心配を余所にアーサはお茶を出し終えると、自分の分も入れて飲み始めた。

この辺はやはり、マイペースのアーサらしい。

執事のマーセナルに、注意されて飲むのを止めるアーサであったが、そこにリューが、

「ははは〜！　身内の会合だから別にいいよ」

と、声をかけるのであった。


そんなひと時の休憩が終わるとまた、報告が始まる。

「それでは竜星組からの報告ですが、止めていた密造酒の生産の件について、『闇夜会』側から、仕入れたいと打診がありましたので若の言いつけ通り、生産を開始しました。興行に関しては、地元のマイスタの祭り、王都の地域のイベントなど、地元民との話し合いで、いくつか決まりそうです。また、若の提案された『スモウ』の興行については、賞金を出す素人参加型の形で行えないかと思うのですが……」

マルコが、竜星組を代表して、報告を始めた。

「うーん……。スモウは怪我が絶えないから一部、ルールを変更しようかな。竜星組で力が有り余っている連中に技術的な事を教えて参加させるから、それで勝ち負けは調整して盛り上がるようにして下さい。強い素人さんは、スカウトも考えているのでその辺もよろしくね」

「わかりました。次にこれも、若の提案されていた屋台の出し物ですが——」

こうして、ミナトミュラー家の報告会は順調に進み、今後の方針についても語られる事になるのであった。

竜星組の報告も多岐にわたった。

債権取り立て代行や、賭博場の運営、それらの管理もある。

マイスタの街内だけでも、『闇商会』、『闇夜会』との間でいざこざになり易いし、王都の方で運営している賭博場ともなると、顧客には庶民から豪商、貴族までおり、これが中々大変なのだ。

他にもチンピラグループとのトラブルも後を絶たない。

下っ端同士は、血の気ばかりが多い若者が多く、組織の大小に関係なく喧嘩になる事がある。

その辺りの小競り合いは流石にマルコも部下に任せているようだが、時には騒動が大きくなる事もあるから、時折報告は受けていた。

さらには、露天商の取りまとめ、それら関係店からのみかじめ料の回収もあり、これも縄張りの境界線上では、小さい争いが絶えない。

もちろん、竜星組は王都とその近辺では一番の勢力なので、まだトラブルとしては解決が容易な方ではあった。

現在、王都の主な勢力は、『竜星組』、『闇商会』、『闇夜会』、『黒炎の羊』、『月下狼』だが、先の大抗争でどこも大小の傷を負っており、他の中小の勢力がここぞとばかりに力を伸ばしつつある。

そこに王都でも武闘派勢力であった『上弦の闇』の壊滅だ。

このグループの縄張りはまさに今、数多のグループの取り合いの場になっていた。

『上弦の闇』を潰した当の本人である『竜星組』は、その縄張りを取らずに放置したのでさらに争いに拍車をかける事になっている。

リューは縄張り争いではなく、うちにちょっかいを出した事への落とし前という理由で潰したので、敢えて縄張りは取らなかったのだ。

その為、竜星組は新参の勢力だが、王都中の裏社会のグループから前身の『闇組織』以上に一目置かれる存在になりつつあるのであった。

こうした背景もありつつ、竜星組の報告はまだ進む。

「現在、『上弦の闇』の縄張りは地元の中小のグループが取り合いをしていますが、抗争で被害が大きかった『月下狼』が『上弦の闇』の後釜に座って勢力を回復し『黒炎の羊』に並ぼうと躍起のようです。後釜争いは当分続きそうですが、そこで敗れて行き場の無い悪党どもの取り纏めも若の命令通り順調に進んでいます」

「うん、それなら良かった。負けを知っている連中は勝って猿山の大将気取りの血の気の多いのよりは言う事聞きやすいからね、うまく仕事を割り振ってあげて」

「はい、用心棒や、人材派遣など仕事を与えていますが、素直なものです」

負け組は地元に残れず、人知れず地下に潜るか、勝ち組の傘下に入りこき使われるしか道が無いのだ。

争いに負けた直後では勝ち組の傘下に入りたくないのがチンピラの心情である。

そこに、竜星組という一大組織から下っ端で良いならうちが面倒を見てやるぞ？　と、声を掛けられたらどうだろう？

どん底から一気に天国の気持ちになるに決まっている。

そんなどん底から引き上げて貰って、恩を感じないチンピラはほとんどいないのだ。

リューは前世の経験を上手く生かして悪党、もしくは元悪党を上手く手下に組み込んでいっている。

竜星組を任されているマルコも、リューの命令通りにしているのだが、短期間で急成長しつつある竜星組にやりがいを感じているのであった。

「じゃあ、どちらとも報告は終わったみたいだね。今後の方針だけども、僕の寄り親であるランドマーク家が大きくなる事が第一目標である事は変わらない、それはいいね？」

「「「へい！」」」

リューの言葉に部屋に居る全員が同意の返事をする。

「その上で、ミナトミュラー家も大きくする。これもいいね？」

「「「へい！」」」

「ミナトミュラー商会は、ランドマーク商会とは別の路線で大きくします。竜星組はこれまでの裏社会での組織、グループとはまた違う路線を進む予定です。カタギの方への迷惑はご法度、あくまでも裏社会での正義に則った組を目指します。その為にも、みんなの力が必要です。僕に力を貸して下さい」

リューがその場で頭を下げる。

「わ、若！　頭を上げて下さい！　俺たち全員、若の為なら何でもしますぜ。若の目指す道は俺達の目標です。このマイスタの街の希望と言っても良い。そうだなみんな？」

ランスキーがマルコ以下、全員に賛同を求める。

「もちろんですぜ、若！」

「当然です」

「どこまでも付いて行きますぜ！」

場が一つにまとまった。

「ランドマーク家とミナトミュラー家の発展と安泰を願って乾杯しましょう、リュー！」

リーンも場の雰囲気に呑まれたのか賛同するとリューに音頭を促す。

「……そんなつもりはなかったのだけど、そうだね。コーヒーだけどみんなカップを持って」

全員が、カップを手にする。

「主家であるランドマーク家と与力であるミナトミュラー家の発展と安泰を願って乾杯！」

「「「乾杯！」」」

乾杯をすると全員その場でカップに残っていた少量のコーヒーを飲み干した。

この乾杯が、毎回、会合をする度に行われる一つの儀式になっていく。

そして、面白半分でリューは盃を作らせてそれで乾杯を行う事にするのだが、部下達はこの盃を直接リューから受け取るのが最大の名誉と思うようになるのであった。


王宮の一室。

そこでは、分刻みの日程で仕事をこなす国王が、ひと時の休憩の為、お茶の時間を楽しんでいた。

「いい香りだ……」

国王が、湯気を立てるカップに鼻を近づけて香りに満足しながら、ひとかけらのチョコを口にし、カップの中身のコーヒーを一口飲む。

「陛下、お聞きになりましたでしょうか？」

向かいの席で一緒にお茶休憩を取っていた宰相が何か思い出したように声を掛けた。

「何の事だ？」

「エリザベス第三王女殿下が、学園の期末テスト三位と好成績だったそうです」

「そのような事、結果が出てすぐに報告を受けておるわ。一位と二位がまた、ランドマーク子爵の倅《せがれ》、リュー・ミナトミュラーと、エルフのリンデス村長のところの娘だろう？　頼もしい事ではないか。まあ、うちの娘が一位ならなお良かったがな。ははは！」

「では、そのミナトミュラー騎士爵が商会を作った事は？」

「ほほう、そうなのか？」

「早速、王都と、マイスタの街の間の道を整備し、交通の便を良くしたようです」

「なんだ、そんなに交通の便が悪かったのか？」

「どうやらそのようで。予算にも限りがあるので、あちらの道の整備はずっと後回しになっていたようです」

「……そうか。それは、騎士爵には悪い事をしたな。良い街を与えたつもりだったのだが官吏に任せたのはいけなかったな」

国王は、忙しさの中で、官吏に丸投げしていた事に眉を顰めた。

「いえ、私も官吏に任せておりましたのでそこまでの配慮が足りませんでした」

宰相も反省の弁を述べる。

「騎士爵は不満を漏らしているのか？」

「いえ、そのような苦情は上がってきておりません。ですが、あちら側の負担で道の整備を行ったようですので、もしかすると不満を持っているかもしれません」

宰相は重大とも思える発言をした。

「なんと！　ならば国庫からその分は出しておけ。そのような事で人心が離れるような事では困るぞ？」

「もちろんです、その手続きは先程、私がしておきましたのでご安心を。それと……」

「そうかならば良かった。他に何かあるのか？」

国王は、宰相の手際に安堵の息を漏らし、まだ続きがあるらしい宰相に続きを促した。

「騎士爵の商会、ミナトミュラー商会が、建築土木業を中心に商いをやっているようなのですが、王都の城壁修復工事参加の申請を行っております」

「なんだ、申請を認めてやればよかろう？」

国王は、何が悪いのか聞き返した。

「まだ、実績がありませんから、他の商会から不満が上がるかと……」

なるほど、新参者を入れると古参の商会の稼ぎが減る。

それは、確かに不平不満が上がりそうだ。

「すでに王都・マイスタの街間の道の整備を行ったのであろう？　それで十分だ。北側の一部の城壁修復に限ってやらせれば、他の商会もそこまで目くじらを立てまい。——その騎士爵の商会の評判はどうなのだ？」

国王は、まだ、出来たばかりの商会なので、広い範囲を任せられないだろうと想像してそういう判断を下した。

そして、やはり気になるのは、新米騎士爵が運営する商会の評判である。

「王都内でもその商会はいくつか大きな建物を建てております。工事期間も短く、価格も安いとあって評判は悪くないようですな。それに変わった出で立ち、手法、宣伝をしているようです」

「そうなのか？」

「はい。青色の変わった服装で作業員の身なりを統一し、工事現場の四方を垂れ幕で覆って作業風景を見えなくしているとか。そして、大きな看板を立てて、現場作業をしている自分の商会名を書き、作業音がうるさいのでその事の謝罪文もその看板に書いているとか」

「？　建築業とはそのようなものなのか？」

「いえ、報告者によれば、そのような手法は初めて見るとか。どうやら、騎士爵が独自に考えたようです」

「そうかそうか。どうやらミナトミュラー騎士爵は、勉学と魔法の才能だけでなく、商売の才もあるようだ。ははは！」

「全くですな。誠に将来が楽しみです。——ところで陛下」

「なんだ、まだ何かあるのか？」

「いえ、話は変わるのですが、不穏な噂を耳にしまして……」

「……不穏とな？」

「陛下は王都の裏社会についてはどのくらい知っておられますか？」

「……ふむ。ここ数年、怪しい薬が出回っているらしいな。その出処が『闇組織』とかいう大きい組織と聞いている」

「陛下の耳にも入っておりましたか。……どうやらその裏社会で抗争があったようで、その『闇組織』が、消滅したそうなのです」

「なんと!? 儂が聞いたところでは王都でも最大勢力として君臨しており、中々手が出せないという話だったぞ？」

「こちら側でも調べさせていたのですが、中々尻尾を出さず苦慮しておりました。報告では内部分裂を起こしたのではないかとの報告です」

「内紛か……」

「はい。そして、その後釜に新たな勢力が就いたらしいのですが、その勢力は、幸運な事にその怪しげな薬の製造を止めてくれたようです」

「おお、それは不穏どころか良い報告ではないか！　……貴族達の間でも密かに広まっていたというし、対処に困っておったが、ならばもう、安心か」

「ですが、その後釜に就いた組織の事はまだ、よくわかっておりませんので警戒は必要かと……」

「……うむ。東西の国境線でもいさかいが絶えないという報告もある。そんな中、王都内でもそのような不穏分子を抱えるわけにはいかんからな」

国王は、国内外の動向について心配するのであったが、先程まで楽しく語っていたリュー・ミナトミュラー騎士爵その人が、その組織のボスであるとは夢にも思わないのであった。


ハックション！

「風邪かしら？」

リーンがくしゃみをして鼻を啜るリューに、ハンカチを渡しながら聞く。

「いや、多分、誰かが僕の噂をしているのかもね。出来れば、ミナトミュラー商会の良い噂だと良いなぁ」

リューは笑いながら冗談のつもりで言ったが、まさかそれが正解であるとは夢にも思わないのであった。

シノギが盛り上がってますが何か？

夏休みに入る前日。

ランドマークビルの前で、新しい馬車の発表が行われた。

貴族やお金持ちに圧倒的人気がある従来の煌びやかな外装とカスタマイズが可能で乗り心地が良い『乗用馬車一号シリーズ』の性能と品質を向上させた改良版、『乗用馬車一号シリーズ・タイプグレードL』と、性能と安全性、軽量化で無駄な物を一切省いた近未来型のシャープな形が売りの『乗用馬車二号シリーズ・タイプS』が、公開されたのだった。

この日の為に、ランドマーク領の職人達と、マイスタの街の職人達が力を合わせ、新たな技術を投入した自信作である。

リューとリーンが普段、通学に使っている『乗用馬車二号改A（安心）A（安全）L（ランドマーク）（仮）』の商品化された物が『乗用馬車二号シリーズ・タイプS』である。

リューがAAL（仮）と名付けていたが、それは商品化の際に却下された。

ダサいというのが全員の却下の理由であった。

「おお！　一号シリーズ・タイプグレードLは、一層見た目が素晴らしいな！」

「おほほ、あなた。早速、予約しましょう？」

「先ずは商品説明を聞いてからにしようではないか。そこの君、従来のものと何が違うんだい？」

ランドマーク製乗用馬車のファンと思われるお金持ち風の男性が店員に声を掛ける。

「外装は、これが基本タイプですが、もちろん、カスタム化は可能です。今回大幅に変更されたのは、性能と乗り心地の大幅な向上。そして、室内をご覧下さい」

「お、内装も良いな！　――うん？　やけに広く感じるな？」

「お客様はお目が高い！　その通りです。長距離移動での閉塞感を少しでも解消する為に車内を広く取ってあります」

「あなた、以前のものより揺れも少ないし、座席も革張りで素敵よ。乗り心地も良さそう」

お金持ち風男性の奥さんと思われる女性が中に乗り込むと、車内で跳ねて見せた。

「こらこら、はしゃぎ過ぎだぞお前。だが、確かに以前よりも揺れが少ないようだ。性能はどのくらい優れているのだ？」

男の方は性能も気になるようだ。

「各部位を強力な魔物の骨で強化加工、軽量化しています。さらには軸受けに商会独自の技術を使って滑らかな回転を実現し、速度も従来よりかなり向上しております。安全性も商会独自の技術でブレーキの向上を図るなど従来の物とは比べ物にならないかと……、お値段もその分、高くなりますが、それに見合う商品だと思います」

「確かに……。これは、素晴らしいとしか言えまい。よし、購入しよう。妻よ、外装と内装について店員と話し合うとするか」

「ええ、そうね！　私、内装はピンクにしたいのだけど？」

そう言いながら店員に一階の展示場内の個室に案内されていく。

よし、あれは契約成立だろう！

その光景をお店の脇で見届けていたリューは小さくガッツポーズをする。

だが、それより気になるのはリュー肝煎りの『乗用馬車二号シリーズ・タイプS』だ。

こちらは、とにかく、前世のスポーツカーをイメージして無駄な物を省き、ひたすら性能重視に特化した。

速度も乗り心地も通学で利用しているから保証済みだ。

二頭引きで十二分に速く、従来の馬車と比べたら、文字通り段違いだ。

これには、最初、見た目の近未来的なフォルムもあり、遠巻きにする人々が多かった。

だが、店員が、従来の馬車との性能差を説明しだすと、同じ金持ちでも商人や、高位の役人と思われる層が、その鑑定眼を持って見極めようと寄って来た。

仕事人にとって、無駄な物を省いて性能だけを追求した姿に、自分を投影している者もいるようで、

「なんという理想形……」

「男のロマンがここに詰まっているな……」

「移動時間の短縮は、働く者にとって最大のメリット……。私のイメージするものがここに……！」

と思い思いに目の前の馬車に、うっとりとするのであった。

「試乗は出来るのかね？」

「そうだ、乗って見ないとな」

「よし、早速、乗せたまえ！」

仕事人らしくせっかちな者が多かったが、数人ずつ周囲を軽く試乗して貰い、その試乗後は一様に、褒めちぎった。

そして、せっかちさんらしく、

「店員、すぐに契約だ！」

「こちらも、契約するぞ！」

「私もだ！　いつ納品できる？」

と、次々に契約が始まるのであった。


「おお！　想像していたより売り上げが伸びそう！」

リューは、お客の上々の反応に喜びもひとしおであった。

何しろ、マイスタの街の職人の技術も今回、かなり導入されているのだ。

ランドマーク領の職人の技術はもちろんだが、ミナトミュラー家の職人達の腕も認められたようなものなので、職人達に良い報告が出来そうで嬉しかった。

「みんなに良い報告が出来るわね」

そんな嬉しそうな表情をするリューの心情を察すると、リーンがポンと肩を叩く。

「……うん！　次は、アレの商品化が出来れば、ランドマーク家の発展はもう一段階進みそうだ！」

リューは次の目標の達成に向けて気合いを入れるのであった。


ランドマークビルにおける新馬車発表会は大盛況であった。

その発表会を盛り上げる形でいくつか屋台が出されていた。それが大盛況の理由の一つ竜星組の露店部門であった。

従来の屋台は、物を売る台に屋根を付けたもので、その場で串に刺した肉を焼いたり、作って持ち込んだ物を売ったりするのが通常である。

単純なものであるが、それがお祭りなので登場すると魅力的に映り、値段が割り増しでも買ってしまうのだが、それだけに収入源としては馬鹿に出来ない。

リューは前世の屋台を参考にこの発表会を盛り上げる為に色々な屋台を準備していた。

こちらの世界では、遊べる屋台と言えば、的に当てるボール投げや、蹄鉄投げがあるが、リューはそれに加えて沢山のくじから当たりを引くオーソドックスなくじに、ヒモの先に商品を括り付けてそれを引っ張って当てるヒモくじ、水鉄砲を使って薄い紙で出来た的を当てる水鉄砲的当て、リューが前世で知っているキャラをパク……オマージュして作った木のお面に（大人の事情で具体的なデザインは言えない）、点数の付いた木の棒に向かって投げ込む輪投げなども加えてバリエーションを増やした。

ゲーム性のある屋台は全て、一等賞から、参加賞まで商品をちゃんと用意してあり、ランドマークビルで人気になっている木工店の品々や、マイスタの街の職人達が、リューの提案で作った木の玩具から、巧みな技術で作られた財布用革袋やベルト、キーホルダーなどの革製品もあった。

子供が喜びそうなものが中心であったが、大人向けの商品を用意したゲームも催された。

それが、ビンゴである。

まず、一等賞の商品が、最近王都で若者が仕事で乗り回している『二輪車』であった。これを三台、つまり三ゲーム分用意した。

これだけでも興行主側の元が取れるのかと心配になるような高級な品だが、一定数以上の参加人数を決め、参加費ももちろん頂く。

ただし、ランドマークビルで一定額の買い物をしたお客には無料でビンゴ用紙を渡して、参加を促した。

参加者は用意された椅子に座ると、初めて行うゲームのルール説明を、ざわつく中聞く事になった。

司会者は、ルールを話しながら実際にやって見せ、手順を説明する。

参加者達はそれを聞きながら復唱して確認する。

「なるほど。あの八角形の木製の回転する大きな箱の下から、飛び出す番号が書かれたボールの順に、ランダムに数字が書かれたこの用紙の番号をくり抜くのか」

「ズルする奴がいるのではないか？」

「それは無理だろう。ほら、番号を書き出しているから、番号以外をくり抜いたらすぐにバレるさ」

「それに列があと一つまで揃ったら『リーチ』と叫んで知らせないといけないらしいから、それもズル防止かもしれない」

「そういう事か。そして、列が全部揃ったら『ビンゴ』と、叫んで揃った事をアピールするのだな」

「そういう事だな。一番早く揃ったら、あの『二輪車』が当たるのか……。ずっと気になっていたから、当たったら他の貴族にも自慢出来そうだ」

「あれは、私が頂くさ。新しく買った馬車の後ろに積んで、行く先々で乗って自慢するとしよう」

貴族達もこれから起きる未知のゲーム、ビンゴのルール説明を何度も確認した。

何しろ『二輪車』はランドマーク商会が現状、貸し出しはしているものの販売はしておらず、文字通り幻の逸品である。

一人の参加費レベルで入手できるなら安いと思わせる目玉商品である。

二番目以降の景品もランドマークビルで扱う商品を用意して、お客の目を引いた。

ランドマークビルで扱う商品はどれも人気のものばかりで品薄である。

それを安く入手できる可能性があるのだ。

ハズレても参加賞は貰えるらしい。

それは流石に子供騙しの木の玩具だが、今をときめくランドマーク製だから親戚の子供にでもあげれば喜ばれるだろう。

あっという間にビンゴの参加者は定員いっぱいになり、ビンゴはスタートした。

「ではまず、真ん中のフリーを、くり抜いてから始めます」

司会者がそう言って、手にしたビンゴ用紙の真ん中に穴を開ける。

参加者達もそれに倣う。

「それでは、回します……。――まずは、十二番！　十二番が用紙にありましたら、そこに穴を開けて下さい！」

「あった！」

「くっ、無いではないか！」

「十二番か！　十一番ならあるのに！」

ランドマークビルの前の通りに面する野外会場は参加者達が早くもヒートアップしていく。

「それでは、続けます……。――四十五番！」

司会者が、丁寧に番号確認をしつつ、次々にガラガラと福引機を回してゲームを進行していく。

そしてついに……、

「り、リーチ！」

一人の貴族と思われる男性が顔を上気させて、叫んだ。

おお！

観客もリーチのお客に「やるな！」とか、「先を越されたか……」とか、「いや、まだだ！　まだ終わらんよ！」と、赤い彗星の人が言いそうな台詞を言ったりして盛り上がる。

司会者が、リーチの男性を指さして、

「最初のリーチの人が現れました！　――ですが、最後までどうなるかわかりません。みなさんもまだチャンスはありますよ？　それでは、続けます！」

と、他のお客さんも煽る。

その後も、リーチと叫ぶ者が現れ、ヒートアップする中、ついに……、

「び、ビ、ビンゴだー！」

と、列が揃った事を知らせる男性が現れた。

それは、新しい馬車を購入した金持ち風の男性だった。

隣でその妻が、興奮して立ち上がり、拍手をしている。

「おめでとうございます！　一番にビンゴされたあなたには、この二輪車が贈呈されます！」

一時、ビンゴは中断され、景品の受け渡しが始まる。

その光景に、悔しがる者、拍手を送る者、次の番号を早速催促する者、いろんな人が現れたが、その後も大盛り上がりでビンゴ大会は大成功を収めた。

こうして結果を出した竜星組の露店部門は、父ファーザから感謝され、評価がグンと上がった事は言うまでもない。

もちろん、組長であるリューからも褒められ、屋台部門のコワモテの部下達は有頂天になるのであった。


リューとリーンは夏休みに入った。

と言っても、ランドマーク領には毎日、早朝から仕入れの為に『次元回廊』で帰っているので帰郷するという感じもなく、逆に、任されているマイスタの街に頻繁に通っている。

そして、街長としての仕事をこなしながら、ミナトミュラー商会の代表として現場責任者のランスキーに指示を出し、竜星組の今後の仕事についてもマルコと話し合いを行っているのであった。

そんな中、竜星組の露店部門は、竜星組の中でも一層盛り上がり、人気の部門になりつつあった。

コワモテの厳つい大人達が、ランドマークビル前でお客の喜ぶ顔を見て、屋台での接客にやりがいを感じ始めたのだ。

当初は、リューが食べ物の屋台も沢山出せるように指導しようとすると、不器用だから料理なんてできないと渋っていたりと消極的であったが、先日以来、積極的に練習を始めていた。

これも、お客の喜ぶ顔が見たいから、というのが一番の理由になっていた。

リューはこの変化を歓迎した。

竜星組は部門別に仕事を分けて部下達を振り分けているが、露店部門は正直人気が無い部門だったのだ。

組員は大概、血の気の多い連中である。

お客の顔色を窺う仕事は苦手な者が多かった。

だからこの部門には、一線を退いた高齢な者が多くいたのだが、新馬車発表会での盛り上がりに、手伝いで裏方に回されてその状況を見ていた若い連中の一部が、自らやりたいと申し出てきたのだ。

リューはやる気のある者は大歓迎だ。

元からいる高齢の部下に指導を任せつつ、この新たな竜星組の花形部門の人材育成を進めるのであった。

露店部門があれば、もちろん、興行部門がある。

新馬車発表会は、ランドマーク家の主催だったので、露店部門だけの派遣であったが、通常は、興行部門が何かしら主催して、そこに露店部門が協力するのが流れである。

今回、露店部門の単独での成功に興行部門はかなり嫉妬していた。

「羨ましいな、露店部門の連中。あっちに行きたいと希望を出している若い連中もいるらしいぞ」

「本当か⁉　裏社会での娯楽提供といえば、俺達、興行部門の仕切りでの催しだろうに……。若にも喜んで貰えるように頑張らないと！」

「……ここは、若が提案していた『スモウ』を、早く推し進めた方が良いのではないか？」

「そうだな。この時期は王都内でも地域祭りが多く行われるから、若の提案の『スモウ』をそこにねじ込もう」

「幸い『闇組織』時代からの縄張りである各地域に今も影響力は残っているから、早めに企画書を出して地域のお祭りに食い込まないと！」

興行部門のコワモテの大人達は狭い部屋で顔を突き合わせて真剣に話し合いを行う。

「それとこのマイスタの街の祭りも仕切りはうちのはずだが、今年はどうなるんだ？」

「どうって？」

「『闇組織』が解体されてこの街には今、我らが『竜星組』と、『闇商会』、『闇夜会』の三つ組織があるわけだろう？　うちが仕切って、他と揉めないか？」

「そうだった！　これまで通りでいいのか？」

「これは若に確認した方が良いな」

「そうだな。若からはホウレンソウが大事と言われているから、相談した方が良い」

「よし、そうしよう！　……ところで、ホウレンソウってなんだ？」

「「「その説明からかよ！」」」

こうして、色々な問題がありながらも、興行部門も露店部門に刺激を受けて盛り上がりつつあるのであった。

「――という事だそうです」

街長の執務室では、リューが書類にサインをしながら、執事のマーセナルの報告を受けていた。

傍にはリーンが椅子に座って待機し、二人にお茶を出す為にメイドのアーサがポットを手にカップにコーヒーを注ぐ。

リューはそのコーヒーに砂糖とミルクを入れて口にすると一言、

「確かにマイスタの街のお祭りの仕切りの事忘れてた……」

と、漏らすのであった。

「定期連絡会の提案はあちらにしているのよね？」

リーンが執事のマーセナルに聞く。

「はい。竜星組の方から、マルコ殿名義で『闇商会』、『闇夜会』には連絡してあります。ですが返答がありません」

「……うーん。具体的な提案じゃないからかな……。じゃあ、準備はうちで進めつつ、マルコを介して、『マイスタのお祭りの仕切りについて話し合いたいので至急連絡を求める』って、伝えておいてくれるかな」

「了解しました若様。至急マルコ殿に伝えます」

そう答えると執事のマーセナルは執務室を出て行く。

「今のところ目立ったトラブルは無いけど、『闇商会』と、『闇夜会』はどうしたいんだろう？」

リューが、リーンに聞く。

「どうでしょうね？　あっちにしたら、『闇組織』解体のきっかけを作った相手がうちになるわけでしょ？　多少は苦々しく思っているんじゃない？」

「でも、マルコの話だとあっちのボス二人は、そういうタイプでもないらしいんだよね」

「『闇商会』のノストラと、『闇夜会』のルチーナだったかしら？　以前に一度会ったきりだけど」

「うん。あの時は連絡すれば会うと言っていたんだけど、返事が無いという事は本人達の気が変わったのか、手下が納得していないのか……、それとも他の何かか……、どうだろうね？」

「今回連絡しても返事が無かったら、揉めるかもしれないわね」

リーンが不吉な予想をする。

「あの二人は、このマイスタの街が好きそうだから、いざこざにはならないと思うよ。ただし、次、返事が無かったら方法を変えないといけないかもしれないけど……」

リューはリーンの言葉を否定しながら、考え込むのであった。


『闇商会』のボス、ノストラは雑務に追われていた。

「ノストラさん。竜星組から使いが来ていますが？」

ノストラの手下が、最近ずっと不機嫌なボスに声を掛ける。

「……竜星組？　また、連絡会の話かい？　うちはそれどころじゃないから相手にしなくていいさ」

普段は飄々としているノストラは手下の方を向く事なく、充血した目で机の書類と格闘していた。

ノストラの『闇商会』は、直系の手下達と共に、『闇組織』解体直後から独立して結成されたわけだが、『闇組織』の内部で役割分担がされてあった為、『闇商会』には専門外のものがあり、それらへ新たに一から取り組まなければならなかった。

特に、一番の問題はお金であった。

ノストラのところも、ルチーナの『闇夜会』のところも、『闇組織』時代はボスにお金は握られていて、上から組織運営の為の資金が毎月渡され、それで自分達の担当部署を管理していた。

それが当時のボスであるマルコの、組織を支配する為の手段だったわけだが、そこからいざ独立したら、もちろん、下りてくる資金は「ゼロ」である。

だから、組織の運営の為にノストラは貯め込んでいた私財を投じ、昼の顔であった商業ギルド職員を辞めて『闇商会』維持の為に、四六時中働きづめの状況になっていた。

ルチーナの『闇夜会』も同じようなものであった。

ルッチの残した多額の私財と、組織の大規模な財産を握っていたマルコを部下にした竜星組は資金面に困らず上手くやっているが、『闇商会』と、『闇夜会』は、元手がほぼ無いところからだったから、そう上手く運営がいくはずがなくて当然なのだ。

それに、『闇商会』も、『闇夜会』の規模は、ただの裏社会のチンピラグループではない。

独立直後から、王都でも竜星組に次ぐ二番手三番手の巨大組織だからその管理も大変であった。

「それが緊急の用件だそうです」

「……緊急？」

そこで初めて、ノストラは顔を上げると手下の顔を見た。

「……わかった、会おう。ここにその竜星組の使いを通せ」

「はい」

手下は頷くと執務室から出て行く。

そしてすぐに、その使いを伴って手下が戻って来た。

「はじめてお目にかかります。私は、マルコの部下のシーツと申します。この度は──」

「挨拶はいいから用件を言ってくれないかい？」

ノストラはシーツの言葉を遮ると用件を促した。

「それでは、早速、本題に入ります。一つは定期連絡会への参加のお願いと、マイスタの街のお祭りの興行についてです」

「緊急ってそんなことかよ。……そうか。もう、そんな時期か……。──連絡会は、今、必要性を感じないし、うちは忙しくてそれどころじゃない。祭りについてだが、祭りの興行はマイスタの街の縄張りを仕切っている組織の証でもある……。うちがやりたいが今まで仕切りはマルコが担当していたからな、うちは専門外だ」

「そうですか……。ならば提案がございます」

「……提案？」

「我が竜星組が今回の祭りを興行しますが、『闇商会』と、『闇夜会』には人手を出して頂き、こちらのやり方を学んで貰ってはどうかという提案です」

「……それは、そっちのボスの提案かい？　それともマルコの独断かい？」

「一部は私が今、思いつきました。がしかし、人手を出して貰い、三者が力を合わせてマイスタの街の領民の笑顔の為に祭りを成功させたいというのが若様の希望です。やり方を学んで貰うというのは私の考えですが、多分、若様は理解を示してくれると思います」

使いである元執事のシーツは全幅の信頼を寄せるリューの代わりに提案に修正を加えた。

「……そちらには何の得があるんだい？」

ノストラが警戒するのも仕方がない、聞く限り自分達にしか得が無い話だ。

「？　——若様は、マイスタの街の領主です。領民の喜ぶ顔がみたいからに決まっているではないですか。ご存知の通り、若様は竜星組の組長でもありますが、マイスタの領民の多くは、裏社会に関わりのある者が多い。それを考えると、どの立場であっても、領民の利益は若様が求めるところですよ」

「……それが、そちらに従わない組織であってもか？」

「それは関係ないかと。あなたもマイスタの領民の一人だと若様は領主として考えておられると思います。もちろん、あなたが街の秩序を乱すなら、マイスタ領主として、竜星組組長として対峙する事になると思いますが、ノストラ殿は、そうするおつもりはないのでしょう？　我が主はノストラ殿を高く評価していますので今後、協力していけると思っておられます」

「……わかったよ。今は一人でも働き手は惜しいが、マイスタの領民の笑顔を見る為だ、人手を割こう。――この後はルチーナの『闇夜会』の本部に向かうのかい？」

「はい」

「わかった。うちからも使いを出して、口利きをしよう。今は、これぐらいしか出来ないけどな」

ノストラは肩を竦めると、手を振ってシーツの退室を促した。

シーツは優雅にお辞儀をするとノストラの手下に従って退室するのであった。

「……やれやれ。あの子供組長は、底が知れないなぁ。敵対する気が無いのがうちにとっては有り難い事だな……」

ノストラはそう呟くと、また、仕事に戻るのであった。


マルコの使いである元執事のシーツは、『闇夜会』の女ボス、ルチーナのところでも最初は煙たがられたのだが、ノストラの使いを同行させている事を知ると面会に応じた。

そして、こちらもシーツの説得に頷く事になるのであった。


「リュー、マルコから報告よ。ノストラも、ルチーナも協力して人手を出すって」

リーンが、書類仕事に追われているリューに声を掛けた。

「そっか。マルコもよく二人を説得できたね。でもこれで、マイスタの街のお祭りも順調に開催できそうで良かったよ」

リューは、結果に安堵の息を漏らすと、メイドのアーサにコーヒーを入れてくれるようお願いするのであった。

ランドマーク子爵家の当主である父ファーザ、そして、その嫡男である兄タウロ、そこにとある説明をする為に同行したリュー、そして従者であるリーンの四人が王宮の庭に訪れていた。

それは、王家に献上する品を持参しての事であった。

ランドマーク家一行は、当初、担当の官吏に献上の品を渡して、リューが開発者として製品の説明を行いすぐに帰る予定であったのだが、屋外で説明の途中、周囲で何やら慌ただしくなった。

駆けつけてきた官吏の一人が父ファーザに対し、

「殿下が貴殿の献上品に興味を持たれたので会われるそうだ」

と、だけ告げた。

殿下？

違う官吏に説明中であったリューは、エリザベス第三王女殿下が、自分達が来ている事に気づいたのかな？　と、思ったのだが、現れたのは知らない殿下、王子であった。

リューをはじめ、父ファーザ、兄タウロ、そしてリーンは、慌ててその場で跪いて見覚えが無い王子を迎えた。

「この珍しい馬車を献上しに来たのはお前か？」

王子は跪いている父ファーザを一瞥すると、不躾《ぶしつけ》に問いただしてきた。

「はは！　私はランドマーク子爵でございます」

「名前は聞いておらん。それよりこれは父上への献上品なのか？」

「……はい。陛下と、そして、息子がお世話になっておりますエリザベス第三王女殿下へ献上する為に持参した二台の馬車と、二台の『自転車』でございます」

「は？　第二王子である我へは無いのか？　エリザベスに渡す予定の物を我へ寄越せ。――おい、官吏。それでいいな？」

「……ですがオウへ第二王子殿下。それではランドマーク子爵と、ミナトミュラー騎士爵の面目が立ちません。特にミナトミュラー騎士爵は、エリザベス第三王女殿下のご学友です。ご学友だからこその献上品ですからそれを殿下にお渡しするわけには……」

官吏が、オウへ第二王子の無理強いに引き下がらず言い返した。

「そのような事は、我には関係ない。それに、こいつが騎士爵？　まだ、子供ではないか。なんだお前、その歳でエリザベスに取り入って騎士爵の地位を得たのか？　父上はエリザベスには甘いから、断れなかったのだろう、やれやれだ。――ランドマーク子爵、面目を保ちたいのであれば、後日、そちらで献上品を再度用意すればいいだろう。我は今、欲しいのだ」

オウへ第二王子はそう言うと、後ろに従えていた側近に「御者を務めよ」と、声を掛ける。

「殿下、そのような事をされてはランドマーク子爵、ミナトミュラー騎士爵両名と、陛下の名誉まで損なわれます」

誰も得をしないと判断した官吏が、また食い下がる。

「官吏の分際で、我に歯向かうのか！　王家は貴族の頂点だ。そして王家有っての貴族であろう。

我はその第二王子である、これ以上歯向かうと、この場で斬り捨てるぞ！　ランドマーク子爵も、それでよいな？」

オウへ第二王子は頭を下げ、跪いている父ファーザに威圧するように聞く。

父ファーザは眉一つ動かす事なく、一部始終を静観していたが、話を振られたので口を開いた。

「恐れながら第二王子殿下。これらの品は今回、国王陛下へ献上する為に運んで参ったものです。それを横から奪われたとあっては、陛下と私の名に傷がつきます。国王陛下は、国そのもの。私はその国に仕える貴族。陛下と自分の名誉の為にもここは、お渡しする事は出来ません。殿下へは後日、お届けしますのでお許し下さい」

父ファーザはそうはっきり答えた。

「貴様！　殿下は、譲れと仰っているのだぞ！　奪うなどと、子爵如きが殿下に対して何たる無礼！　殿下に変わって私が斬り捨ててやる！」

オウへ第二王子の側近が、そう激昂すると剣を抜き、頭を下げて跪くファーザの首に剣を振り下ろそうとした。

だが、次の瞬間、一番近くに居たリューが立ち上がると、その側近の剣を握った右腕を掴んで止めるのであった。

「王宮で剣を抜き、そればかりか陛下の臣である我が父にその剣を振るうとはどちらが無礼千万ですか。場を弁えるのはあなたでしょう？」

リューは静かにだが、威圧する雰囲気で、握る手首に力を込めながら言った。

「くっ、は、離せこいつ！」

大の大人である側近の男は、目の前の子供騎士爵の手を振り解く事が出来ず、ジタバタした。

そこへ――

「これは何事ですか？」

と、背後から聞き覚えがある声がした。

そちらに一同の視線が向く。

そこには、学園の制服とは違う華やかなドレスを纏ったエリザベス第三王女が側近を連れて立っていた。

「王宮内で剣を抜くとはどういう事ですか、モブーノ子爵。――あら？　オウヘお兄様。――そうでした、モブーノ子爵はオウヘお兄様の側近でしたね。モブーノ子爵、王子であるお兄様の前で王家を侮辱する行為を行ったのですか？　私も証人になってあなたの行為を追及する事も出来ますが、お兄様の手前、どうしましょうか？」

「……！」

モブーノ子爵は、リューが手首を離したので急いで剣を鞘に納めた。

「エリザベスよ、これはちょっとした戯れだ。モブーノ、そうだな？」

オウヘ第二王子は、苦虫を噛み潰したような表情を浮かべると、側近に話を振る。

「は、はい殿下！」

モブーノは慌てて答える。

「戯れでも、これは度が過ぎると思いますが、お兄様の側近が起こした事ですし……、今回は父上への報告は控えておきましょうか？」

エリザベス第三王女はそう答え、父ファーザに近づいてくると、改めて口を開く。

「ランドマーク子爵、この度の献上の品、父、国王陛下に代わって感謝します」

エリザベス第三王女が声を掛けた。

その光景を見て、オウヘ第二王子は舌打ちするとその場を後にするのであった。

「助かりました、王女殿下」

父ファーザが、オウヘ第二王子達がいなくなるのを確認してそう答える。

「いえ、ランドマーク子爵。我が兄がご迷惑をお掛けしました。お兄様の分の馬車に関しては、御用達商人を通じて改めて注文しますので、お気遣いなく。ミナトミュラー君と、リーンさん、近い内にまたお会いしましょう。——そちらの方は？」

王女が、父ファーザとリューー、リーンとは別の青年が微動だにせず、跪いている事に気づいた。

「ランドマーク家の跡取りで、僕の兄、タウロです」

「ミナトミュラー君のお兄様ですか。弟のミナトミュラー君にはいつもお世話になっています」

王女は笑顔で兄タウロの顔を上げさせ、挨拶をする。

「こちらこそ、弟のリューがお世話になっています！」

普段溌溂《はつらつ》としたマイペースの兄タウロが、珍しく緊張して答えるのであった。

ランドマーク印の新たな商品になるであろう『自転車』が完成した。

だから王家に新型の馬車と共に献上したのだが、あくまでも完成しただけであった。

というのも、『自転車』に使われている部品が貴重な素材と技術の粋を集めたものになっており、その中でも駆動部分にチェーンドライブの代わりにベルトドライブ機構を用いた為、耐久性を重視し、魔物の革の中でも高価で、とても丈夫な物を用意して完成させた。

その為、コストが跳ね上がってしまったのだ。

だから、完成はしたが、商品化となるとまだ、道は遠い。

だが、目途は多少ついていた。

そう、この丈夫で貴重な革の原材料であるヘルボアの皮は魔境の森の奥地でなら討伐して入手が可能なのだ。

その為、祖父カミーザと兄タウロには領兵の訓練も兼ねて、魔境の森奥地に分け入って狩りをして貰っている。

流石にそれだけでは人手が足りないので、ミナトミュラー家からも、竜星組の血の気の多い若い衆を『次元回廊』を使ってランドマーク領に送り込む事になっている。

こちらは、血の気ばかりで腕の方はまだまだなので、ランドマークの人々のお手伝いレベルなのだが、未来のミナトミュラー家の屋台骨になって貰うのも目的の一つである。

マイスタの街、竜星組本部前広場では、若い衆の中でも血の気が多く、マイスタの街の外の人間、外様勢が集められていた。

「竜星組を代表して行ってきますよ、若！」

その若い衆の代表であるアントニオが出発当日、組長であるリューにここぞとばかりにアピールした。

もちろん、竜星組内での出世の足掛かりにアントニオは参加を希望した有望な若者だったが、他はほとんど竜星組内部でも、あまり言う事を聞かない若い連中だったので、魔境の森で自分達の実力を理解させ、祖父カミーザに性根から叩き直して貰い、更生させるのもリューの計算の中に入っている。

何しろ王都から遠く離れたランドマーク領のそれも魔境の森の奥地に行かされるのだ、逃げようもない。

逃げるくらいならみんなといる方が生存確率が高い状況に置かれる。

そうなれば、周囲のランドマーク家の実力者である祖父カミーザを始めとした長男タウロ、次男ジーロ、領兵達の実力を嫌でも目の当たりにする事になる。

そこで自分を見つめ直す事に繋がるだろう。

これはもう、ランドマーク式更生施設である。

非人道的？　いやいや、異世界ではそんな甘い事言ってられないからね？

リューにとっては、革の原材料が入手出来て、竜星組の未来の人材が育成出来て、一石二鳥である。

夏休みの間、彼らには頑張って貰おう。

もちろん、命懸けなので、若い衆には一筆したためて貰う。

「若、何すかこれ？」

態度が悪い一人が、誓約書について聞いて来た。

「ミゲルてめぇー！　若に対してなんて口の利き方しやがる！」

アントニオがその態度の悪い若い奴、ミゲルの胸倉を掴む。

「まあまあ、アントニオ。字が読めないいんだよね？　自分の名前は書けるように練習してきたと思うけど、それはこれにサインをして貰う為なんだ。中身は、『上の命令を聞かずに怪我をしても文句は言いません。死んでも以下同文。また、途中で逃げない事を誓います』というような内容のものだよ」

「はっ？　何すかそれ!?　俺は竜星組内でも出世できるチャンスだって聞いたから参加したんすよ！」

ミゲルは、やはり、態度が悪い。

「そうだよ。チャンスはチャンスだよ。その更生施設で——じゃない、素材回収作業のお手伝いを夏の間やって貰って、そこで腕を磨いて帰って来られたら、それなりに強くなっていると思うよ。そうしたら竜星組での出世にも影響するかもしれないって話だね」

「そもそも、上の連中があんたに付き従っているから俺らも従っているが、俺より強いのかよあんたは？」

いよいよミゲルはリューに対する態度がよりあからさまに悪くなった。

どうやら、ここで竜星組のトップであるリューに喧嘩を売って倒したら簡単に上に行けると計算したのだろう。

「ミゲル、てめぇー、俺にも勝てない分際で若に喧――」

アントニオが、ミゲルを殴ろうと腕を振り上げた。

「アントニオ、ちょっと待った。――説明するのも面倒だからまずは覚えて貰おう」

リューはそう言うと、一瞬でその場から消えた。

いや、ミゲルの傍に踏み込んで接近していた。

次の瞬間、ミゲルは吹き飛んでいた。

リューが殴り飛ばしたのだ。

「体に……ね？」

リューは、白目を剥いて気を失っているミゲルにそう一言告げるのであった。

そして、他の若い衆全員に対して宣告する。

「今回ミゲルには手加減したけど、本来、君達が同じ態度をとったら、この場で失踪して貰う事になります。僕は竜星組の頭であり、親である以上、その下にいるみんなの為にも舐められたら千倍返ししないといけない立場だからね。――それでは説明します。今回君達が行くところは僕やここにいるリーンが通っていた場所になります。みんなもそこで頑張って下さい」

「「「は、はい！」」」

血の気の多い若い衆の中でもミゲルは、人格は別にして強い部類だったのだろう。

他の連中はそのミゲルをリューが一撃で倒した事に恐れ戦《おのの》き、自分達のボスの簡単な説明に即答するのであった。

「それでは、みんなサインしたら早速、更生施――じゃない、ランドマーク領の魔境の森へ案内するよ♪」

リューは笑顔でそう言うと、アントニオを始めとした若い衆に誓約書にサインをさせていくのであった。

職人の街のお祭りですが何か？

マイスタの街は、リューの街長就任から様変わりしようとしていた。

新しい建物も増え、製麺所や、『チョコ』工場、水飴工場、そして、職人の街なのでその職人達が集う大規模な鍛冶工場や、縫製工場が出来るなど、住民の新たな働き場所も増えた。

街郊外の畑も、今まであった普通の畑だけでなく、カカオン農場が北の森に突如登場し、そこで働く人員も沢山募集している。

食生活も製麺所が出来た事で、各料理店に麺料理が登場。

腹持ちが良いと評判で、職人達には特に好んで食べられている。

ここでもリューは、うどんを推した。

特に以前からうどんを成功させる為にトッピングに力を入れていたので、肉うどんに各種天ぷらの組み合わせをリューはアピールした。

これは、街長であるリュー自身が勧めるからか、職人達に大好評になり、ランドマーク領でも為しえなかった人気一位を獲得する事に成功した。

これには思わずリューもガッツポーズである。

ただ、女性には必ずしも好評とはいかなかったので、ここでもリューは策を講じた。

それは、野菜たっぷりの肉サラダうどんのメニュー開発である。

これはメニューの研究にあたっていた料理人からの提案で、リューは当初、邪道と渋っていたのだが、リーンには好評だったので各料理店に試しに提案したところ、さっぱり食べられて美味しいと直ぐに人気になった。

こうしてうどん料理は、マイスタの街で受け入れられる事になるのであった。

……と思ったのも束の間であった。

リーンが、

「お好み焼きもどき（ピザ）の専門店があってもいいんじゃない？」

と、提案してきたのだ。サラダうどんでの功績もあるし、前世でも人気がある食べ物であった事を残念ながらリューも理解していたので、試しに一店舗作ってみた。

すると、これが爆発的な人気になる。

マイスタの街の住民の食の魂に火を点けたのか、お店は連日満員御礼、黒山の人だかりで行列が絶える事がなかった。

あまりに店内が混雑するので、作る場所を拡張、そして、店内で食べられないのでお持ち帰りと『二輪車』での配達の仕組みを作った。

お客が大量注文をする為に店頭に訪れると、お店は注文を受けてすぐ調理し、配達員がお好み焼きもどき専用のおかもちを後ろに積んだ『二輪車』で配達するのだ。

するとこれもまた成功する。

成功は嬉しい事であったが、この成功により、うどんの人気一位の座はすぐにお好み焼きもどき（ピザ）に奪われ、リューはショックを受けるのであった。

「マイスタの街のみんなが、何となくイ◯リア的な雰囲気があると思っていたけども！」

と、リューは愚痴をこぼすのであったが、この事があってか、竜星組と、ミナトミュラー商会内では、うどんとお好み焼きもどきを比べる事は禁句になるのであった。

マイスタの街は、確実に発展していた。

こうなってくるとどうしても成功させたいのが、この街で行われる一年に一度のお祭りである。

竜星組の興行部門、露店部門はその日に向けて、準備に余念がない。

それに、この街では竜星組を始め、三つの組織が存在する。

お祭りの興行を失敗などして、来年は『闇商会』、もしくは『闇夜会』で、となるのは竜星組の面子にかけても避けたいところであった。

なので、リューは当日訪れるお客の視覚、嗅覚、聴覚に訴える事にした。

まずは、視覚。

これについては、町中に提灯を飾る事にした。

その為に住民に配布して、自分の家の前に吊るして貰う形だ。

提灯はこの日の為に、リューが細工職人を動員して作って貰った。

初めての事なので作るのに多少値は張ったが、次回からは職人達も作るのに慣れて安く仕上げる事が出来るだろう。

色とりどりの提灯のおかげで住人のみならず、外からのお客にも綺麗だと思って貰えているようだ。

次に、嗅覚。

これは、もちろん料理であり、露店部門が料理に関してこの日の為に修行を重ねてきた。

屋台で調理してその場で出すスタイルで、定番の串焼きから、嗅覚を刺激するならこれ！　と、リューが推し進めたのが、焼きそばや焼きイカ、焼きトウモロコシであった。

もちろん、ランドマークの豊穣祭でお馴染みのリゴー飴や、リゴーパイなども出すが、嗅覚を刺激するならやはり焼き物系であった。

ここに、唐揚げなども加えて万全の態勢を取る。

そして、最後が聴覚。

これは、祭囃子だが、革職人と木工職人には太鼓を、細工職人には笛を作って貰い、若い衆に簡単なメロディーを覚えてもらって演奏させる。

これは、連日、街の片隅で練習させていたので地元の住人達は最初こそ何事かと思っていたが、簡単なメロディーの繰り返しが脳裏に残るようで、自然と口ずさむところまで洗脳……、じゃない、慣れ親しんで貰えるようになっていた。

こうして、マイスタの住人にはお祭りの準備段階から楽しんで貰い、外からのお客には期待を持たせつつ、当日を迎えるのであった。


「……ついに来たね、マイスタの街祭り当日」

リューが、緊張でつばを飲み込んだ。

「みんな頑張って準備したんだから成功させて楽しみましょうね！」

リーンは、リューの緊張を他所にすでにお祭り気分である。

「ランスキー、マルコ。準備万端だよね？」

「「へい！」」

「よし。……じゃあ、開始を知らせる打ち上げ花火だ！」

リューはそう言うと街長邸の庭から上空に向かって、大きめの火魔法を放った。

火魔法は上空で派手に大轟音を立て炸裂する。

マイスタの街の住人がこの大轟音にお腹の奥から振動を感じて外へ飛び出してくるのを視界に捉えつつ、リューがマイスタの街長になって一番のイベントが開始されたのであった。

リューの魔法で開始されたお祭りは大盛況であった。

このマイスタ祭りには、学園の隅っこグループであるランス、ナジン、シズ、イバルを始めとした王女クラス全員に招待状を出してある。

その他にも普通クラスのお世話になった子達にも友達と一緒に来て楽しんで貰えるように誘ってあった。

その為、例年はマイスタの街の住人で行われる内々の祭りであったが、今回は王都の方からも人が押し寄せて来ていた。

リューはこうなる事を予想し、屋台を出す通りと、馬車の往来を許可した通りをわけて、交通規制してある。

特に、街の南門から街長邸まで伸びる一本の道は、混雑しないように出店は禁止にして、馬車と人が行き交えるようにした。

すると、何台もの馬車が街長邸に向かって来ているのが、小高い丘の上にある街長邸からも確認できた。

「おーい、リュー！　この街長邸に来るまでに他の通りの屋台を幾つか見かけたけど面白そうなのがいっぱいあるな！」

街長邸に向かって列を成す馬車の先頭には馬車から身を乗り出したランスが乗っていた。

街長邸の表に出ていたリューとリーンに手を振りながらランスの乗った馬車は近づいてくる。

相変わらず、ランスはランスである事を確認するリューとリーンであったが、笑って歓迎すると、その後に続々と、馬車から同級生達が友人や家族を伴って降りてくる。

リューは一組ずつ簡単に挨拶をして出迎えると街長邸の敷地内に案内した。

街長邸の敷地内にも屋台を準備してあるのだ。

招待客には貴族も多数含まれているので、今回、このような催しにしている。

「それにしても、リュー。その恰好、変わっているな」

祭囃子の大太鼓と笛の音が鳴り響く中、ランスが、見た事も無い恰好をしたリューとリーンの姿に率直な感想を漏らした。

「ああ、これは、浴衣だよ。男性ものと女性ものがあるんだ。屋敷内で着替える事もできるから良かったら着てみてよ」

「へー！　じゃあ、俺も着てくるわ！」

そう答えるとランスは使用人の案内で屋敷内に案内されていく。

そこに、シズとナジンもやって来た。

シズは、父であるラソーエ侯爵も伴っている。

「シズ、ナジン、二人とも来てくれてありがとう！　ラソーエ侯爵も今日はお越し頂きありがとうございます。中で屋台などを用意していますのでお楽しみ下さい」

リューは失礼が無いようにお辞儀して使用人に案内させる。

もちろん、浴衣を勧める事も忘れない。

浴衣はマイスタの街の縫製職人がリューの提案で頑張ってデザインし、作り上げた力作であるから、勧めないわけにはいかないのだ。

シズとナジンはリューとリーンの恰好を見て興味を持ってくれたようで着替えに向かう。

「みんな結構、浴衣を着てくれる人多いな」

リューは意外に好評なので笑顔になる。

それに、初めて見る屋台の数々にみんな楽しんでくれているようだ。

屋台の前では、貴族の子弟達が、射的について説明を受けていた。

ばね式の簡単な作りの玩具の銃だが、魔法を使わずにコルクが飛んでいくので、狙った的のおもちゃに当たらなくても歓声が起きていた。

ランス達が着替えを終えてリュー達の下にやって来た。

「イバルはまだ来てないのか？」

ランスが周囲を見てひとり足りない友人を探す素振りを見せた。

「……来ないのかな」

シズも心配そうに周囲を見る。

「イバルも何かと忙しいのかもしれない」

ナジンがイバルに配慮した。

「実は今日、本人の希望で裏方に回って貰っているんだ」

リューがイバルについて打ち明けた。

「「「裏方？」」」

ランス達は口を揃えて疑問符を頭上に浮かべた。

「本人がお金を稼ぎたいと言っていたでしょ？　だから、うちで夏休み期間中雇っているんだ。今日はいいよと言ったんだけど、本人がどうしてもって言うから、屋台の手伝いをして貰っているんだよ」

「そうなのか。それは残念だな」

ナジンが、しんみりした口調で残念がる。

「じゃあ、裏方って何をしているんだ？」

ランスが、疑問を口にする。

「今は、あっちの屋台でお面を売っているよ」

リューが指さした先はすぐそばの屋台であった。

「「すぐ、近くにいるのかよ！」」

ランスとナジンが思わずリューにツッコミを入れた。

みんなが近くに居たイバルに気づかないのも仕方がない。

お面を被って接客しているので誰も声だけでは気づかないのだ。

「……イバル君も、近くにいるなら声を掛けなよ」

シズがもっともな事を言う。

「接客の基本は、身内を贔屓しない事だからね。ついつい友達なんかがいると長話してしまうでしょ？　そうしないで、お客の一人として扱わないと商売にならないから、とリューに教わったんだ」

イバルが、被っていたお面をずらして顔を出すと、照れくさそうに説明した。

「この後、お祭りのクライマックスでは、僕とリーン、イバル君も裏方として見せ場があるからお楽しみに♪」

リューが、楽しそうにランス達に教える。

「そう、イバル君には、魔力操作についてかなり練習して来て貰ったからね。僕とリーンも練習したけど、イバル君は時間が短かったから大変だったよね」

「見せ場？」

リューは何かをはっきりと言わず、答える。

「勿体ぶるなよ！」

ランスは、聞きたがったが、その時のお楽しみ、と言われると我慢するしかないのであった。


その後、大きなトラブルも無く、お祭りは進行し、夜が訪れた。

この時間になると、そろそろ帰宅を意識する頃合いだ。

シズの父親であるラソーエ侯爵もそう思ったのだろう。

時間を忘れて友達と楽しんでいる娘にそろそろ帰る時間だと声を掛けようとした時だった。

ひゅるるる……。

と、頭上から幾つもの音がした。

ラソーエ侯爵はそれが、魔法の類が空気を切り裂いて飛んでいく音だとすぐわかり、娘に走って駆け寄る。

「シズ！　私の傍に――」

と、侯爵が言いかけた時だった。

どーん
上空に魔法が弾ける大轟音がいくつも鳴り響く。

それと同時に、空一面に赤、青、黄、緑、紫、金、銀と色鮮やかな光が広がっては消える。

「……こ、これは？」

ラソーエ侯爵がシズを抱きしめたまま上空に上がる魔法の花火を目にして、呆気にとられた。

「……夜間に使用する魔法の信号弾を改良したものか？」

ラソーエ侯爵がそう分析していると、抱きかかえられたシズが、一言。

「……綺麗だね、パパ」

と、感想を漏らした。

「……ああ、そうだな。綺麗だ」

ラソーエ侯爵は、花火の轟音と感動に歓声を上げる周囲の人々の中、娘と上空を眺めながら、お祭りの締めの魔法花火を堪能するのであった。


祭りの締めである魔法による花火は大盛況であった。

この舞台裏では、リューやリーン、イバル、魔法が使える部下達が、練習した魔法を大きいものから小さいものまで次から次へ上空に放っていった。

それは普通では夜間に戦場などでやり取りをする信号を主とした魔法であったが、大きな音と、色々な色が出るように改良したものであった。

音に関して、信号を目的とした魔法ならば、正直、軍関係者などから見たら無駄に映るであろうが、演出としてこの音にはリューが拘った。

花火は視覚を刺激するが、音によるびりびりと体を震わせる感触も大事だと思っていたからだ。

リューの想像通り、お客さんは歓声を上げてその音と、綺麗な景色を見せるこの花火を喜び、楽しんでくれていた。

後半に向かって打ち上げるペースを加速して行くと、リューは最後の締めに冠《かむろ》花火に似た魔法をリーンとイバルの三人で上空に放つ。

冠花火とは花火が開いてから大きく流れ落ちて、地面近くで消える柳のような雰囲気の花火の事である。

リューはこの花火が大好きであったので締めに持って来たのだ。

これには、招待した貴族の同級生たちはもちろん、その友人知人、家族までひと際大きな歓声を上げた後、夜空にぽかんと口を開けて見上げていた。

マイスタの街の住民達からも大きな歓声が上がっているのが聞こえて来た。

これには、リューとリーン、イバルも手応えを感じて視線を交わすと頷き合うのであった。

こうして締めの花火が終了して、お祭りはお開きになる。

とは言っても、屋台はまだ、畳む気配が無いので残って楽しむ者は楽しむ。

王都から招待された者達は、そろそろ帰らないと家に到着する頃には遅くなるので帰り支度に移った。

招待客達は、今夜のお祭りが最高のものだったと頬を上気させて感想を興行主であるリューに述べると馬車に乗って帰って行く。

「みんなに先に言われてしまったけど、本当に今日の祭り、最高だったぜ！」

ランスが、帰り際にリューとリーン、イバルに告げる。

そこにナジンとシズも同意すると、

「ランスの言う通りだ。リュー、今夜は凄い体験をさせて貰ったよ」

「……パパも花火を喜んでいたよ、ありがとう、リュー君」

と感謝を告げると馬車に乗り込み帰って行くのだった。

街長邸は一足先に静かになった。

眼下の街はまだ、騒がしくしているが、メインイベントの花火は終わったのでしばらくすればお開きムードになるだろう。

「イバル君、今日はご苦労様。ありがとう、今日はもう帰っていいよ。うちの自慢の、もの凄く速い馬車で送るから家まで一時間もかからないと思う」

「リュー、リーン。こちらこそ、こんなに楽しくやりがいのある仕事をさせてくれてありがとう」

「いいよいいよ。今日は大成功だったから、給金はいっぱい弾んでおいたよ！」

リューは笑顔でそう答えるとお金の入った革袋を渡し、馬車にイバルを押し込んだ。

「え？　こんなに⁉　ちょ、リューこれは、貰い過ぎ――」

「じゃあ、お休み！　――御者さん、イバル君を家までよろしく」

リューはイバルの言葉を最後まで聞かずに馬車の扉を閉めると送り出すのであった。

「もう、イバルの言葉最後まで聞いてあげなさいよ」

リーンが笑いながら言う。

「今日一番頑張っていたからね。あのまま話を聞いていたら、いくらか返しそうだからあれでいいの」

リューはそう答えて笑うと、続ける。

「じゃ、みんな。後片付けもしっかりやるよ！」

「「「へい！」」」

リューの一声に、部下達はテキパキと動き始めるのだった。

リューがマジック収納で誰よりもテキパキとゴミを回収していると、その背後に何人もの屈強そうな男達を引き連れた女性がやって来た。

リーンがそれに先に気づき、リューに声を掛ける。

リーンの声に気づいたリューが振り返るとそこにはエリザベス第三王女が立っていた。

「ミナトミュラー君、今日はお招き頂きありがとう。気を使われて騒ぎになるのも嫌だから、私はこちらではなく街の方で楽しませて貰ったわ」

「王女殿下！　来てくれていたんですね。ありがとうございます！」

リューは王女殿下の訪問に驚くと感謝を述べた。

「いえ、私こそありがとう。実は父も来ていたのだけど先に帰ったので私が挨拶に来たの」

え？　父って……。

一瞬、リューも頭が思考停止する。

王女殿下が訪問→凄い事！

その父も来ていた→ふぁ？

「えー⁉　――まさか、陛下もお忍びで来られていたのですか……⁉」

驚くリューとリーンであったが、すぐに小声で確認する。

「ええ。最後のあの綺麗な魔法、とても褒めていたのだけど……。王都にまで音が聞こえただろうから王国騎士団が駆けつける前に帰らないといけないとおっしゃっていたわ」

「あ……」

リューは王女殿下の伝えたい事を理解した。

花火の魔法はその大きな音と眩い光以外に支障は無く、危険性は一切無いのだが、その派手さから音を聞きつけて、一大事と勘違いした騎士団がやって来るだろう、という事だ。

「それでは私も、帰らせて貰います。今日は本当にお招き頂きありがとう」

王女殿下はリューが察したのを確認すると、くすっと笑って馬車に乗り込み帰って行くのだった。

この二時間後、王都よりマイスタの街の危機と勘違いして救援に駆けつけた王国騎士団に、街長であるリューが今回の一件を夜分遅くまで説明する羽目になるのであった。

アーサ・ヒッター二十七歳、女性。

この黒髪に黒い瞳、浅黒い肌の美女は、『闇組織』のボスの専属として代々殺しを請け負い、敵とみなした者はボスの命令に従い悉《ことごと》くその全てを排除し、『闇組織』内でもその存在を恐れられてきた筋金入りのプロであった。

しかしある時、先代の闇組織のボスの急死をきっかけに、殺し屋業から足を洗った。

次のボスには今後も続けてくれるようしつこい誘いはあったが、断り続けた。

そして、本業？　である仕立屋一筋で八年間、真っ当な生活を送っていた。

だが、マイスタの街では老舗であったお店も、自分の腕が原因か、外部の圧力による問題か、客足は遠のき赤字が続く日々であった。

それでも、殺し屋業で使わずに貯めてあった財産があったので八年間、どうにか生活はできていた。

だが、その八年もの間、赤字が続けばその貯金も底を突く。

アーサも流石に生活の為にも仕事を選んでいられないと思い始めた矢先であった。

この街の領主が変わった。

王家直轄の街であったのに、他所の貴族に領地として与えられる事になったので、その為だ。

今まで、『闇組織』の息のかかった男が領主であったのは知っていたが、それが変わるのだと言う。

アーサはこの変化にはまだ、あまり期待していなかった。

そこに、『闇組織』の解体の情報が入る。

三つに分裂し、そのうちの一つは、よそ者がボスを務めるのだとか。

その配下に、領主を務めていたマルコも入っていた。

この街に変化の時がやってきている。

アーサはそう感じていたが、自分に出来る事は服の仕立てと人を殺す事だけだ。

だから生活の為にも、分裂した三つの組織のどれかに自分を高く売りつける為に、情報を集める事にした。

最初、新たに出来た竜星組はよそ者がボスであるという情報から、どうしようか迷っていた。

自分もマイスタの街の住民だ、仲間意識は強い。

できるなら、同じマイスタの住民のボスが良かった。

だが、一応情報を集めてみると、面白い事がわかって来た。

竜星組のボスは、どうやら新領主であるようなのだ。

新領主と言えば、まだ、十二歳の子供のはずである。

最初、その情報を疑ったが、昔の繋がりがある裏社会の住民からの情報なので確かだろう。

という事は、その下にはマイスタの職人達の長も務めていたランスキーも仕えている事になる。

あの、ランスキーがよそ者に仕えているのだ、アーサの興味はその少年に一層引かれた。

十二歳といえば、自分が殺しを始めた時期だ。

もしかしたら、自分と同種の人間かもしれない。

いや、きっとそうだろう。

そうでないと竜星組の立ち上げや、新領主としてこの街に君臨できるはずがない。

楽しみになって来た。

アーサはどう自分を高く買って貰おうかと思案した。

そこへある日、一つの立札が広場に立てられた。

『新領主であるミナトミュラー騎士爵家の執事を求む』だ。

アーサは、これだと思った。

すぐにアーサは応募し、面接に臨む。

アーサは新領主であり、竜星組のボスの噂があるこの少年がどれほどの腕か計ってみる為に、その場で殺せる間合いを取らせるか試す事にした。

相手はまだ、自分が殺しを始めた頃の年齢だ。

簡単に間合いに入れるだろうが、そこまでの時間で自分を売り込むか決めよう。

そう思ったのだが……。

何この子……！　ボクの間合いを即座に掴んで警戒しているじゃない！

アーサは感動にも近い驚きに心が震えた。

この領主の頼みなら八年ぶりに殺しという副業に、戻ってもいいと思った。

なので、本格的にアピールしようとすると……、

「アーサさん。執事で雇うかは、まだ、わかりませんが、あなたの事は確実に採用しますのでご安心下さい」

と、躱《かわ》された。

この子……、かなり鋭い！

アーサは、自分が後手後手に回ったのは初めてだったので、この少年に俄然興味が湧いた。

それにその傍にいるエルフもまた、ただ者じゃない。

こんなにウキウキした気分はいつぶりだろうか？

十年ぶり？

アーサはいつぶりかの楽しさに心躍るのであった。


「あなたをメイドとして雇いたいと領主様は仰っています」

それが数日後にやって来た、領主の使いからの言葉であった。

「え？」

アーサはまた、あの新領主である少年の、意外なアプローチに不意を突かれた。

「ボクがメイド？　その……、違う仕事ではなく？」

「はい、メイドです」

アーサは何か試されているのかと一瞬疑うのであったが、メイドなら領主の傍に常にいられる。

なるほど、そういう事か！　ボクにいつでも命令できるようにメイドの役目を与えてくれているんだ！

そう、解釈したアーサは使いにメイド職を快く引き受ける返事をするのであった。

だがしかし、それからは、本当にメイドの仕事ばかりであった。

最初、プロとして現場になじむ為に、メイド業もやれるようにしっかりと仕事も覚えた。

そして、領主から声を掛けられる度に「今度こそ仕事でしょ？」と、思うのであったが、一切そんな言葉はかからなかった。


そんなある日——

屋敷に火を点けようとする馬鹿が現れた。

すぐに叩きのめし、捕らえると領主である少年に褒められた。

これで、ボクの有用性がわかったでしょ？

と、言いたい気持ちは押さえ、次の言葉を待った。

きっと、この次の言葉は、捕らえた馬鹿の雇い主を始末する事だと思ったのだ。

「じゃあ、アーサ——」

「うん、誰を殺せばいいんだい？」

「いや、お茶を淹れてくれる？」

「え？」

アーサは想像していた言葉でない事に面食らった。

「カチコミは僕達でやるから大丈夫だよ」

目の前の少年はそう言うとクスクスと笑うのであった。

そこでアーサは初めて、自分は本当にメイドとして雇われたのだと自覚したのだった。

アーサは戸惑った。

これまで、自分の存在価値は殺し屋としての腕だけであったし、本業の仕立屋は赤字だらけで自慢できるものではなかった。

当然、新領主であるこの少年も、その辺りはよく理解しているはずだ。

だから初めて殺し屋と仕立屋以外で、まともに扱われる事が意外だった。

「ボクがいけば、組織の要人の一人や二人くらいあっという間だよ？」

「ははは。アーサ、君は副業とやらを辞めて、真っ当に八年間生きて来たんだよね？」

「そうだけど……、でも、赤字続きで仕立屋としての才能は無かったと思う……」

「でも、八年間頑張ってきた実績があるじゃない。僕はその君をメイドとして雇い、君はそれに応えて頑張ってくれている。僕もリーンもアーサがメイドとして来てくれて助かっているよ。放火も未然に防いでくれたし。もちろん、君が今の仕事より、副業をやりたいのなら僕も考え直さないといけないけど、何か理由があって長い間辞めていたものを、またやる必要はないんだよ？　だから今の、『強いメイド』という立場でも良いんじゃないかな？」

リューが笑顔でそう答えると、リーンもそれに頷く。

アーサは、殺し屋以外での初めての高い評価に胸が熱くなると、この新領主の少年、いや、若様の為にメイドとして尽くそうと誓うのであった。

花火で儲けますが何か？

マイスタの街のお祭りの成功は、王都でも話題になった。

特に魔法花火は、一時、大騒ぎして騎士団を出動させる程、音やその光が王都からでも確認できるものだったので、興味を持たれる事になった。

そうなると実際にマイスタの街まで出かけて体験した者達の口コミが、威力を発揮するというもので、その情報が貴族から出たとあっては、信憑性を以て広まっていった。

その貴族とは、もちろん、リューがお祭りに招待した同級生とその友人知人、家族達である。

貴族は流行の発信源でもあるので、ここから出た情報は庶民にとっても重要なのだ。

そして、魔法花火には王族からの反応も早かった。

リューの元に、問い合わせが舞い込んできたのだ。

式典などで魔法花火を使用したいと。

これは、お忍びで訪れていたらしい国王が気に入ってくれたからだろう。

これは嬉しい誤算であった。

リューとしては、訪れた人に楽しんで貰う為に開発したもので、儲けるつもりは一切なかったのだが、この魔法花火はすぐに商業ギルドに登録して、商売にした方が良さそうだ。

リューはランスキーにそう伝えると『魔法花火』をミナトミュラー商会名義で登録させるのであった。

さらに、問い合わせの中には、軍部からのものもあった。

これは、音の有無や、色の使い分け、威力について、技術的な詳細を提供しろというものであった。

軍部側が言うには、魔法信号弾技術の向上の為、という事である。

もちろん、リュー側はそれを教えたら、商売にならない。

だから詳細は言えないと突っぱねた。

相手は軍部だがリューは一歩も引かないのであった。

そこで、リューはマイスタの街の魔石を扱う魔道具職人を集めて、魔法能力に劣る人でも、魔石を使って魔法花火を打ち上げる事が出来ないかの研究をして貰う事にした。

これが完成すれば、どこでも気軽に魔法花火が見られるようになるし、販売する事も出来る。

軍部はこの技術に対して、とても興味を持っているから、これが出来ればその軍部に売りつける事もできるだろう。

信号弾向けで、音が出ない色だけのものや、色んな音有りのものなどを作れれば、さらに有用性はありそうだ。

「リュー、でもいいのかしら？　軍部の技術研究所関連というと、イバルの元実家のエラインダー公爵の息がかかっているところじゃない？」

リーンが因縁深いものを感じながら指摘する。

「うーん……。でも、音と色を付けて派手にしてあるけど、威力は『ゼロ』だからね。あちらが喜ぶようなものはひとつもないのだけど……、それに商売的に教えるわけにはいかないよ」

リューは苦笑いすると、困る素振りを見せた。

軍部ともエラインダー公爵家とも関わるつもりは、これっぽっちも無いのだが、魔石を使った代用品が完成するまでは色々と揉めそうだ。

と言っても、うちの職人達の腕はかなりいい。

自分が前世の知識を基に提案したものを、形に出来るだけの技術力がある。

代用品が出来るのもそう遠くはないだろう。

完成したら、その時は高く売りつけるとしよう。

それを想像して、リューの目がギラリと光るのであった。

「リュー、悪そうな顔しているわよ？　――それより、王家からの打診はどうするの？」

リーンが、目下の問題について聞いた。

王家が式典なので使いたいと言っているのだ。

そうなると、今、魔法花火を使える者は限られている。

リュー自身やリーン、イバルなどが直接出向かねばならないケースがありそうである。

「詳しい話を聞かないとわからないけど、取り敢えず返事はすぐに出さないとマズいよね？」

リューは、そう応じると、すぐに使いを王都に走らせるのであった。

あちらからの返事は早かった。

先ずは、五日後の王宮で行われる各国大使をもてなす席で、派手に打ち上げて貰いたいとの事だった。

王宮の庭で、あの一見すると特大魔法のオンパレードのような魔法花火が上空に何発も上がれば各国は度肝を抜かれ、王国に対する評価も、より一層上がるだろうという思惑のようだ。

要は、ハッタリである。

まあ、おもてなしとしては十分なインパクトだし、あの大音量で弾ける花火を見れば、王国の力が驚異的であると思わせる事も出来るかもしれない。

まさか派手さだけで実際は威力が「ゼロ」という、娯楽の一部だとは最初見ただけではわからないだろう。

ただし、五日後という事は、完全に国王の思い付きで、急遽依頼する事になったのは確かだろう。

この準備に関わる官吏達は長い期間をかけて準備した催しで、予定にない魔法花火を使用する事に難色を示していても何の不思議もない。

まして、その魔法花火はまだ十二歳の騎士爵が考えたものであり、それが催しの大トリになろうとしているのだ。

彼らにとって、催しの大トリがよくわからない魔法花火になる事はとても心配であろうし、こんな屈辱的な事はないだろう。

「失敗したら多くの人の恨みを買いそうだね……」

リューは、王宮からの使者の説明に色々と想像を働かせると、思わずそう口に漏らすのであった。

ミナトミュラー商会に急遽出来た、花火部門に所属する魔法が得意な職人達は流石に経験した事がない緊張感に包まれていた。

「わ、若。今更ですが俺達ここに居ていいんでしょうか？」

職人の一人が代表して、若と慕うリューに質問する。

「みんな、緊張するのはわかるけど、自信を持って。やる事は前回と同じだよ。僕が合図を出すから打ち合わせ通りに上空に魔法を放つ。それで大丈夫だから。みんなをびっくりさせよう！」

リューは緊張でガチガチの職人達に気合いを入れるのであった。

そう、ここは王宮内の庭園の一つで、その一角を借りて魔法花火を打ち上げる事になっていた。

王宮内では、諸外国の大使達を迎えてパーティーが開かれている。

リュー達がいる場所では、最小限の明かりで花火を上げる合図をひっそりと待っているのだが、職人達は平民である。

王宮に上がるだけでも大変な事なのに、王家が開くパーティーの大トリを任せられているのだ。

緊張するなというのが無理な話であろう。

その為に、リューの言葉もみんなの緊張を解きほぐすまでには至らなかった。

「みんな聞いて。——この打ち上げ花火の成否はリューの名誉に関わるわ。私達がリューの顔に泥を塗っては駄目。失敗せずにやりきるわよ！」

リーンが一見すると、逆効果と思われる励まし方を職人達にした。

「失敗すると若の顔に泥を……⁉　確かに……そりゃあいけねぇ……！　野郎ども、俺達が柄にもなく緊張してどうする？　若の一世一代の見せ場なんだ、姐さんの言う通り、若を男にするぞ！」

「「「おう！」」」

職人達はリーンの言葉に奮起すると一致団結するのであった。


日は沈み、パーティーも佳境に入っていた。

そこに王宮の方から合図の光がこちらに送られてきた。

それを確認した王宮の使用人がリューに伝える。

「みんな準備して。――ミナトミュラー商会の見せ場だ……！」

リューが職人達に改めて気合いを入れさせる。

「「「おう！」」」

全員で息を合わせると、次の合図を待つ。

「陛下が、テラスへ出ました。もうすぐ、みなさんに合図を出します……。――三・二・一……どうぞ！」

使用人がリューに秒読みすると合図を送った。

そのタイミングでリューが一発目の大きな魔法花火を上空に打ち上げる。

ひゅるるるる……。

どーん！

「「な、何事だ⁉」」

王宮の方からどよめきが聞こえて来た。

それらには気を留めず、リューの合図で職人達も魔法花火を上空に打ち上げる。

小さい花火が無数に夜空に上がり、リーンがそこに大きな花火でアクセントを付ける。

リューもそこに追い討ちで数発大きいのを立て続けに打ち上げる。

この大小無数の魔法花火に、王宮側から聞こえたどよめきは驚きに変わり、そして、歓声になった。


少し前の王宮側――

「それでは、集まってくれたみなに、ちょっとしたサプライズを用意した」

国王はそう言うと、部下達が一斉に招待客を外へと案内し、国王も二階のテラスへと移動する。

そして招待客が、外に出たのを部下の合図で確認すると暗闇に向けて手を上げ、上空を指さした。

招待客は、その国王の指先を追って夜空を見上げると、ひゅるるる……と、甲高い音が響いてくる。

「「？」」

疑問符が頭に浮かんだのも一瞬であった。

次の瞬間には上空に大きな火魔法と思われる金色の光が花開き、轟音と共に輝いた。

「「な、何事だ⁉」」

各国の招待客の護衛達は敵襲だと思ったのか自分の主を守ろうと歩み寄る。

だが、次々に大小様々な魔法が上空に上がり大きな音を立てて光が消えていく様を見て、国王の演出だと気づいて落ち着くのであった。

「……これは驚いた。これほどの魔法を立て続けに夜空に打ち上げるなど、どれだけの上級魔術師を抱え込んでいるのだ……」

「……むむ。あの大きなものなど、音の大きさから察するに伝説の極大魔法なのでは⁉」

「これが、この国の力、というわけか……。これほどの数々の魔法を、我々を楽しませる為に用いるとは……」

「凄まじいな……。そして、美しい。体に響いてその凄さも伝わってくる……」

各国の大使を始めとした招待客一行は、この演出に王国の底力を感じて、震撼するのであった。


「最後の演出を我は聞いてないぞ？　あれは誰が担当している？」

オウへ第二王子が側近のモブーノ子爵に聞く。

「私も聞いておりません。もしかするとこれは陛下自ら、密かに用意されたものかと……」

「父上が？　――そうか、ではあとでこの演出の責任者を召し抱えよ。我の部下にして兄上や、他の弟妹達と差を付けるのだ。みんな同じ事を考えるはずだからな」

オウへ第二王子はニヤリと笑うと王位継承権争いをする兄弟達との差を開くべく動くのであった。

そんな事が裏で行われようとしているとは思わないリュー達、ミナトミュラー商会魔法花火部門一同は、最後の大トリである冠《かむろ》花火（柳を思わせる花火）をいくつも上空に輝かせた。

その夜空から地上に点滅しながら散り落ちていく輝きに最後の大きな歓声が湧き起こる。

王宮からのその反応にリュー達は満足した。

「みんなご苦労様。じゃあ、僕達はすぐ帰るよ。招待客には僕達の存在は極秘だからね。馬車に乗り込んで」

「「「へい！」」」

職人達は一斉に用意されているランドマーク製の馬車に乗り込むと、招待客が余韻に浸る中、早々に王宮を後にするのであった。


王宮での花火の催しは、瞬く間に王都中で話題になった。

マイスタの街でのものは、城壁越しに音が遠くに聞こえ、小さな光が見える程度であったから目撃者は少なかったのだが、今回は王宮の上空に大小様々な花火が上がったので、王都中の住民が沢山見る事が出来たのだ。

大迫力の音と、色とりどりに夜空に輝く光の華に、王都の住民達は驚きと衝撃、歓声と感動を以てこの魔法花火に心震るわせたのであった。

この魔法花火の実態については、マイスタの街で先に行われた事もあり、すぐに、ランドマーク子爵の与力のミナトミュラー騎士爵が関わっているらしい事は貴族の間でもすぐ広まる事になる。

ただし、その性能、術式などは一切極秘にするようにと王家から口止めされた。

もちろん、その口止めが長く続くとは思えないが、少しの間だけでも他国の度肝を抜いて楽しみたい国王の悪戯心であった。


マイスタの街、街長邸——

「国王陛下のお達しで、ミナトミュラー家の秘術としてこの魔法花火は、秘匿するようにとの事だけど……、でも、ただの花火なんだけどなぁ……」

リューは執務室で、苦笑いするとどうしたものかと首を捻る。

「仕方ないさ。陛下が仰るんだ。俺も口外厳禁という事で、ここでの仕事以外ではやらないよ」

街長邸を訪れていた同級生イバル・コートナインがリューに答える。

「イバル君、うちのミナトミュラー商会で正式に雇われない？　魔法花火部門の責任者になってもらえたら助かるよ」

リューが本気か冗談かイバルを誘った。

「ちょっと、リュー。イバルは養子とはいえ、コートナイン男爵家の長男になるのだからそれはマズいわよ」

リーンが、止めに入る。

「いや、普通にそれは引き受けたいな。コートナイン男爵家は養子の俺なんかより、実子の弟に任せるつもりだから。そうなると学園を卒業したら平民として生きなきゃいけないし、このマイスタの街でのお祭りの花火は俺もやりがいを感じたから。それにリューには沢山の恩があるし、ここなら楽しそうだ」

イバルは雇われる気満々であった。

「本当に⁉　イバル君がやる気なら大歓迎だよ！　何ならこっちにイバル君用の部屋も用意するし、学生との両立も出来るようにするよ。そうなると、僕とリーンと一緒にいつも行動する事になるけど」

リューが冗談交じりに笑いながら提案する。

「じゃあ、よろしく頼むよ。コートナイン家の義父や義母も俺の扱いについては悩んでいたと思うから、本当に助かるよ。これで仕事が決まって収入が安定すれば一人暮らしもできるかな」

「うん、わかった。じゃあ、イバル君にはこれから、ミナトミュラー商会魔法花火部門の実質的な責任者になって貰うね。技術的にも実力的にも問題ないから職人さん達も納得してくれると思う。ランスキーの下につく事になるけど、学生の間は僕の傍についてくれると助かるよ、よろしく頼むね」

リューはイバルと固い握手を交わすのであった。

こうして、リューは同級生であり優秀な人材であるイバルをミナトミュラー商会に雇い入れる事になり、ますますミナトミュラー家の未来は明るくなるのであった。

「何？　あの魔法、『花火』とやらの責任者がランドマーク子爵の与力、ミナトミュラー騎士爵だと？　……確か妹であるエリザベスの同級生だったな……。奴はそんなに優秀な魔法使いを沢山配下にしているのか？」

王宮の一角でオウヘ第二王子は側近からの報告に眉間にしわを寄せた。

国王である父からは極秘事項であると、調べる事を禁止されていたが、それを守らず密かに調べさせていたのだ。

その結果が、第三王女であるエリザベスの同級生であるミナトミュラー騎士爵が関係しているとわかっては忌々しい限りであった。

「また、エリザベスか！　……ふん、まあいい。あいつは女だから王位継承の邪魔にはなるまい。凡庸な兄や、野心的な弟達が当面のライバルだ。——よし、ミナトミュラーの寄り親であるランドマーク子爵にあいつを譲るように命令するか。いや、ここは寛容さを見せてお金を多少出してやってもいいかもしれん。将来の国王になる我と誼《よしみ》を通じる事が出来るのだ。ランドマーク子爵も無下にはできまい」

「オウヘ殿下、ミナトミュラー騎士爵は、ランドマーク子爵の実子ですのでこちらに譲る事はないかと……」

側近のモブーノ子爵がランドマーク子爵の先日の対応や、実子関係を考えて可能性が低い事を直言した。

「将来の主君の言う事を聞かない奴がいるものか！　もし、断ったら自分の首が飛ぶのだ、聞かぬわけがなかろう」

「ランドマーク子爵はスゴエラ侯爵派閥に入っているそうです。一筋縄ではいかぬかと……」

モブーノ子爵はあれから調べ上げたのかランドマーク家の派閥関係にも言及した。

「スゴエラ侯爵だと⁉　……くそっ！　あやつは我の言う事を聞かぬ堅物だ。ランドマークはその派閥の貴族であったか……。だが、それなら他の王子達の下にも付かないかもしれないな。あの派閥は父上からの信頼も厚く、あの魔境の森に接している南東部地域を一任されているくらいで、どの王子にも媚びない姿勢を貫いている。今回は諦めるか……。だが、モブーノ。ミナトミュラー騎士爵はまだ十二歳だったな？　それならば何かと世話してやればこちらになびくかもしれん。恩を売っておいてやろう」

オウヘ王子はすでに第一印象が最悪でリューからはとても嫌われているのであったが、そうとは思っていない王子に、催しでの成功を評価され、準男爵への昇爵を推薦されるのであった。

マイスタの街、街長邸応接室――

リューは、オウヘ王子からの使者の口から出た、準男爵への昇爵推薦を即答で断っていた。

なので、携えた書状も受け取らない。

それは、第一に筋違い過ぎるのだ。

今回の催しの花火については極秘であり、もとより評価されるべきは寄り親であるランドマーク子爵である。

与力とはそういうものだ。

さらに、推薦状なら国王に直接届けるべきであり、わざわざこちらに推薦してやるぞという報告自体がいらない事のはず。

それはつまり、恩を着せる気満々という事だ。

そのオウへ王子に関してリューは薄皮一枚分も好感を持っておらず、はっきり言うと嫌いであった。

国王と、エリザベス第三王女への献上品を、権威にかこつけて奪おうとしただけでも許せないのに、その部下が、王宮で父ファーザに対して剣を抜いたのだ。

嫌いになるなと言う方が無理な話である。

それだけでももう、関わりたくないのに、準男爵に推薦してやる？　これは絶対に受けてはならないと、オウへ王子の名前を聞いた段階で即答であった。

「僕はランドマーク子爵の与力です。寄り親であるランドマーク家を通り越して、僕のところにこのような使者が来られる事が恐れ多い事です。――今回のお話は聞かなかった事にします。お引き取り下さい」

リューは相手が第二王子の使者にもかかわらず、すぐに帰ってもらうのであった。

リューは、メイドのアーサに玄関先で塩を撒いてもらうと、執事のマーセナルに使者の用意をお願いする。

相手は腐ってもこの国の第二王子だ。

今回の件で逆恨みされてはたまらない。

なので、すぐに国王宛てに手紙を書く事にした。

内容は、今回の極秘の任務の事で、第二王子から準男爵への推薦があったが、極秘である事と、寄り親を通さず直接こちらにこられたので断らせて貰った事、それが王家に対して失礼であったかもしれないのでお詫びする、というものである。

もちろん、これはただの告げ口であるが、あとから言いがかりをつけられてもたまらないから、国王の耳には入れておいた方がよいだろうという判断だった。

さらには今回の成功はすべてランドマーク家あっての事なので、評価はランドマーク家にお願いします、という少し図々しいお願いもしておいた。

寄り親の出世が与力の幸福であるので当然な事ではあるが、リュー個人としてはランドマーク家の出世で、次男であるジーロも卒業後くらいには与力として出世出来ればという算段がある。

次男は通常、嫡男である長男に不測の事態があった場合の代理であるが、主家に余裕があるのであれば、爵位を貰って与力になっておくに越した事はない。

次男ジーロも将来、奥さんを迎えれば独り立ち出来ていた方が良いし、もとより次男ジーロは兄弟の中でも才能面では一番優れていると思っている。

二人で与力としてランドマーク家を盛り立てていけるならそれ以上の幸せは無いだろう。

リューはランドマーク家の家族の未来の為にも与力として、やれる事は何でもやろうと思うのであった。

数日後、オウヘ第二王子は父である国王と、宰相に厳重な注意を受ける事になった。

普段、何も言わない国王である父と、穏やかな宰相の激しい叱責にオウヘ王子は呆然としていたが、自室に戻ると癇癪を起こすのであった。

「何で推薦した我が怒られなければならんのだ！」

オウヘ第二王子は身近にあった壺を掴むと壁に投げつける。

「殿下、その壺は、職人の街の名工の品です！」

止めようとするモブーノ子爵の手をわずかにすり抜けると壺は壁に当たって粉々に砕けた。

「するなら壺の心配でなく、我の心配であろうが！」

今度は飾ってあった皿を掴むと円盤投げのように放り投げる。

今度はモブーノ子爵も地面に落ちる前にギリギリで掴んで死守する。

「殿下、落ち着いて下さい！　これらの品は、エラインダー公爵からの献上品ですぞ！　殿下が国王の座に一番近いと目されているのは、エラインダー公爵の後押しがあってこそ。その方の品を無下に扱ってはいけません！」

モブーノ子爵が珍しく主であるオウヘ第二王子を叱責した。

「貴様にまで怒られる筋合いはない！」

オウヘ王子は憤慨するが、今度は言われた事を自覚しているのか、もう物を投げようとしなかった。

「殿下、今回はこちらが逸《はや》り過ぎて失敗したと思って下さい。陛下からの心証を悪くしては、いかに殿下でも、凡庸な長男である第一王子に代わって国王の座に座るのが難しくなります」

モブーノ子爵はオウヘ王子を宥める為にただ事ではない言葉を口にする。

「そうであった。いかん。短気を起こす者は損をするという。このような事で損をしていてはいけないな……。――とにかくミナトミュラー騎士爵は我の将来の為にもうまく利用しないといけない。

――そうだ！　寄り親のランドマーク子爵を出世させれば良いではないか！」

オウへ王子はモブーノ子爵の言葉を否定する事無く名案とばかりに次の策を口にした。

「殿下！　今回の件は極秘なので表立った出世を今はさせるわけにはいかないと陛下に注意されたばかりでしょう。今回の事はお忘れ下さい」

何一つ理解していないオウへ第二王子に内心溜息が出るモブーノ子爵であった。

新たな火種ですが何か？

夏休みも半ばを過ぎた頃。

リューは、マイスタの街で街長として、商会代表として、そして、組長として忙しい毎日を過ごしていたが、執事のマーセナルを始め、ランスキー、マルコのサポートがあったから三つとも大きなトラブルも無く日々を送る事が出来ていた。

そんな時、マルコが街長邸まで足を運んで報告に来た。

いつもは、助手である元執事のシーツに報告はさせているので不思議であった。

そこに、ランスキーも時間を合わせるように訪れた。

どうやら、偶然ではなく何か起きたのだろう。

リューは二人を執務室に通すように伝えると、自分も作業を中断してメイドのアーサにお茶をお願いする。

そこに、執事のマーセナルも呼び、リーンを含めたミナトミュラー家の主要な面子が顔を突き合わせる事になるのであった。

「――で、今日はどうしたんだい二人とも。何か話があって来たんでしょ？」

リューがランスキーとマルコに用事を話すように促した。

「――実は、若。元『上弦の闇』の縄張りについてなんですが……」

マルコが代表して用件を切り出した。

「ああ。今、縄張り争いで揉めているよね」

「その残された縄張り争いの結果、新しいグループが、後釜に座ったようです」

ランスキーがマルコの言葉を継いで結果を話した。

「思っていたより早かったね。でも、あそこの縄張りは元三連合の『月下狼』が介入していたと思うけど、その『月下狼』が縄張り争いに負けたって事？」

リューは意外な結果に軽く驚いた。

「その『月下狼』が新たな勢力に完膚なきまでに叩かれたようで、うちの部下が助けに入ったほどです」

「そんなに？　今までの報告では、どこのグループも小さくて長引きそうだと聞いていたけど？『月下狼』は、先の抗争でダメージを受けていたとはいえ、王都では指折りの勢力だよ？」

「その通りです。自分もそう思っていたので、時間をかけて『月下狼』が『上弦の闇』の縄張りの多くを引き継ぐと思っていたんですが、新勢力にやられたようです。すみません、甘く考えて見落としていました」

マルコが、自分の落ち度を認めて謝った。

「謝らなくていいよ、そういう事が起きても不思議はないから。それで、その新勢力についてわかっている事は？」

「はい、そのグループは、『雷蛮会《らいばんかい》』と名乗る、地元でも知られていないグループです。地元出身の部下に聞きましたが、どうやら、縄張り争いが起きてから出来たグループみたいです。やけに資金力があるとかで、その金に転んで地元のチンピラ達も傘下に入った者は多いようです」

ランスキーが急遽集めたらしい情報を口にした。

「突然現れて資金力も豊富……か。これはバックに大きな組織、もしくは資金力豊かなスポンサーがいると思った方がいいよね？」

「はい、自分達もそう思い、急遽報告に上がりました」

リューの部下に収まった最近では冷静なマルコが、自分の見落としを悔やんでか苦虫を噛み潰したような表情をしている。

「裏社会ではたまに、こういう事が起きてもおかしくないからね。それよりも、今は、『雷蛮会』の動向が気になるね。それと争いに負けた『月下狼』も」

リューは、悔やむマルコを問題にせず、話を進める。

あまり慰めるとマルコがミスした事になるからだ。

「その事ですが、その『雷蛮会』が『月下狼』の縄張りにも手を出そうとしているようです」

「そうなの？　思ったより手が早いね……。元三連合の一角である『黒炎の羊』は動いてないの？」

「俺もそう思って、探りを入れたんですが、妙な事に全く動いていません。もしかしたら『雷蛮会』のバックは『黒炎の羊』ではないかと。『月下狼』もそう疑っているのか助けを求める事もしていません」

ランスキーがミナトミュラー一家の情報担当として、急遽調べた割には詳しい報告をした。

豪快な割にその辺りは気が利くのだ。

「『月下狼』には、こちらから支援を申し込んであげて。あっちも流石に疑心暗鬼にはなっているだろうけど、こっちは無償で一度、助けてあげたわけだから、まだ多少は話を聞いてくれるでしょ」

「若ならそう言ってくれると思って、もう、声をかける準備はしてありますので、いつでも大丈夫です」

ランスキーがまた、優秀なところを見せた。

「じゃあ、マルコ、派手にならない程度に優秀な兵隊をいつでも動かせるように準備しておいてくれる？」

「すでに、準備は完了しています」

マルコも、ランスキーと来る前のやり取りで、ある程度準備してきたようだ。

うちの両翼を務める二人は実に優秀だ。

内心リューは満足すると、

「じゃあ、『月下狼』次第だけど、『雷蛮会』に牽制するくらいでお願いね。今は、うちがあまり動き過ぎると『闇商会』や、『闇夜会』も刺激しちゃうから」

と、現在、連絡会を調整中のご近所さんの動きを気にするのであった。

リューは夏休みに入ってからというもの、休みらしい休みを取らずに働き詰めであった。

ランドマークビルで起床すると、朝からランドマーク領に『次元回廊』で出かけて、ランドマークビルで出す商品をマジック収納に入れると、王都に運ぶ。

これまでいつもやっていた、ほぼ毎日のリューの仕事であるが、徐々に変化が出ていた。

それは、運ぶ品数、量の減少である。

徐々に、マイスタの街で代替生産が行われるようになってきたので、運ぶ量自体は減ってきている。

これは良い傾向だ。

ランドマーク本領頼みでは、リューに何かあった場合、仕入れが難しくなる。

『チョコ』や、果物類などは、特にランドマーク本領からの仕入れ頼みだから、ミナトミュラー商会の農業部門で、それについても育てる事が出来ないか試験的に、今、一部の室内畑で試しているところだ。

室内畑とは、『闇組織』時代に違法な薬の葉っぱを育てていた施設の事で、リューはそのまま使用しているのである。

ランドマーク領に比べ、気温が穏やかな王都周辺ではコヒン豆や、カカオン豆を育てる環境にはない。

だが、葉っぱという特殊な植物を育てる為に磨いた技術で、温度管理なども上手な農業部門は、現在、コヒン豆を育てる室内畑として力を発揮している。

その一角で、ランドマーク領から仕入れている果物類や、カカオン豆の生産が出来ないか試みているのだ。

今のところ、コヒン豆は木ごと持ち込んで植えて育てているのだが、土との相性が良かったのか今年から収穫は出来そうな雰囲気だ。王都で賄うにはまだまだ数は少ないが、拡張工事も始めているので王都での『コーヒー』は、数年後には完全に、マイスタ産のコヒン豆を原料としたものに取って代わるだろう。

カカオン豆の方は、まだ、試験的なので、育つかどうかもわからない状態だ。

「カカオン豆の方は当分、ランドマーク領本領頼みかな。『チョコ』の生産もあっちに工場あるしなぁ」

リューが室内畑の様子を確認しながらそうつぶやくと、

「マイスタの菓子職人も腕は一流だから原材料さえあれば作れると思うわよ？」

と、リーンが珍しく意見をした。

「ふふふ。リーンは当初からマイスタの街の菓子職人に目を付けていたものね」

リューが少し笑いながら、リーンを茶化す。

「ちょっと、私が食い意地が張っているみたいじゃない！　――でも、リューの考えたお菓子、作らせたらアレンジも思い付いたりするから、かなり凄いと思うの」

「そうだね。やっぱりマイスタの街に集められた職人さん達は元々一流ばかりだったから、今の職人さん達もそれを引き継いでいて、十分凄いよね」

リューも頷いて自分の領地の職人さん達の腕を評価した。

「よし、予定よりさらに室内畑を増やしてカカオン豆の生産も出来るようにしよう」

リューが、決断するとリーンも大きく頷くのであった。


その後、水飴生産工場の建設場所の確認など、午前中の視察を終えたリューとリーン、そして、リューの側近として最近一緒に行動しているイバルは、昼過ぎにはランドマークビルに戻っていた。

昼間からランドマークビルに戻る事はこの夏休みになってからは初めての事であったが、それには理由がある。

それは、同級生と王都内で遊ぶ約束をしていたのだ。

待ち合わせをしていたランスとナジン、シズはすでにランドマークビルを訪れ、シズはナジンを連れて『チョコ販売店』に直行、ランスは、通りで夏休み期間の客引きで行われている竹とんぼ飛距離競争や、『ショウギ』早指し大会などに興味を持って参加していた。

リュー達にいち早く気づいたランスが、ショウギを指す手を止めて、声を掛けた。

「おお、リューお帰り！　二人は二階にいるぜ」

ランスはそう言うと『ショウギ』を指している相手に負けを認めると立ち上がり、こちらに合流した。

二階に上がるとシズは、ナジンに声を掛けられるまでガラスケースのチョコを食い入るように見てどれを買おうかと迷っている様子だったが、リュー達が帰ってきたと聞いて、買うのを我慢する事にした。

「……イバル君、リュー君の商会に内定もらったんだよね、おめでとう」

シズが、リューの後ろに引っ付いている新たな影、イバルを祝福する。

「ありがとう！　もうすでに、毎日働かされているんだけどな」

イバルが笑顔で答える。

「ちょっとイバル君。僕がこき使っている印象与えるから止めてよ！　夏休みの間だけだよ。学校が始まったら学業優先だから」

リューは冗談とわかりつつも指摘する。

「ミナトミュラー商会のブラック体質……か、これは問題だな。あはは」

ナジンが笑って冗談を言う。

「ブラックはあるかも……、商会のみんな、ここのところ忙しくしているから」

リーンも本気か冗談か考える素振りを見せる。

「ちょっとリーン！　君まで何言っているのさ！　ちゃんと休みもある良い職場だから！　ごにょごにょ（一部、ランドマーク本領の魔境の森に出張している人達についてはわからないけど……）」

心当たりがあるリューであったが、そこは言葉を濁すのであった。

リュー達は、王都内の貴族が多く訪れる高級なお店が建ち並ぶ通りに来ていた。

普段、シズ達が買い物をしているところを案内してほしいとリューがお願いした結果である。

「……普段はこの裁縫店で服を作って貰ったり、あっちのお店で靴を買ったりしているよ。ナジン君はあっちのお店をよく利用するよね」

シズが珍しく先頭に立ってリューとリーンに通りのお店の説明をする。

引っ込み思案なシズであるが、学園の隅っこで結成されたグループの中では積極的になりつつあった。

「へー。流石高級そうなお店が並ぶ通りだね。色々あるや」

リューは感心しながら一軒一軒店内を覗き込む。

他にも銀細工のお店や、宝石店、魔道具のお店もある。

中には同業である馬車を扱うお店もあるが、そこは閑古鳥が鳴いている。

多分、大半の貴族のお客は、ランドマークビルに流れているのだろう。

ごめん、同業者さん。これも競争原理の結果だから……。

リューはちょっと、申し訳ないと思うのであった。

「確かにいろんなお店があるし、商品も良いものが揃っていると思うけど、マイスタの街の職人が作る品々も全然負けてない気がするのだけど？」

リーンが、店内で服を一着持って眺めながら遠慮なく評した。

「マイスタの街の職人さんは、元々、一流職人がご先祖様だからね。その技術は受け継がれているから、当然だよ。今までは王都の職人が優遇されてきただけだから、僕達がそれを活かしてあげられれば、きっとすぐに評価はされていくと思う」

リューは自分に言い聞かせるように、責任を再確認するのであった。

「マイスタの街ってそんないい職人がいるのかい？　先日のお祭りの時に、お店にもよってみれば良かったな」

ランスが、興味を持って残念そうに言う。

「今度来た時には、案内するよ」

リューは笑顔で答えるのであった。


「あ、そうだ。みんなは夏休み明けの学園内剣術大会で使用する革の胸当てはもう用意したのか？」

ランスが、肝心な事を忘れていたとばかりに、みんなに聞く。

「リューと私、イバルの三人はマイスタの革職人にすでに注文しているわよ」

リーンがリューとイバルに代わって誇るように答えた。

「リュー達は早いな。今日は自分達もその注文をしようと思っていたんだ」

ナジンがシズの代わりにみんなに答える。

「そっか。二人は俺と一緒か！　俺も今日はついでだから注文しようと思っていたんだよ！」

ランスは仲間がいた事にほっとした。

「この裏の通りの革鎧専門店が、有名だからそこに行こうぜ！」

ランスは、今の内に大事な用事を済ませようと言葉を続け、みんなを誘うのであった。

ランスを先頭に高級店が並ぶ通りの裏道に入っていく一同。

リーンが何かに気づいたのか、リューの裾を引っ張った。

「どうしたの、リーン？」

「表通りからこちらに嫌な気配を持つ複数の男が付いて来ているわ」

リーンが感知系の能力で感じた事をリューに伝えた。

「こんな治安が良い所で？　馬鹿なチンピラもいるものだね、ふふふ」

リューは、笑わずにはいられなかった。

貴族御用達のこの区域は常に警備兵が往来しており、大きな声を出せばすぐに駆けつけてくるのが通常である。

もしかしたら、こちらが子供の集団と思って、甘く見たのだろうか？

リューは、前後から迫るチンピラを前にどうなるか楽しみになっているのであった。

「おう、ガキども。高そうな服を着ているなぁ。おっと声を出すなよ、その喉を掻っ切るぜ？　黙って持ち金全部寄越しな！」

裏通りは表と違って静かだ。

その通りに立ち塞がったチンピラが最初から刃物を出して脅しをかけてきた。

前に二人、後ろに三人の合計五人だ。

こちらの方が数で優っているが、チンピラ達は刃物で威嚇して最初からやる気十分だ。

「……うーん。みんなこれどうしようか？」

リューは緊張感の無い声でチンピラの対応についてみんなに聞いた。

ランスはリューのようにはいかず、前のチンピラ二人に立ちはだかり、

「後ろを頼む。俺はこの前の連中をどうにかする！」

と、緊張の面持ちで宣言した。

チンピラ達はこの子供達が抵抗しようとする反応に驚いた。

「おいおい。刃物が見えないのかこのガキどもは。それとも俺達が舐められているのか？　――よく聞けよガキども！　俺達はこの王都では泣く子も黙る裏社会の新興勢力にして最大の組織、竜星組の人間なんだぜ？　その俺らに抵抗してタダで済むと思っているのか⁉」

その言葉を耳にしてリュー達全員に緊張が走った。

「抵抗しない方がいいかもしれない……。みんな知らないかもしれないが、竜星組というのは、今、王都の裏社会で一番恐れられている新興の組織だ。何でも同じ王都の大きな組織を一晩で潰したとか……。リュー、君ならこいつらに勝てるだろうが、後々の事を考えたらここは我慢だ」

ナジンがどこから入手したのか、相手が危険な組織の構成員と知って、みんなに警告した。

「そういう事だ、ガキども。大人しく有り金出した方が良いとわかっただろ？　じゃあ、そこに並んで一人一人、財布を出しな！」

勝ち誇ったチンピラは刃物をチラつかせながら、一番前のランスから財布を出させようとした。

「……へー。竜星組……、なんだ……。それはそれは……」

リューが、小刻みに震えながら、そう言葉を絞り出す。

「こっちのガキ震えてやがる！　まあ、そうだわな。俺ら竜星組を相手にビビらない方がおかしいからな！」

チンピラは何も知らずに震えるリューを嘲笑うと、破滅へのカウントダウンを始めていたのであった。

貴族御用達の高級店が建ち並ぶ通りから一つ入った裏通り、こちらも少し静かではあるものの、貴族に評判のお店が多いのだが、その一角でリュー達はチンピラに絡まれていた。

「わかったんなら、そこの震えているガキ。お前からとっとと金を出しな」

5
チンピラはそう言うと、リューの髪を掴もうとした。

すると、リューの髪を掴ませまいと、チンピラの腕をリーンが掴む。

「何だこのエルフ。離さないと痛い目に――」

4
チンピラの一人が、今度はリーンに掴み掛かろうとする。

だがナジンが危険を察知して止めに入った。

「リーン、その手を離すんだ！　いくら僕達でも、裏社会の人間と揉めるのはマズい！」

３

ナジンが、チンピラとリーンの間に割って入るのをリューが肩を掴んで止めた。

「ナジン君、ちょっと下がっていて……。ここは僕とリーンで話をつけるから」

２

「話し合いじゃなく、とっとと金を出しな！」

１

チンピラは、そう言うとリューに殴りかかった。

０

次の瞬間、その場からリューが消えたと思ったら、殴りかかったチンピラの背後にいた別のチンピラが、鈍い音を立ててリューによって殴り飛ばされていた。

そのチンピラは、リューの観察した中で、このチンピラ達のリーダーと思われる者であった。

リーダーと思われるチンピラはリューの腹部への一撃で、脇にあるゴミ捨て場まで吹き飛んでいる。

「コーザさん⁉」

チンピラ達は、リーダーと思われるコーザというチンピラが一撃でやられた事に唖然とした。

「リュー！　それはマズいって！」

ランスも、手を出してはいけない相手と判断して声を掛ける。

「喧嘩において、複数人数を相手にする時は、最初にてっぺんを狙うのが常套手段だよ？」

リューは、何がマズいのかわからず、自分の判断についてみんなに講義してみせた。

「このガキ、やりやがった！　コーザさんは竜星組の構成員の先輩に声を掛けられている人だぞ！　終わったな、ガキ！」

チンピラ達は慌てふためくと、リューに対して宣告をする。

「え？　……それって、竜星組関係ないよね？」

リューは、他のチンピラも殴ろうかと拳を握ったが、チンピラの発言に動きが止まった。

リーンもリューが手を出したのでやる気満々であったが、手に掛けた剣を離す。

「馬鹿野郎！　竜星組から声がかかっている人だぞ⁉　それだけでヤバいに決まっているだろ！　素直に従ってりゃいいものを。おい、近くの竜星組事務所に誰かひとっ走りしてこい！　コーザさんがやられたと知ったら、誰か来てくれるはずだ！」

チンピラの一人がそう言うと、その言葉に頷いた一人が走って行く。

「ヤバいぞ、リュー。この場を一刻も早く離れた方が良い！」

ナジンが、シズの手を握って問題が大きくなる前に逃げるように提案する。

「バーカ！　竜星組の人が、来るまで逃がすかよ！」

チンピラは全員が剣やナイフを身構えると、通せんぼした。

「いや、ナジン君、こっちとしては、都合が良いからちょっと待っていよう」

先程まで、震えるほど怒りを感じていたリューは、冷静になるとナジンに落ち着くように促した。

「だがしかし、シズに何かあったらどうするんだ⁉」

「大丈夫よ、ナジン。シズには何も起きないわよ」

リューが落ち着いた事で、リーン自身も冷静になっていた。

ランスは、チンピラとにらみ合いを続け、何が起きても大丈夫なように身構えている。

そうこうしている間に、三人の強面の男を引き連れてチンピラが戻って来た。

「へへ。竜星組の構成員の方々が来たぞ。お前ら終わったぜ？」

チンピラは勝ち誇って、リューを嘲笑う。

「コーザの奴はどいつにやられたんだ？」

強面でいかにも強そうな男がそう言うと、リュー達を睨みつけた。

どうやら近くの事務所に、気を失っているチンピラ・コーザを世話している竜星組の構成員が丁度いたようだ。

構成員はコーザを殴り飛ばしたらしい子供達に視線をやると、一番目立つエルフのリーンに目が止まり、「え？」という顔をして、そして、その横のリューに視線が移る。

「わ、若に、姐さん!?」

どうやら、竜星組組長であるリューの顔を知っているという事は、本部に出入りしている構成員のようだ。

「このチンピラさん達が、この場所で竜星組を名乗って僕達にお金を要求したので、お話をしていました。これは、そっちの事務所で普通にやっている事なのかな？」

ゴゴゴゴゴ……。

リューから静かな怒りと共に、とんでもない事実を聞かされて、強面の構成員はチンピラ達を睨みつける。

「どういうことだ、てめぇら⁉　この方々に竜星組を騙って恐喝したのか⁉　事務所に連れてけ、気を失っているコーザもだ！」

強面の構成員は、連れていた二人の部下にそう告げるとチンピラ達を連れて行かせる。

「……す、すみません、若！　コーザの野郎、どうしようもない奴なんで、うちの縄張り内で悪さしないように普段から声を掛けていたんですが、どうやらそれが逆に勘違いさせたようです……。自分の失態です。――詫びて指を詰めます！」

強面の構成員は、そう言うとその場でナイフを抜いて指を詰めようとする。

「それは止めて！　ただ、竜星組の名を騙った事は見過ごせないから、きっちり落とし前はつけさせておいてね。それが、君の仕事だよ」

リューは、構成員を止めると、そう言い渡す。

構成員は、「本当にご迷惑をおかけして、すみませんでした！」と、リュー達にお詫びするとチンピラを連れて事務所に戻って行くのであった。

「「「……えっと。これって、どういう事？」」」

ランスと、ナジン、シズは状況がよく分からず、事情を知っていると思われるリュー、リーン、イバルに答えを促すのであった。

リューは説明するのに悩んでいた。

ランス、ナジン、シズが知らなくてもいい情報を提供しても良いものかという話だ。

イバルは、ミナトミュラー商会で雇っているので、一応知ってはいるが詳しい事までは何も知らない。

知る必要が無いからだ。

逆に知れば今後その情報によって危険が及ぶかもしれない。

そこでリューはギリギリのところを話す事にした。

「三人には口外厳禁で話すけども……。竜星組の本部って、僕が任されているマイスタの街にあるんだよね」

「「「えー!?」」」

三人はその情報だけでも驚く。

竜星組は王都に大きな縄張りを持つ組織だ。

もちろん、そんな組織の本部は王都にあるのだと思うのが普通だろう。

「それで、街長という立場上、竜星組とは無縁じゃいられないというか、関係有りまくりというか、そんな感じであまり表だって触れられたくない話題なんだ」

リューは嘘を吐いてはいない。

苦しい言い分であったが、触れられるとみんなに知らなくてもいい情報まで与えないといけなくなるから、この表現がギリギリであった。

「……そうだったのか。そんなヤバい組織が自分の治める街にあるとか大変だな……」

ランスが同情的な言葉を口にする。

「……確かに街長としては、そんな大きな裏社会の組織とも関係性を『ゼロ』には出来ない立場だよな。裏社会の人間も統治しなければいけないから……」

ナジンも考え込むとリューの立場を自分の解釈で理解してくれたようだ。

「……パパも裏社会の人には、知り合いがいるって言っていたよ。領主は表も裏も知っていないとやっていけないって言ってた」

一番抵抗がありそうだと思っていたシズが一番、理解している口振りで感想を言う。

みんなごめん。その組織の組長が僕なのは流石に言えないや。

リューは多少心が痛む思いであった。

リーンもリューを察したのか、リューの肩をポンポンと軽く叩く。

「みんな理解してくれてありがとう。ちなみに、竜星組の人達は良い人ばかりという事だけは言っておくね」

「「「そうなの？」」」

リューの擁護意見に三人は驚いた顔をする。

「強面な人が多いけど、中身はさっきの人みたいに礼儀正しいし、筋を通す義理人情に厚い人達だから。もし、緊急事態の時は、僕の名前を出して助けを求めるといいよ」

リューは、まず、この友人達の印象の改善を図った。

何しろ竜星組の元は『闇組織』なのだ。

あのイメージが付き纏う以上、急に良いイメージに変えるのは難しいだろうとは思うが、竜星組と名を変え、自分が組長になった以上、過去のイメージを払拭するのは急務である。

目の前の友人達の印象さえ変えられなければ、一般の人からの印象は変わらないだろう。

自分はただでさえ、マイスタの街の住人からしたらよそ者である。

そのよそ者から指示されて従ってくれているのは、ランスキーとマルコの存在によるところが大きいだろう。

この二人が、紆余曲折を経て自分を支持し、従ってくれている以上、それに応えて竜星組をより良いものにしたい。

そして、住人の信用を得るのだ。

それは、マイスタの街の住人の幸福とイコールでもある。

街長として、商会会長として、そして、竜星組組長としてマイスタの街の人達の生活を守るのがリューの責任であった。

信頼を得る時、それは、マイスタの街の住人の幸福を意味すると思っていた。

ランス達は、リューの言葉を信じて、竜星組へのイメージを少しは変えてくれたようだ。

「怖いイメージはあるけど、リューがそう言うのなら信じるぜ！」

ランスが、親指を突き出すと、笑顔で誓ってくれた。

「そうだな。さっきもリューに対して、腰が低い感じだったし、礼儀正しかったからな。それにチンピラは結局、竜星組を騙っていただけと判明したし、リューの言う事は信用できるよ」

ランスの言葉を引き継いで、ナジンが頷く。

「……でも、リュー君凄いね。私なら怖い容姿を見るだけで勘違いしていたと思う」

シズが、真面目にリューに感心する。

「ははは。基本、彼らの世界の人間は、弱い者、甘い人には、とことんつけ入ってくるからね。だから普段から彼らは、つけ込まれないように、強そう、怖そう、偉そうにしてないといけないんだ。でも、竜星組はそういう連中もまとめて義理と人情に厚い組織を目指しているんだよ」

リューは一人、熱く竜星組を語り出した。

「リュー、その辺にしときなさい」

リーンが、これ以上、リューに語らせるとぼろが出ると判断して止めに入った。

「──お、おう。熱いな、リュー。まあ、リューがそれだけ擁護するくらいだから、信用するよ。でも、基本、他から聞こえてくる裏社会で暗躍する組織は評判が悪いから信用しない方が良いよな?」

情報通のランスが、何か知っているのか確認して来た。

「今は、竜星組に関してだけでいいよ。さっきも言ったけど、基本は、弱者や甘い人にはとことんつけ込むのがその筋の人間だからね、信用はしない方が良いと思う」

そう、前世でもその筋の人間はとことん弱者には強かった。

自分は、同じ同業者への金貸しだったから、強さを示して抑えつけて立場をわからせるところから始めるので大変だったが、この手の人間は強者へは滅法弱いのも確かだ。

だからこそ、手加減や、優しさは甘さと映るから、力で示し、回収するのが常であった。

なので、あのチンピラに制裁は必須なのだ。

ああいう連中は頭が悪いが、悪知恵は働く。

だから、きっちり落とし前をつけて、体に覚えさせないといけない。

そうでないと更生せずに繰り返す。より悪質にだ。

あのチンピラ達は竜星組の構成員ではないが、縄張りでそれをさせるわけにはいかない。

今頃、うちの組員によって、根性を叩き直されているだろう。

「じゃあ、みんな。さっさとお店に行って、買い物しよう」

リューは話を切り替えて、そうみんなに促すと、お店に向かうのであった。


リューの夏休みは、ランス達友人とのひと時で、楽しい思い出になりつつあった。

もちろん、ほとんどは忙しく動き回っていたのだが、前世の記憶があるとはいえ、まだ、十二歳の少年である。

それに前世では、そんな楽しい少年時代の思い出も多かったとは言えなかったから、今の生活はとても充実している。

そんな中、とても充実しているとは言えない者が一人いた。

国随一の名門学園で問題を起こして退学になり、王都の他にある学校へ転校した人物。

その者とは、ライバ・トーリッターの事である。

元々、地方貴族とはいえ伯爵家の嫡男でもあり、成績優秀。

ライバは、現在通う学校ではそれこそ優等生としてトップに立ち、上級生からも一目置かれる存在となっていた。

しかし、本人は全く満足していなかった。

だが、ライバは大人しく新しい学校でまじめに勉強している。

それは、転校の世話をしてくれたのがエラインダー公爵家だったからだ。

本来なら、嫡男のイバルを裏で操っていたのだから、恨みを買い、世話でなく王都から追放されそうなものであったが、何故かエラインダー公爵はライバの事を見所があると気に入った様子であった。

お陰で今、トーリッター家の名をそこまで汚す事なく王都で勉強できている。

だが、ライバにとっては、そんな事はどうでも良かった。

自分をこんな目に遭わせたリューへの復讐心でいっぱいであったのだ。

確かに実力的にリューの方が少し上だったのかもしれない。

才能もあちらが多少上だったのだろう。

噂ではその才を評価され、わずか十二歳で騎士爵を賜ったのだという。

ライバにとって、リューの順風満帆な成功は苦々しいものであり、それにはどう対抗すれば勝てるのかと思い悩んでいた。

そんな中、ライバの優秀さに嫉妬し、陰で絡んで来る不良学生達がいた。

もちろん、そんな不良学生などライバの相手になろうはずもなく、返り討ちにしてしまった。

するとその兄貴分を名乗る地元のチンピラグループが今度はやって来た。

お金を払えば大目に見てやるという。

自分が伯爵家の嫡男と知って、金蔓にしようと思ったのだろう。

だが、ライバはそれも返り討ちにしてしまった。

流石に今度は、相手も多少は強いと感じたが、それでも今の自分の相手ではなかったのだ。

ライバは、地元で幅を利かせていたチンピラを返り討ちにした事から、自分が実力的に裏社会ではどのくらい強いのかと興味を持った。

そこで、絡んできた地元のチンピラグループの拠点に乗り込んでボスを叩きのめすとそのグループを乗っ取ってやった。

そこで初めて、自分がとても強いのだと満足できたのだ。

ライバはこうして裏社会にデビューすると、地元に現れた新星として恐れられるようになって行く。

そんな中、王都でも指折りの組織で、ライバの学校のある地元でも幅を利かせていた『上弦の闇』がもっと大きな裏社会の大組織に潰された事を知った。

さすがのライバもこの『上弦の闇』には恐れをなして派手な事はしていなかったのだが、急に抑えつける者がいなくなった事で、気持ちが楽になった。

手下のチンピラ達も自分がこの地元で一番になるチャンスだともてはやした。

手下達に煽《おだ》てられるとライバもその気になっていく。

そして、もうすぐ夏休みだ。

ライバは、その間に自分のグループをどのくらい大きく出来るか試したくなった。

それに、力を付ければリューに復讐も出来るだろう。

まさか、裏社会の人間を自分が引き連れて来るとあちらも想像出来ないはず。

貴族といっても騎士爵程度、親も子爵でしかない。

その程度なら、自分が裏社会でのし上がって軽く脅せる程度には力を持てるだろうと算段するライバであった。


ライバはその考えを次々に実行していった。

地元の小規模なグループをどんどん力でねじ伏せて行った。

それこそ雷の如くである。

気を良くしたライバは手下達に進められるがまま、『雷蛮会《らいばんかい》』を組織。

瞬く間に周辺の裏社会のグループに知れ渡る事になった。

流石にこれはライバも調子に乗り過ぎた。

地元の小さいグループを呑み込んで行っていたとはいえ、その勢いを見て周辺のそこそこ大きいグループが見過ごすわけも無く、ライバもその大きなグループとの抗争に明け暮れる事になる。

さらに、そこへエラインダー公爵家から手紙が来た。

最近、目立つ事をしているな、とだ。

ライバは流石にこの手紙には震撼した。

やり過ぎたと思った。

だが、その手紙の続きには、こう書いてあった。

資金を提供しよう、とだ。

エラインダー公爵が何を考えているのかライバには到底及びもつかなかったが、ライバにとって資金は喉から手が出るほど欲しいものであったので、この申し出を受けると、腕が立つ傭兵崩れなどを雇い、抗争に投入、更にはお金をばら撒いて、自分の傘下に入る方が利口だと周辺のグループを説得して回った。

こうして、ライバが率いる『雷蚕会』は、夏休みの短期間で急成長して、元『上弦の闇』の縄張りを呑み込み、こちらに仕掛けて来ていた王都で指折りの組織『月下狼』にも正面から喧嘩を売って呑み込もうとしていくのであった。

「もう、地元どころか王都でも指折りの組織の『月下狼』とも互角の存在だ！　これだけ力を得たら、リュー如きはビビって僕にひれ伏すはずだ。また会える日が楽しみだよ！　ははは！」

ライバはそれを想像すると悦に入り、高笑いするのであった。


ハックション！

リューはマイスタの街の街長邸の執務室で大きなくしゃみをする。

「……リュー。あなたまた何か恨みを買っているんじゃない？」

リーンがリューのくしゃみに反応して、指摘する。

「止めてよ、リーン。流石にもう恨みを買うような事、夏休みだからしてないよ？」

「……でも、リューのそんな大きなくしゃみをする時って、大概恨みを買っている時じゃない？」

「……あははは。本当に止めて。リーンが言うと本当になるから！」

苦笑いして少し考え込むリューであったが、ライバの事は想像できないのであった。

縄張り争いですが何か？

夏休みのある日。

王都にいくつか点在する竜星組事務所の一つに、一度助けた事がある『月下狼』の手下が、助けを求めて飛び込んできた。

『月下狼』は、資金力とその資金で雇った腕利きの兵隊を引き連れ勢いに乗る『雷蛮会』に押されて、いよいよ自尊心に拘っている場合ではなくなってきたからだ。

『月下狼』は先の抗争で大きなダメージを受けていたので、元『上弦の闇』の縄張りを得て、その痛手を少しでも埋めようとしていたのだが、思わぬ伏兵である『雷蛮会』が出てきてしまった。

少し前の『月下狼』ならすぐに動いて叩き潰していただろうが、弱った今となっては、それもできない。

それどころかあちらはどこから湧いてくるのか資金にも恵まれ、日を追うごとにその勢いは増すばかりであった。

最初、竜星組の助け舟に対しては、元が『闇組織』の一部から派生した組織と認識していたので、手下も自分も警戒して断るつもりでいた。

だが、三連合を組んだ『黒炎の羊』は、最近では被害が大きいこちらを吸収する気満々の行動をとっていた。

資金を高利で貸そうとしたり、縄張りの一部を買い取ると申し出たりと、足元を見られ始めた。

それもこれも、連合を組む際にこちらの兵隊情報を開示していた事が今になって裏目に出た感じだった。

その為、『黒炎の羊』は信用出来なかったが、『上弦の闇』を潰した『竜星組』は、その後の縄張りに手を出す事無く静観していた。

あちらは手を出されたからあくまでも報復したという筋の通し方をしたのだ。

それを見せられた後とあっては、昨日の味方である『黒炎の羊』より昨日の敵の『竜星組』の方がまだ信用出来そうであった。

『月下狼』の、顔に傷がある女ボス、スクラは『雷蚕会』の攻勢に、早晩、自分のグループが不利になると判断して助けを求め、その存在が発覚している『竜星組』の組事務所に手下を走らせたのであった。

『竜星組』はスクラの救援要請にすぐに兵隊を出した。

丁度、『月下狼』の事務所の一つが『雷蛮会』に襲撃されて、お互い斬り合いになっているところに『竜星組』が介入。

瞬く間に『雷蛮会』の誇る腕利きの兵隊を返り討ちにしてみせた。

これには『雷蛮会』に対して応戦し、自ら陣頭指揮を執っていた女ボス・スクラも驚くしかなかった。

全く格が違うのだ。

『闇組織』時代の武闘派幹部であったルッチ派を吸収したとはいえ、この強さは群を抜いていた。

敵である『雷蛮会』の兵隊も強かったが、これが王都最大であった『闇組織』の後を引き継ぐ組織の真の実力という事だろうか？

『月下狼』の女ボス・スクラは『竜星組』の実力に、自分の組織がどんなにちっぽけな存在だったのかと圧倒されるのであった。

「『月下狼』の女ボス・スクラさんですね？　うちの組長からの伝言です。『雷蛮会』が二度と『月下狼』に手を出さない程度に反撃したら、うちの兵隊も引かせます。その後はそちらの自由にして下さい、とのことです」

女ボス・スクラは、その言葉にまだ見ぬ竜星組の組長に対し、器の違いを感じずにはいられなかった。

「対価を要求しないのかい⁉」

思わず、女ボス・スクラは答える。

「『月下狼』が健在のうちは、王都のバランスは保たれていると思っている。それが今の報酬だと思っておく、というのがうちの組長の言葉です。――おい、お前ら！　『雷蛮会』の拠点を一つ潰してから帰るぞ！」

竜星組の兵隊を引き連れていた隊長がそう答えると、部下達に声を掛けてその場を去る。

「参ったね……。まだ見ぬ竜星組の組長とやらに惚れてしまいそうだよ……」

女ボス・スクラは大きな借りを作った『竜星組』組長に対し、最大の賛辞を口にするのであった。

ライバ・トーリッターは、新しく用意した大きな事務所で、『月下狼』の拠点襲撃が失敗に終わった事を聞かされていた。

「うちの精鋭が返り討ちだと⁉」

ライバは高そうな椅子に満足げに座っていたが、思いがけない報告に立ち上がった。

「……へい。――最初、こちらが優位に進めていましたが、敵に援軍があり、急な事もあって反撃できず……」

「『月下狼』に、まだ、そんな戦力があったっていうのか⁉」

「それがどうやら、その援軍はあの『竜星組』だったようです……」

「『竜星組』だと⁉　あの『上弦の闇』を一日で潰した『竜星組』か⁉」

「……へい。こっちはその後、縄張りにある拠点の一つを逆に襲撃されて潰されました……！」

「……くそっ！　何でそんなやばい組織が出てくるんだ！　……という事は『月下狼』に手を出したら今後、『竜星組』が黙ってはいないという事か……？」

ライバは歯噛みしたが、数段格上と見ている相手である、ビビらずにはいられなかった。

「そういう事だと思います……」

「……くそっ！　……仕方ない。今回は元『上弦の闇』の縄張りをほとんど得られたからこれで我慢しよう。後は豊富な資金を使って兵隊を集めて力をつけるんだ。どちらにせよ『雷蛮会』は、王都で指折りの組織にのし上がる事が出来たんだ、焦る事はない。──よし、『月下狼』とは痛み分けで手打ちというやつにしておこう。──そうだ！　その『竜星組』に間に入ってもらって顔を立てれば、これ以上睨まれる事もないかもしれない。それに僕の狙いはリュー・ミナトミュラーを潰す事だからな、今の力で十分脅せるはずだ……」

ライバは、自分に言い聞かせるように呟くと、手打ちの為に『月下狼』、『竜星組』の両方に使者を立てるのであった。

だが、ライバは依然として、復讐の対象であるリューが、その相手にしてはならない『竜星組』の組長であるとは夢にも思わないのであった。


意外な事に、リューの予想に反して『雷蛮会』の対応は早かった。

『竜星組』の組事務所に、『月下狼』との手打ちの仲裁を頼み込んできたのだ。

その知らせをマルコの方から聞いたリューは、素直に驚いた。

「勢いと資金力、それに判断も早いのか。やはり、急成長してきただけあって利口みたいだね」

感心するリューであったが、マルコから驚きの情報が提出されてきた。

『雷蛮会』について調べさせていたのだが、その内容が意外なものであったのだ。

「……この情報は嘘じゃないよね？」

リューがマルコの使いである元執事のシーツに確認する。

「はい。若様と同じ十二歳の少年がボスだと知って私も驚きました」

シーツはリューが確認したのは年齢が若い事だろうと察して答えた。

「というかこの少年、僕が知っている人物なんだ」

「……何と！　若様のお知り合いでしたか！　そこまではまだ、調べ上げられておらず申し訳ございません」

「いや、いいんだよ。この情報にこの『雷蛮会』のボスの名前は仮ではなく正式にライバ・トーリッター地方貴族の伯爵の嫡男と追記しておいて」

リューが、シーツにそう付け加えると、傍で話を聞いていたリーンが今度は驚いた。

「え？　新興勢力の『雷蛮会』って、あのライバ・トーリッターなの!?」

「……そうみたい。世間は狭いよね……」

リューは苦笑いを浮かべると、リーンに答えるのであった。

「同じ王都内の学校に編入して大人しくしていると聞いていたのに、何でこっちの世界に来ているのかしら？」

リーンが疑問に思うのも全くだ。

リューもそのように聞いていたので、まさかこちらの世界に足を踏み込んでいたとは……、と驚くしかない。

「彼の実力は確かだからね。その辺のチンピラよりは格段に強いからあり得るけど……、そうなると資金はどこからという事になるよね。トーリッター家が道を外れる嫡男に対して、そんな事にお金を出すとも思えないし……。やはり、学校の世話をしたというエラインダー公爵家の影が見える気がするなぁ……」

リューは、シーツからもたらされた情報以上のものが、ライバの存在を確認した事で見える気がしてきた。

「……計画変更。本当なら『闇商会』、『闇夜会』との連絡会が出来次第、きついお灸を据えるつもりでいたけど、『雷蛮会』については様子を見よう。あちらの手の内を知りたい。──シーツ、手打ちの仕切りはマルコに任せると伝えて。一応、『月下狼』に手を出したら、『竜星組』も動く事になると匂わせておけば当分は大人しくなるはずだからそれも任せると、ね？」

「はい。マルコ様にはそう伝えておきます」

シーツは、頷くと執務室から退室するのであった。

「……エラインダー公爵との悪縁が中々切れないね」

リューは、リーンにぼやいた。

「そうね……。──そうだ。イバルを呼んで聞いてみる？」

リーンが提案する。

「いや、イバル君は今、魔法花火部門の打ち合わせでしょ？　それに、今はもう、エラインダー家とは関係ないだろうから聞いてもね……」

「でも、以前の情報でも有益なものはあるかもしれないわよ？」

リーンはそう言うと、メイドのアーサにお願いして、イバルを呼びに行ってもらうのであった。


「急用だって聞いたけど？」

イバルが、メイドのアーサに伴われ、執務室にやってきた。

「実は──」

リューは事情を説明する。

「……父上が？　いや、エラインダー公爵か……。それはまた、妙だな。エラインダー公爵家が裏でよく使っていたのは『黒炎の羊』だから、ここに来て新しい勢力に加担する意味が分からないな……。それに、ライバはまだ学生で伯爵家の嫡男。そんな相手に資金提供してまで動かすリスクは……」

イバルの情報には、意外に重要な事が含まれていた。

「『黒炎の羊』って、エラインダー公爵家と繋がりがあるのかぁ……。それにイバル君の言う通り、ライバ君を立てるリスクだよね。当人が断ってもおかしくない話だし……」

リューはまさか、自分への復讐心からライバが独断で動き、そこにエラインダー公爵が裏社会への繋がりを強める為に便乗したとは夢にも思わない。

「……となると、今回の件で『黒炎の羊』が沈黙していたのは、エラインダー公爵からの横槍が入って見守っていたという事かな？」

「そうかもしれないわね。それに『月下狼』って『黒炎の羊』に吸収されそうになっていたんでしょ？　『雷蛮会』の動きによっては『黒炎の羊』は何もせずに達成できた可能性があったわけだから利害が一致していたのかもね」

リーンが状況を分析して見せた。

「じゃあ、僕はエラインダー公爵の『雷蛮会』の拡大を邪魔して、『黒炎の羊』の『月下狼』吸収の野望も挫いてしまった事になるのかな？」

リューはそこまで察すると続ける。

「つまり、僕はまた余計な恨みを買っちゃったんだね……」

「リューはいつも誰かの恨みを買っているわよ？　ふふふ」

リーンが他人事の様に指摘するとクスクスと笑うのであった。

「『雷蛮会』もライバ君がボスなら、恨みを買っているのは僕だしね……。うん？　もしかしてライバ君がこっちの世界に入ってきたの、僕が原因とかじゃないよね？」

リューは、ライバの復讐心が原因説に辿り着くのであった。

「……あら？　もしそうだとしたら、辻褄が合うわね？　――リュー大丈夫よ、何が起きてもちゃんと私が守るから」

リーンはリューがライバの恨みを一身に買っている事を前提に話を進める。

「止めてよ、リーン！　学校でも裏社会でも恨みを買いまくっているとか縁起でもないよ！」

リューは、頭を抱えて本当に嫌がるのであった。

『月下狼』と『雷蛮会』の抗争に発展しかけていた、元『上弦の闇』の縄張り争いは竜星組の仲裁によって、ほとんどの縄張りは『雷蛮会』が取り仕切る事で決着する事になった。

この竜星組の仲裁は、いろんな意味を持っていた。

一つは新興勢力である『雷蛮会』の存在を暗に認めた事になる事。

もう一つは、『月下狼』の背後に竜星組の存在を匂わせる事になった事。

そして、竜星組が王都の裏社会における最大の勢力として、改めて影響力を知らしめる事になった事である。

その表で動いていたのはマルコだったので、組長であるリューの存在はベールに包まれたままであったが、それがまた、竜星組の巨大で謎めいた雰囲気を演出する事になった。

そういう意味では、ノストラの『闇商会』や、ルチーナの『闇夜会』も、ボスである二人は滅多に表に出てこないので謎めいた組織ではあったが、竜星組の組長は、『若』と呼ばれている為、組長がまだ若い人物と想定される事以外、世間では情報が出ていなかったので、裏社会では一層謎めいた存在であった。

元々、マルコの名前も表に出る事は無く、そのマルコが三十代後半と大組織の上位幹部としては若い方なのでマルコ自身が竜星組の組長なのではないかと外野の人間には推測する者もいた。

だが、今は竜星組の組長の存在よりも注目されたのが、『雷蛮会』のボス、ライバ・トーリッター である。

僅か十二歳で『雷蛮会』のトップとして彗星の如く現れ、王都で指折りの大組織の一つにまで数えられる事になったのである。

その手腕は裏社会において無視できないものになるだろう。

それにその資金力も噂になっていた。

「背後にはもっと大きな存在があるのは確かだろう」

「この裏社会であれほど急速に大きくなれたのは、ボスのライバ・トーリッターの実力以上に、その資金力によるものだ」

「今回の件で『黒炎の羊』が沈黙を守っているのも、その背後にいる何かが原因」

と、関係者達は意外に鋭い指摘が多かった。

「……と、リューが情報を流したのよね？」

部下から報告を受けていたところ、リーンがリューに指摘したのであった。

「確かにそうだけども……。ふふふっ。——一応、背後にいるエラインダー公爵かもしれない資金提供者にこんな鋭い情報がもう流れて正体バレそうだって思わせて、当分は大人しくしてもらう為の牽制だよね」

「前回のように潰しちゃえばいいのに」

リーンが過激な事を言う。

「そうだよ、若様。ボクが赴いて、そのライバっていう少年の首を持って帰ってこようか？」

メイドのアーサが最近仕事に慣れて余裕が出て来たのかリュー達の会話に入ってきた。

「二人とも駄目だって！　『雷蚕会』を潰すのは簡単だけど、それだと背後にいる多分、エラインダー公爵を刺激するし、それよりも『闇商会』や『闇夜会』も刺激しかねないからね。折角、二つの組織とは、夏祭りで少しは雰囲気良くなって連絡会にも前向きな返答貰ったばかりなんだから」

リューは、複雑な裏社会事情を説明しながら二人を注意する。

そこへ扉をノックし、部下と入れ替わりに執事のマーセナルが入って来た。

「若様、連絡会について『闇商会』と『闇夜会』から具体的な日にちの提案がございました」

執事のマーセナルが手元にあった手紙を二つリューに渡す。

「本当に⁉　ほら、やっとこれで二人とは色々と話し合いが出来るよ」

リューが安堵のため息を吐く。

「さらに、こちらは良い知らせと悪い知らせが……。王都での花火成功はまだ表沙汰に出来ないとの事で、報酬に、ランドマーク家に対しては金品の授与がなされる事になり、さらにミナトミュラー家には、こちらが申請してあったお酒の製造、販売の許可が、王家を通して正式に酒造ギルドから下りました。ですので、ミナトミュラー商会は堂々とお酒の製造が行える事になりました」

執事のマーセナルが今度はその許可状をリューに提出する。

「本当に⁉　いい知らせじゃない！」

リューはまたしても驚いた。

お酒の製造、販売の許可状は酒造ギルドのトップである上級貴族が死守していた既得権益であり、許可は下りないだろうと思っていたのだ。

それだけにまだ、騎士爵であるミナトミュラー家にその許可が下りた事の異例性がわかるだろう。

「ただし、製造につきましては制限があるようです、それが悪い知らせです」

許可状を見ると、「第三級酒類製造・販売許可状」と書いてある。

「これは……？」

「はい。二級指定のお酒や、一級指定の高級酒は造れないので、今、少量ながら造っている品質の良い果実酒は全面的にストップしないといけなくなります」

「……やられた！　正式に許可が下りた事で密造酒は造ると厳しく取り締まられる事になるから、庶民向けの品質の悪いウイスキーや、エール以外は全く造れなくなるのか！」

そう、品質を上げて製造し、酒造ギルドによってそれが二級扱いになったら、製造許可がないので製造を中止させられる。

つまり品質の悪いものしか製造販売できなくなったのである。

「……はい。今まで大目に見られてきたものが許可状を得た事で、ギルドの一員として厳しく取り締まられる対象になりました。きっと上級貴族の既得権益を守る為の措置でしょう」

「……そういう事ならミナトミュラー商会の製造部門と、竜星組の製造部門の二つに分けるしかないね……。――――こうなったら竜星組の方で密造酒を沢山作って酒造ギルドにダメージを与えていくよ！」

こうして、リューに変なスイッチが入り、竜星組はこれまで以上に『闇組織』から引き継いだ密造酒の製造に力を入れる事になるのであった。

リューはランスキーと職人達に相談して、第三のお酒の製造に着手する事にした。

それは、現状でのお酒の製造は、品質が悪いウイスキーとエールしか製造販売出来ないので、酒造ギルドの規則に当てはまらない種類を造る事だった。

リューには秘策があった。

それは日本酒の製造である。

お米を使ったお酒なら、酒造ギルドの規則にも当てはまらない種類のお酒のためこれが出来れば、『新酒における取り扱い、規則作りは、許可状における等級に基づいた上で、製造元に一任される』、という条文があるので、新酒にあたる日本酒を作ったら商業ギルドに登録し、その後、酒造ギルドに登録すれば、第三級酒造許可レベルの範囲で販売できる新酒という規則をこちら側で作り、やりたい放題できるのだ。

これは元々、お酒の製造商会を抑えている上級貴族の為の都合の良い規則だったのだが、まさか、昨日今日登録したばかりの新興の商会が新酒を開発するとは思わないだろう。

ミナトミュラー商会の酒造部門はすでに竜星組の酒造部門の一部を移転させているので、酒造りの基本はわかっている。

もちろん、日本酒はウイスキーなどとは違う製造方法なのだが、リューの前世の知識を頼りに、試験的な製造が行われる事になった。

普通、お酒造りは時間と手間暇を掛けてやるものだが、ここは異世界、魔法というものがある。

酒造りの職人達の中には闇魔法の心得がある者がおり、お酒造りに必要な発酵を促す魔法を使えるので、短期間で色々と試す事が出来た。

その結果、お米の選定から始まり、それを精米して蒸し、酒母といわれる酵母と麹米（麹菌を繁殖させた米）、水を入れて闇魔法で発酵させ、その後も搾りや濾過など多くの工程を経て日本酒にするという地道な作業が夏休み中行われる事になる。

その日本酒の開発の間、竜星組の方の密造酒部門も、これまで少量しか作っていなかった果実酒の大量生産と、より品質の良いものの開発、製造にも着手させた。

「若、卸し先は慎重にやらないと、危険ですよ？」

マルコがリューに注意を促した。

「その為の、『闇商会』や、『闇夜会』との連絡会だよ」

リューはマルコの心配を理解した上でそう答えた。

「……なるほど。——そういう事ですか！」

マルコも二つの組織の名前を聞いて理解したようだ。

そう、『闇商会』の専門分野のひとつは運搬業である。

密輸はお手の物である。

つまり、リューは『闇商会』を使って、王都どころか領外にもお酒を出回らせるつもりなのだ。

そして、王都内には『闇夜会』が縄張りにしている娼館や飲み屋の類は沢山ある。

そこに優先的に卸させて貰う為の交渉を連絡会でするつもりなのだ。

もちろん、あちらにも利益が出ないと首を縦には振らないだろうが、密造の強みはその価格設定である。

品質の良い物を安く渡すのだから『闇商会』も、『闇夜会』も利益が大いに見込めるはずだ。


そして、とある昼のマイスタの街長邸――

リューが熱望していた連絡会が行われる事になった。

三者とも部下を三人まで連れてくる事を許可している。

リューは今回、リーンとランスキー、マルコを伴っていた。

『闇商会』のボス・ノストラは、腕っぷしの強そうな体格の良い部下を三人背後に立たせて、用意された椅子に座る。

闇夜会のボス・ルチーナは、大柄な体格の男と、中肉中背の男、そして小柄な男という個性的な部下三人を引き連れて椅子に座る。

「お二人とも今回は、わざわざお越し頂きありがとうございます。前置きが長いと嫌がられると思うので早速、話し合いに入りましょう」

リューは今回の議長として場を仕切る。

ノストラもルチーナも、元『闇組織』の幹部として席を一緒にしたマルコと、ルッチに追い出されるまで一目置いていた先輩幹部、ランスキーが、子供であるリューの背後に部下として立っている事に違和感を感じずにはいられなかったが、慣れるしかなかった。

　こうして、いくつかの縄張りで起きた小競り合いの問題解決から、新興勢力の『雷蛮会』の扱い、そして、王都の『月下狼』が『竜星組』の庇護下に入る事の報告など幅広く話される事になった。

「よく『月下狼』が、新興勢力の『竜星組』の下につくと言ったもんだよ。うちの誘いには全く乗らなかったたっていうのにね」

　ルチーナが、煙草を一息深く吸ってそれを吐き出すと、愚痴をこぼした。

「同族嫌悪じゃないのかい？　まぁ、うちも誘ってあっさり断られたけどな。——それよりも、俺としては『雷蛮会』の扱いだな。あの新興勢力の情報はまだあんまり掴めていないが、その資金力は侮れない。それにボスは子供だって話があるが、お宅じゃないよな？」

　ノストラがルチーナを冷やかした後、『雷蛮会』の事で掴んだ情報を披露してリューに疑いの目を向けた。

「若を疑うつもりかノストラ？　そんな小細工しなくても『上弦の闇』の縄張りは、取ろうと思えばいつでも取れたのを奪わなかった時点で、若じゃないとわかるだろ」

　マルコが、ノストラからの疑惑の言葉を否定した。

「まあまあ、マルコ。この裏社会で僕のような子供のボスが他にもいる状況が特殊過ぎるから」

　リューはそう言って間に入ると続けた。

「その『雷蛮会』についてはは後でこちらが掴んでいる情報を一部書面にしてお渡ししておきます。

それにあの組織については、うちで潰してもいいのですが、お二人を刺激する可能性もあったので控えておきました」

リューは簡単にそう言ったが、これは暗にそれくらいの力はありますよ、というアピールである。

もちろん、『上弦の闇』を一日で壊滅させたのだからそれだけでも十分なのだが、『闇商会』も『闇夜会』もマイスタの街の住人の手練れを主力にした兵隊を持つ大勢力である。

その気になれば出来ない事もないかもしれない。

「……『雷蛮会』については、お宅の情報を貰った後で考えるよ」

ノストラはそう答えると、ルチーナに言葉を促す。

「……うちもそれで構わないよ。どうやら情報戦に関しては、『竜星組』にも、『闇商会』にも勝てそうにないからね」

ルチーナは溜息を漏らすと了解する。

「では、次の話題に移りますね。実はうちで密造酒の生産を大規模に行う計画がありまして――」

リューが計画に関して簡単に説明すると、二人に対して今回の目玉である儲け話を提案するのであった。

「そんな価格でいいのか？」

と、仕入れ値を聞いて驚くノストラ。

「うちもその話は渡りに船だが、話がうますぎやしないかい？」

と、あまりにおいしい話すぎて疑うルチーナ。

二人はリューのうまい儲け話に、耳を疑うのであったが、二人の組織に対しての利益になる事、そして、酒造ギルドに喧嘩を売るつもりである事を説明すると、二人は不敵にニヤリと笑い、「面白そうな話だ」と、理解を示すのであった。

こうして、利害が一致した事で話はすぐにまとまり、初めての連絡会は有益なものとして受け取られ、終了するのであった。

連絡会終了後の、街長邸執務室——

連絡会の成功は、リューにとってかなり大きなものであった。

このマイスタの街を治める三組織の話し合いの場である。

それはつまり、王都内の三強の集まりでもあるからとても重要な事であった。

最初の連絡会を成功させる事で、今後、『闇商会』のノストラや、『闇夜会』のルチーナの心証を良くし、今後も積極的に連絡会に参加する気になって貰うのがリューの目的であった。

リューとしては、同じマイスタの住人であるから、協力関係は積極的に結びたいし、王都の裏社会の安定化も大事だ。

なので、リューが切り札として密造酒の件を両者に話し、持ち掛けたのも心証を良くする為のカードの一つであった。

「若、『雷蛮会』についての情報も渡しておきましたが、背後にエラインダー公爵がいるかもしれない事は黙っていて良かったんですか？」

マルコが、疑問を口にした。

「それは、流石に根拠も無く、僕の想像でしかないから。それに、そこまで情報を流すと僕の個人情報も色々と話さなくちゃいけなくなるからね」

リューは自分の正体を知られているノストラとルチーナに、わざわざこちらからそれ以上の情報を話す必要性は感じられないのであった。

「こっちも慈善事業じゃないんだ。あの二人にそこまで教えてやる義理もないだろう。わはは！

――そうだ若。夏休み中に、若の提案されたお酒の開発を部下達にどんどん進めさせています。いずれは結果を出しますよ」

お酒の好きなランスキーが鼻息荒く今後の抱負を口にする。

「竜星組の密造酒部門も、ノストラ、ルチーナの両者がOKを出した事で、大量販売も目途がついたので、若の仰ってた案を基に品種改良と大量生産を進めます」

「あ、ランスキー。水飴生産工場も軌道に乗せないといけないから、ランドマークビルの管理を任されているレンドと話し合いを進めておいて。ランドマークブランドとして卸す事になると思うから」

「わかりました！　――ところで若と姐さんは、残りの夏休みはどう過ごされるんですかい？」

ランスキーは、リューとリーンが夏休み中働き詰めな事に気を遣って聞いて来た。

「連絡会が成功して一段落ついたから流石に夏休みの宿題に集中してリーンと二人で一気に片付けるよ。だから、ランスキーとマルコはマーセナルと三人で仕事を調整して、後はお願いね。――あ、アーサ、僕達ランドマークビルに残りの夏休み引っ込むから街長邸の管理、執事のマーセナルと一緒によろしく」

丁度、お茶を入れる為に、リューの横に立ったメイドのアーサにお願いした。

「若様、ボクは若様の為の最強メイドだから護衛役も含めて若様達について行きたいんだけど？」

メイドのアーサは、リューのお茶を入れながら、そう提案した。

「うーん……。ランドマークビルにも使用人はいるからなぁ……。それにアーサはこっちの屋敷を守って貰わないと、以前みたいに僕達の留守中に放火するような連中が現れないとも限らないでしょ？　そうなるとやっぱり、アーサにはこっちに居て貰わないと困るよ」

リューが、アーサにお願いする。

「……わかったよ。ボクがこの屋敷を守るよ。でも、何かあった時はボクを頼ってよね？　いつでも、敵の首を持ってくるからさ」

アーサは相変わらず物騒な事を言うと頼られている事に満足するのであった。

アーサの物騒な冗談に笑うリューであったが、その場にいたランスキーとマルコに関しては、アーサの言葉が冗談ではなく本気だと受け止めていたので、冷や汗をかくのであった。

「ですが若。アーサの言う通り、若の身辺に姐さん以外にも護衛を付けた方が良いと思うんですが？」

マルコがメイドのアーサに賛同する意見を出してきた。

「ちょっとマルコ！　私一人でもリューの護衛は十分だからね？」

それまで黙ってリューの背後に立っていたリーンが、初めて口を開いた。

「別に姐さんが力不足と言っているわけじゃありませんって！」

リーンの口調が強かったので、マルコが慌てて言い訳した。

「そうですぜ、姐さん。それに、若も姐さんも俺達にとっちゃ、護る対象なんです。子が親を心配するのは当然ですよ」

ランスキーもマルコを擁護する。

「……うーん。そうだなぁ……。でも、僕は表向き街長を任される与力の騎士爵程度だから、逆に過分な護衛は目立つと思うのだけど……」

「じゃあ、やっぱりメイドのボクが側にいるのが自然じゃない？」

屋敷を守る事で納得していたはずのアーサがまた、首を突っ込んできた。

「……確かにアーサは一見ただのメイドだから、傍にいても自然なんだろうけど……。ぶっちゃけ物騒なんだよね、アーサは」

リューの本音が一言漏れた。

「ちょっとなんだよ、若様！　ボクが物騒って心外だよ！」

アーサが苦情を漏らす。

「だって君。たまに腕が立ちそうな人や僕に対して、殺《や》れるか間合い計っている事あるよね？　あれ、気配が伝わって来て、こっちもドキッとするから嫌なんだよ！」

そのリューの言葉にランスキーとマルコも流石に目を見合わせるとアーサを怒った。

「アーサ！　そんな事を若に対してやっていたのか⁉」

「若に対してそれは失礼だぞ！」

二人が、憤慨するとアーサも言い訳を始めた。

「……それはボクのただの癖だから！　悪気は無いし、殺せても殺さないから！」

身も蓋も無い物騒な言葉を口走るアーサであった。

「その癖だけは本当に止めて！　休憩中なのに休んだ気にならないから！」

リューは本気でアーサの癖に対して抗議するのであったが、本人が今後そんな事は絶対しないと誓うので、アーサの同行をたまに許可する事にするのであった。

負けられない戦いですが何か？

夏休みの残りの時間は、予定通り宿題を片付ける事に費やされる事になった。

リューとリーン、さらにエリザベス王女の三人の宿題については、学園側が特別に用意したものが出されていたから、かなり大変であった。

だから一日のスケジュールは朝の日課であるランドマーク領への仕入れから始まり、その後はほぼ勉強に当てられていた。

そして、その勉強時間にはイバルも参加している。

イバルの宿題の内容は一般生徒と同じレベルのものだが、夏休みの大部分をリューの仕事に付き合わせていたので残り時間はイバルにも勉強を教える事でそのお詫びとしていた。

「二人とも、本当に俺のとは宿題の内容が全く違うんだな……。うん？　それ、魔法省で研究中の仮説に留まっている『上位魔法を魔道具に組み込む為の魔法陣についての論文』じゃないか！」

イバルが自分の宿題をリューとリーンに教えて貰いながらほとんどを終える事が出来てから、二人の解いている内容を見て驚いた。

「そうなの⁉」

「そうだよ。エラインダー家にいた頃に、執務室で見かけた論文だから……。今でも研究中で仮説のままだからちゃんとした答えは出ないと思うよ？」

「……道理でこれ難しいと思ったよ。……リーン？　この問題、僕に譲ったのは難しいと思ったからでしょ⁉」

「当然じゃない！　リューに解けないいなら私にも解けないわ！」

リーンは二人で問題を手分けして解く事にした際、リューに渡した宿題の一部は意図的であったようで開き直るのであった。

「二人とも、この問題は俺が論文の内容は覚えているから、それを教えるよ。そうしたら全て宿題終わるでしょ？」

イバルが喧嘩になりそうな二人の仲裁に入った。

「イバル君ナイス！」

リューは、途中まで答えが出かけていた事を忘れて、イバルに聞いた通りに答えを書いていくのであった。

こうして、夏休みが終わる三日前に、リューとリーン、イバルは宿題を終えて安堵するのであった。


夏休み残り三日。

リューにはまだやる事が残されている。

それは、ランドマーク領に出張中の部下達の回収である。

元々リューへの忠誠心というより、竜星組という大看板に引き寄せられた程度の若者達という寄せ集め感が拭えない連中であったから、その再教育と自転車のベルトドライブの元となる魔物の革の回収作業に、人手が欲しい祖父カミーザと長男タウロ、夏休み中で帰省中のジーロに預けていたのだ。

普段、ランドマーク領に戻っても倉庫までの行き来だけになっていたリューは、リーンとイバル、そしてメイドのアーサを伴って魔境の森まで足を運んでいた。

「……凄いな、これが魔境の森か……。魔素が桁違いに入り混じった土地だな……」

イバルが、何か感じるものがあるのか、驚きながらリューの後ろに付いて草をかき分けていく。

「流石イバル君。この土地の異常性がすぐわかったね」

リューが先頭を進むリーンの後を歩きながら後ろのイバルを褒めた。

最後尾を歩くアーサはムスッとしている。

どうやら、リューから貰ったメイド服が汚れるのが嫌らしく、裾を気にしながら歩いている。

「リュー。カミーザおじさん達、丁度、狩りの最中みたいよ？」

リーンが索敵系能力でいち早く気配に気づくと前方を指差す。

すると丁度、大きな爆発音と煙と共に、数本の木が宙に巻き上げられるのが遠目に見えた。

「本当だ。あ、こっちに走って逃げてくるの竜星組の若い衆の一人だね。名前何だったっけ？」

リューがこちらに向かって逃げてくる若い衆の名前を思い出せずに首を傾げた。

大変な事にその若い衆の背後から巨大な猪のような四本牙が特徴の大きな魔物、ヘルボアが猛然とその若い衆を追いかけている。

「確かリューがここに送り込む時に、喧嘩を売ってきたから殴り飛ばした奴じゃない？　ミゲルだったかしら？」

リーンが指摘する。

そのヘルボアから必死になって逃げているミゲルは、逃げている先に人がいる事に気づくと助けを求めた。

「領兵さん達！　逃げる方向を間違ったんだ、助けてくれー！」

ミゲルはどうやら魔境の森にいる人影は全て、領兵と思い込んでこちらに向かってきた。

「リーン、ミゲルとヘルボアの間に土魔法で障壁を作って！」

リューが先頭のリーンにそう指示すると、リュー本人もそのタイミングに合わせて土魔法を唱える。

「岩障壁！」

「岩槍千本刺し！」

ミゲルが走り抜けたところに壁がせり上がり、ヘルボアの勢いを衝撃音と共に受け止めると同時

に、その真下から幾本もの岩の槍が皮が薄いヘルボアのお腹を突き刺して息の根を止めるのであった。

「た、助かった……」

ミゲルがその場に崩れ落ちるように座り込む。

そこへ次男ジーロが、ミゲルとヘルボアを追いかけて森の中を走って来た。

「あ、リュー！　久し振りだね！」

ジーロがマイペースな雰囲気で、久し振りに会う弟に笑顔になった。

「ジーロお兄ちゃんも元気そうだね！」

「ははは。まあね。宿題が終わってからはお祖父ちゃんやタウロお兄ちゃんのお手伝いをしているよ。――ミゲル、こっちは罠がないんだから駄目だって言ったよね？　リュー達が助けてくれなかったら流石に今回は危険だったよ？」

ジーロはリューへの挨拶もそこそこに安心から腰が抜けて動けないミゲルを叱った。

「……若。助かりました。……ありがとうございます……！」

ミゲルはジーロの指摘で我に返ると、助けてくれたのがリューと気づき、半べそをかきながらお礼を言うのであった。

ここに送り込む前の横柄で態度が悪かったその姿は鳴りを潜め、礼儀正しいミゲルがそこには居た。

その姿を見てリューは、ここに送り込んで正解だったと思うのであった。

魔境の森に送り込んだ竜星組の荒くれだった若い衆は、その危険な環境下に置かれた事で、自分達の非力さを心の底から知り、そして、自分達の親分であるリューとその身内の凄さを叩き込まれていた。

最初こそ祖父カミーザが全く使い物にならないからと、若い衆は領兵達と共に罠作りや運搬作業に従事させていたが、顔つきが変わってくるのを確認すると、ヘルボアを罠まで導く役割を与えた。

つまり、囮役である。

祖父カミーザに言わせると、逃げ足さえあればなんとかなる、という事で、若い衆のリーダー的な存在であったアントニオがまずは囮役として逃げ回った。

「アントニオという青年は見込みがあるのう。わはは！　ここにいる間はワシが直々に鍛えてやるわい！」

祖父カミーザはそう言うと夏休みの間中、アントニオを魔境の森で引っ張り回し、ヘルボア狩りのみならず、他の魔物狩りも手伝わせていたらしい。

その間、長男タウロがヘルボア狩りの陣頭指揮を行い、囮役は他の若い衆達が代わり、命懸けで逃げ回って脚力を鍛えていった。

その中で、ずっと囮役を避けていたミゲルだったが、周囲が明らかに強くなってきている事に焦り、やっと囮役を名乗り出たら罠に導く事が出来ず、失敗して別方向に逃げ、そのままヘルボアの標的になり、リュー達の居る方向に逃げて来たのだそうだ。

「……ミゲル。僕に喧嘩を売ってきた時の根性はどうしたの？」

その話をジーロから聞いて、リューは苦笑いするのであった。

「……それは、俺が馬鹿だったからです。あの時はすみませんでした！」

ミゲルは、自分の弱さを余程痛感していたのか、自信も喪失しているようだった。

ちょっとやり過ぎだったかな？

リューはミゲルの姿にそう思ったが、調子に乗って早死にするよりはいいかと考え直すと、

「おじいちゃんに連れ回されているアントニオを始めとした数名の若い衆は今回連れて帰るけど、ミゲルや他の人達はまだ、ここで鍛練して貰おうかな。――ジーロお兄ちゃん、それでいい？」

「僕も今日、領都に戻って学校に帰る準備しないといけないから、タウロお兄ちゃんに任せよう」

ジーロはリューにそう答えると、タウロを呼びに森の奥地に入っていく。

「ミゲル、もし、もうこの森にいたくない。竜星組も抜けたいなら、今日帰っても良いけどどうする？」

リューは自信喪失中のミゲルに選択権を敢えて与えた。

これで断っても仕方がない。

「……俺、まだ残って師匠に教えを請いたいです！」

どうやら祖父カミーザは若い衆から師匠と呼ばれているらしい。

ちなみにタウロとジーロは、親分であるリューの兄だから、タウロの伯父貴と、ジーロの伯父貴と呼ばれているらしい。

「何か変な呼び名が広まっているけど……、ランドマーク子爵家の跡取りだから勘違いされる呼び名は止めてね？」

リューはそうミゲルを注意するのであった。

ミゲルは素直に、「すみません……」と、謝るのであったが、呼んでいる本人達も悪気が無さそうだから放っておこう。

そこへ兄タウロが領兵と若い衆を引き連れてやってきた。

「リュー、久し振り！　ミゲルを助けてくれたんだって？　ありがとう！」

夏休みに入ってからは久し振りに会うタウロであったが、こんな魔境の森にあっても屈託のない笑顔は健在だ。

いや、以前は魔境の森に入るとシリアスモードに入る事もあったから、今は余裕がある証拠である。

またこの兄達は腕を上げているようだ。

そこへメイドのアーサがリューの横に来て耳打ちする。

「若様のお兄さん達凄いよ！　ボクの射程範囲に気づきながら入って来ているよ！」

リューも気配でわかっていたが、メイドのアーサはまた、強そうな相手、兄タウロ達に対して悪い癖を出したようだ。

「だから、それは止めなさい！」

リューは手刀でアーサのおでこを容赦なく叩く。

「痛いよ、若様！」

アーサはこちらに来てずっとメイド服が汚れると不機嫌だったが、今はご機嫌になっていた。

「ははは！　リューのところのメイドは、ただ者じゃないね」

タウロは、やはりアーサの不穏な気配に気づいていたのかそう指摘すると、二人のやり取りを見て笑うのであった。

その後、祖父カミーザとアントニオを含む七人の若い衆と合流すると一旦魔境の森を出て領都に戻る事にした。

若い衆と領兵によって荷車が引かれているが、そこにはヘルボアを始めとした魔物の処理された皮が沢山積まれている。

「すでに領都の倉庫には沢山運び込ませているが、中身はあれでよかったのかのう、リュー？」

祖父カミーザが帰り道、リューが欲しがっていたヘルボアの皮について確認を取った。

「うん、もちろんだよ、おじいちゃん！　お陰で、もうあれを加工して『自転車』の生産に移っているよ、ありがとう！」

リューが頼れる祖父に感謝する。

「そうかそうか。ならば良かった。それと王都でまた、何かやる時には儂にも声を掛けてくれよ？　あれからこちらの領兵はまた、かなり腕を上げたからのう。わははは！」

祖父カミーザはかわいい孫のリューのやる事が毎回楽しい事ばかりなので参加したくて堪らないのだった。

「そうだ、夏休み最終日に王都の広場で『スモウ』の興行を行うから招待するよ！」

リューは、温めていた興行に家族を招待するのであった。

夏休み最終日――

王都に沢山ある広場のうち、竜星組の縄張りの範囲にある地域広場にて『スモウ』の興行が行われる事になった。

この日の為に、ミナトミュラー商会、竜星組の両方から腕自慢の者を集めて特訓をさせてきたので気合は十分である。

演目はこちらが用意した力士役の若い衆による模擬戦を最初に数試合行い、観戦者に『スモウ』のルールを説明、奥深さを知って貰う。

さらにその後、素人参加の賞金有りのトーナメントや、それに伴う賭けも用意してあるので、参加者はもちろん真剣勝負だし、観戦する方もお金を賭けているので応援に熱が入る。

あとは危惧されるのが八百長《やおちょう》だが、それは発覚次第、興行主の竜星組が黙っていないので、素人はそう簡単にはやれないだろう。

そして、開始時間であるお昼になる頃には、会場となった広場は黒山の人だかりになっていた。

広告や、看板などの宣伝を興行部門が行ってきた成果であった。

それに、トーナメントの優勝賞金が金貨十枚（前世の金額にすると約百万円）で、準優勝者も金貨三枚、三位にも金貨一枚ずつと、この手の素人参加の興行では破格の賞金設定だったので参加希望者だけでもとんでもない数が殺到した。

だから、参加費を請求する時点で、冷やかしがまず消える。

そして次に、参加者の中から、予選会を行って篩《ふるい》にかけ、上位六十四人（敗者復活も含む）を本戦に選出させた。

今日の興行はその本戦だが、予選会の段階ですでにこの広場で前日、観客を入れて試合を行った事もあり、評判が評判を呼び、お客の入りは最高潮であった。

本戦出場を決めた出場者の中には、地元の荒くれ者から、賞金目当てに王都郊外からわざわざ駆け付けて参加した者もいた。

中には王都の警備隊関係者や、夜のお店で用心棒をやっているフリーの者も混じっている。

こうなると大切になるのが、ルールであったが、前世の相撲のように、裸にまわしを締めるという文化は、こちらには無いので、上半身裸はもちろんだが、下はこちらが用意した半ズボンにまわしを締める事にした。

そして、まず立ち合いは、行司（審判）の合図で始める事にした。

本来なら両者の暗黙の了解による立ち合いで開始されるのが相撲だが、それを素人に求めるのは無理だからだ。

次に、打撃は完全に禁止する事にした。

もちろん、目突き、頭突き、肘打ちも失格。

素人参加型なので、打撃は本職の参加者が有利になるからだ。

その点、まわしを持っての投げのみならこの世界では馴染みがあまりない。

魔物や人を相手に戦う術は、剣技や打撃が中心で投げは珍しいのだ。

あとは、どちらか一方の足の裏以外が着地、もしくは土俵外に出たら負けである。

これなら余計な流血も避けられ、観戦者にもわかり易いだろう。

ちなみに予選の段階では、ルールが浸透していなかったので、とんでもない取り組みも序盤では多く見られたが、何度か試合が行われると参加者にも理解され、『スモウ』の形になってきていた。

こうして興行部門の悪戦苦闘の結果、ついに本戦である今日を迎えたのである。

招待席には、祖父カミーザを始め、祖母ケイ、父ファーザや母セシル、長男タウロ、次男ジーロ、妹ハンナと、ランドマーク子爵家全員が訪れていた。

「ワシも参加したかったのう……」

祖父カミーザがもうすぐ始まる『スモウ』を前に、愚痴をこぼした。

「あなたが参加すると結果がわかってしまうでしょ？」

祖母ケイが夫である祖父カミーザを諌めた。

おじいちゃんが参加したらその優勝は疑わないのね、おばあちゃん。

リューは、祖母ケイの夫カミーザへの信頼の厚さに、ほっこりするのであった。

そうこうしている間に、スモウの王都場所開催宣言が、竜星組幹部マルコの口から行われ、ルール説明の模擬戦が始まった。

それだけでも、観客からは歓声や笑い声が上がる。

説明の為に、面白おかしく模擬戦が行われているからだ。

この辺りは、リューの前世での相撲観戦経験からアドバイスをしたので、ウケは良さそうだった。

一通り、ルールの為の模擬戦が行われると、数試合、本気の取り組みを若い衆同士で行わせる。

その間に、トーナメントの取り組みの賭けの受付が行われると賭けの胴元の下には、お金を握りしめて目を血走らせた者達が沢山詰め寄っていた。

様子見に少額賭ける者もいたが、張り出された対戦表を確認して体格差を確認すると、大きな方に全財産一点賭けする者も少なくない。

そんな参加する者も、賭ける者もお金が賭かった勝負に必死の形相であったが、いざ本戦が始まるとその熱気はさらにヒートアップしていった。

歓声に、落胆、怒声に応援の声、対戦相手から土俵際で逃げ回る参加者の姿にお金が賭かっているのも忘れての笑い声など、悲喜交々《こもごも》の感情が入り混じって『スモウ』は盛り上がるのであった。

「リューの考えた『スモウ』って面白いね！」

招待席で長男タウロが次男ジーロに、熱気に包まれた会場の大声援に負けないように、大声で感想を伝えた。

「そうだね。お客さんも楽しんでいるし、これだけ盛り上がったら大成功だね！」

次男ジーロも頬を上気させて、興奮気味に長男タウロに聞こえるように大声で返答する。

その傍で妹ハンナも大きく頷いているのが可愛らしい。

リューはその間、事業主として、裏方に回って進行を指示したり、賭け金の計算やトラブルを収めたりと大変であった。

だが、その苦労もトーナメント決勝戦で報われた。

決勝進出の出場者二人は、最早優勝はこの男だろうと、参加者からも噂されている巨体の警備隊出身の男と、それに反して中肉中背ながら、体格に勝る相手を投げ倒してきた男である。

決勝の賭けは圧倒的に体格で勝り実力もある警備隊出身の男に偏っていたが、いざ試合が始まるとその予想を覆し優勝したのは中肉中背の男であった。

これには、この日一番の盛り上がりを見せた。

勝敗が決した瞬間、地面から湧くような歓声が上がり、次の瞬間には落胆する声と、ただの紙切れになった賭け券が夜空を舞う。

「畜生！　全額すっちまった！」

「何でその巨体で負けるんだよ、アホー！」

「やったー！　間違って買ったのに当たった！」

観客席からは大半が恨み節の怒号であったが、いざ表彰式になると勝った方の中肉中背の男に対する拍手が盛大に行われ祝福された。

それだけ見どころのある試合だったという事だろう。

「お客さんのウケも良かったし、大成功だ！」

リューは、この成果に大喜びした。

「でも、良いのかしら？　優勝者って竜星組《うち》のアントニオじゃない」

リーンが言ってはいけない事を口にした。

そう、優勝者は二日前まで魔境の森に籠もらされていたアントニオだったのである。

「ほ、ほら、八百長でなく、実力だからね？」
リューはそう、リーンに対して言い訳するのであった。

『スモウ』興行が大成功に終わり、竜星組の懐がかなり温かくなってリューは、新学期を迎える事になった。

何しろ、予想外である竜星組のアントニオ優勝により、賭けの胴元としての収入だけでも莫大な利益を生んでいた。

特に決勝戦は誰もが警備隊の巨体の兵士が優勝だと予想し、残りのお金をこの最有力候補に全額賭けて、より多く回収しようと試みた者が多く、思いもかけない程の大金が動いていた。

それを中肉中背のアントニオが見事に相手を翻弄して勝って見せた。

これこそ小さい者が大きい者に勝つ『スモウ』の醍醐味であったが、この大番狂わせで大金が胴元である竜星組の懐に入ってきたのであった。

「やっぱりアントニオの優勝が大きかったね」
リューは夏休み明けの学園の教室でリーンとイバル相手に、そう分析する。

「そうね。アントニオは決勝まで地味な勝ち方をしてきていたから、派手な勝ち方をして上がってきた相手の方が圧倒的に強そうに見えるもの」
リューが『スモウ』について、アントニオを一日指導していたのだが、内容が寄り切りや、押し出しと派手さが無い技ばかりだったのだ。

「ちょっと！　アントニオの勝ち方は、『スモウ』においては強い勝ち方だからね？　確かに一見すると地味な勝ち方だから盛り上がりには欠けるのかもしれないけど……」

前世では相撲好きであったリューには拘りがあるのだ。

それに相撲は昔、極道が地方巡業の興行を仕切っていたので関わりは深い。

他にも昔は、相撲の最前列の観覧席である、通称・砂かぶり席には極道の関係者が座り、刑務所でテレビ観戦している身内にこちらの元気な姿をアピールする場でもあった（※現在、そんな事は一切ありません）。

そんな歴史もあり、リューの相撲への拘りは中々のものであった。

「賭け金の大半を回収できたのは確かに大きいよ。それにあの日出した露店も大盛況で、売り上げもかなり良かったから興行部門は今回かなり仕事したと思う」

イバルは裏方の立場で冷静に分析する。

「だよね？　今後も定期的に『スモウ』興行は行っていこう。そうだ、子供向けの『スモウ大会』もやって良いイメージを付けていくのはどうだろう？」

「そうね。賭博有りの興行だから、あれだけじゃイメージは悪くなる可能性あるからいいんじゃない？」

リューの提案にリーンも賛同する。

「子供の内から『スモウ』に慣れ親しんで貰うのはいいな。浸透して盛り上がれば、興行自体も広範囲で展開出来そうだよ」

イバルも賛同した。

そこへランスが教室に入って来た。

「おはよう、三人とも久し振り！　今日からまたよろしくな！」

「ランス、早いね？」

リューが、まだ教室にはリュー達以外まだまばらな教室を見渡しながら聞いた。

「……実は解けない宿題があったから、リュー達に教えて貰おうと思ってさ。一応、夏休み最終日にランドマークビルに聞きに行ったんだけど、リュー達留守にしていたろ？　結局聞けなくて夏休み明けちゃったよ」

ランスがリュー達の忙しさに呆れながらすぐに解けていない宿題のノートを開いた。

「あ、それ、僕とリーンは違う宿題内容になっているから、イバル君に聞いた方が早いよ」

リューはランスが開いた宿題ノートを確認するとイバルに話を振る。

「じゃあ、俺が教えるよ」

イバルはランスの横に座ると自分のノートを開いて教え始めるのであった。

「おはよう！　みんな早いな……。シズと自分が先に到着したと思っていたのに、ランスもいるじゃないか」

そこへ今度はナジンとシズが教室に入って来た。

「……おはようみんな。――ランス君は、宿題写させてもらっているんだね？」

シズがイバルの横で机に向かっているのを見て、推理を披露した。

「ははは っ！　正解。今、イバル君に教えてもらっているところだよ」

リューはシズの予想に笑うと答えるのであった。


「えー、みなさん。宿題は昼までに必ず提出して下さい。あと、二学期は行事が沢山予定されています。特に一週間後には、学内剣術大会が控えています。夏休みの間に準備はしてくれていると思いますが、校外からもお客様が訪れますので、しっかりとルールに基づいて、正々堂々と恥ずかしくない試合をして下さい」

担任であるスルンジャー先生が二学期の最初の授業で開口一番、そう口にした。

「うちのクラスの代表、リューとリーン、俺とナジン、イバルだよな」

ランスが、確認をする。

「……隅っこグループ強いね。みんな私の分も頑張って」

シズが、小さいガッツポーズをしてみせた。

「王女殿下が次点だったからな。それだけに簡単に負けるわけにはいかないよな」

ナジンが責任重大とばかりにみんなに念を押した。

「リューとリーンがいるからうちのクラスから優勝者が出るのは間違いないだろ？」

ランスが、楽観論を唱えた。

もちろん、根拠は剣術のテストでも成績優秀者は王女クラスが占めているからだ。

「そうとも言えないかも……。俺が知っている限りでは、普通クラスの生徒の中にも剣術に関して非凡な生徒はいるから」

イバルが意味深な情報を告げた。

「そうなの？　聞いた事ないけど？」

リューがイバルの言葉に興味を持った。

「剣術以外の成績は普通だからね。でも、剣術に関しては平民の中ではトップクラスだと思うよ。王国騎士団のスカウトも注目しているくらいだから」

「あー。それってスード・バトラーの事か！　──剣術では将来の剣聖との噂もあるよな。確か『聖騎士』のスキル持ちだったかな？」

ナジンがどこから入手したのか詳しい情報を出してきた。

「『聖騎士』!?　そんな凄いスキル持ちなら、確かに油断できないぜ、リュー」

普段、リューを最大限評価しているランスが、慎重な姿勢を取った。

それだけ『聖騎士』のスキルが凄いという事なのだ。

「大丈夫よ、リュー。どんなに凄いスキルでも、リューの普段の努力の前には遠く及ばないわ」

『聖騎士』という凄いスキルを前にしても、リューの評価が変わらないリーンである。

「「「さすが、リーン……！」」」

ランス、ナジン、イバルはそう口を揃えて言うと、リーンのリューへの信頼の厚さにしみじみと感心するのであった。

リューはリーンと共に帰宅後は、ランドマークビルの屋上で剣術の練習に励む一週間を送る事になった。

傍ではメイドのアーサが参加したそうにうずうずしながら控えている。

実は、腕が立つアーサにも相手をしてもらい、練習しようとしていたのだが、アーサの剣技はあくまでも相手をいかに効率よく殺すかに特化していて、型もへったくれも無く、時には相手の急所を狙う為に剣を投げる事もあるし、そこから組打ちになる事もあったのだ。

その為、アーサとは試合ではなく、急所狙いの殺し合いになるので練習にならなかった。

それはもう剣術練習の範疇ではないので、アーサは練習から除外する事になったのである。

「若様、今度はナイフを投げたり、目突きしないから、もう一回ボクとやろうよ！」

リューに負けたのがよっぽど悔しかったのかメイドのアーサは駄々をこねた。

「嫌だよもう！　剣術の練習試合で金的を蹴り上げようとする人とはやりたくないよ！」

リューはアーサの殺気無しでの急所攻撃は読みづらく文字通り命懸けだし、何より剣術の練習にならないから、本当に相手をしたくないのであった。

「そうよ、アーサ。剣術の練習試合で始めの合図の前に、お辞儀しているリューの首を落とそうとするのは礼儀がなっていないわ！」

リーンもアーサの行為を注意した。

いや、問題は礼儀とかじゃなく、雇い主の命を躊躇なく狙える事だからね⁉

リューはリーンの的外れな注意に内心ツッコミを入れる。

「……ともかくアーサは僕達の剣術の練習には向かないから、もう駄目」

リューは、アーサの参加を却下するのであった。

こうして、リーンと剣術の練習に励むのだが、リーンはリーンで細剣を使うので突きが主体の剣技だった。

その為、これはこれで独特過ぎてリューの練習にはあまりならないのだが、贅沢は言っていられないのであった。

そんな中、練習相手の候補に幹部のランスキーやマルコ、執事のマーセナル、その助手の元冒険者タンクなど腕自慢の名が上がったが、ランスキーは剣も使うが、得手は拳術である事、そして何より忙しいという事から却下。

マルコの得手は剣術だが戦い方は幻惑魔法を使ったものなので、これも特殊過ぎ、そしてランスキー同様、忙しいのでこちらも却下。

執事のマーセナルは、正統派の剣術の使い手だったが、「若様に剣を向けるなど滅相も無い！それに私は膝に矢を受けてからはそちらの方は引退しています」と、首を縦に振らなかった。

マーセナルは以前に仕えていた主の子息がリューの年齢に近く、守れずに失った事があった為か、リューにその姿を投影して過保護なところがあるので、これ以上はお願いする事が出来なかった。

となると執事マーセナルの助手として付けている元冒険者のタンクだが、こちらは専門が盾役で、振るっていた武器も戦斧だったから剣術向きではなかった。

「僕が言うのもなんだけど……、うちの部下、みんな癖が強い！」

雇ったリューに言われるのはみんな心外だろうが、その通りであった。

「やっぱりリューの相手が務まるのは私だけね！」

リーンは、胸を張るのであった。

その筆頭がリーンだよ？

と内心ではツッコミを入れるが、直接は言わないリューであった。


それから一週間が経った。

王立学園に併設されている闘技場の観客席は満員御礼であった。

「本当に各騎士団関係者や、貴族、代表出場者の関係者なんかも沢山来るんだね……」

リューは、出場者控室の出入り口から会場を見渡して感想を漏らす。

「そんな事より、対戦表確認したか？　リューとリーンはシードで、俺達、準々決勝に勝ち進むまでは対戦する事はないみたいだぜ？」

ランスが、直前に確認したのかそう伝えてきた。

「そうだね。順当に勝ち進んで当たるのは、準々決勝でリーンとナジン君、イバル君はその勝者と準決勝。僕はランスと準決勝だよ」

リューもチェックしていたので、そう教えた。

「ランス。順当に行けば、準々決勝で例の『聖騎士』スキル持ちのスード・バトラーと当たるから気を付けな」

　ナジンが、ランスに忠告する。

「そうなのか⁉　リューと当たる前に『聖騎士』と、当たるのかよ……。俺の方、連戦で地獄じゃん……！」

　嫌な顔をするランスであったが、何気にその『聖騎士』に勝って、リューと対戦するのを前提に言っているところが大物だ。

「でも、流石リューとリーンだな。二人はシードだから二回戦からだろ？」

　イバルが、学年の成績優秀者である二人を褒めた。

「別にシードじゃなくてもいいんだけどね。そうか……準決勝まで行ったらランス君とスード・バトラーって子との勝者と当たるのか。僕はどちらともやってみたいなぁ」

　リューは、純粋に残念がった。

「……どこかの戦闘民族みたいな事を言うなって！　俺としては『聖騎士』を倒した時点で、リューとはやりたくないんだぜ……！」

　割と好戦的なランスがうんざりしたように愚痴をこぼした。

「それはこちらも変わらないさ。準々決勝でリーン、準決勝でイバル、決勝でリューとか、勝ち進む事が出来たとしてもこんなの罰ゲームさ」

　ナジンが、お手上げとばかりに両手を上げて降参のポーズを取った。

「まぁまぁ。今日はみんな、楽しんで良い結果を残せるように頑張ろう！」

リューは、まるで他人事のように、緊張感無くみんなを励ますのであった。

王立学園併設の闘技場会場——

初戦のランス、ナジン、イバルは相手に何もさせる事無く圧勝してみせた。

この辺りは名家の出だから、剣術は幼い頃より貴族の嗜みとして叩き込まれている事もあるが、さらにはやはり才能だろう。

イバルは魔法の方が才能はあるのだろうが、剣術の素養も申し分が無い。

あんな事が無ければ、公爵家の世継ぎとして名君の道を歩んでいただろう。

ランスとナジンは剣術の才能が秀でている。

その才能を伸ばす為、魔境の森に連れて行きたいところだと、リューは試合を観戦していて思うのであった。

そんなリューのかなり危険な思いは知らないながらも、何となく悪寒が走る三人であったが、二回戦の初戦であるリューの試合を出場者出入り口から眺めるのであった。

対戦相手は、一回戦で激闘の末に勝利を収めた普通クラスの生徒だったが、リュー対策として、先手必勝とばかりに、開始直後、フライング気味にリューに斬りかかるも簡単にかわされ、次の瞬間には気を失って倒れていた。

「え？　どうしたんだ、アイツ。急に倒れたぞ？」

「あっちの試合観てなかったけど何か起きたのか？」

「観ていたが、早すぎて何もわからなかったぞ⁉」

観客席は一瞬で終ったリューの試合にざわざわと騒ぎ出した。

ちなみに、闘技場の試合会場は六面あり、一年生から三年生まで二面ずつ使用している。

だから観客席の視線の多くは来年進級後、すぐ就職活動になる三年生の試合に向けられていたのだが、剣を交える事無く相手が倒れるという事態のため、リューと対戦相手に視線が集まるのであった。


「……意外にアーサとの練習は役に立ったなぁ……」

リューは、相手の不意打ちにちょっと面食らったのだが、アーサとの試合のおかげで冷静に対応できたのであった。

ちなみにリューは、相手の剣をかわすと同時に、刃が潰されている試合用の剣を横にして、面の部分で相手の後頭部を軽く打って気絶させたのであったが、一瞬過ぎて観客は見逃したようだ。

「次の試合からは、変に目立たないように、ゆっくり剣は振るか……」

リューは反省すると、やっと審判が勝敗の判定を下したのを確認してから、舞台から降りるのであった。

もう一つの会場で行われている一年生の試合にはリーンが出ていたが、こちらも一瞬で勝負はついていた。

いや、数瞬か。

リーンは、剣先が潰された細剣で、相手選手の胸当ての数か所ある継ぎ目を突いて破壊後、相手の剣を細剣で絡めとるように上空に巻き上げてから、相手の顔に剣先を突き付けたのだ。

「あなたの負けで良いわよね？」

リーンが、対戦相手のト・バッチーリ商会の御曹司に聞く。

「は、はい……」

これには、観客席から歓声が上がった。

「実力差をはっきり見せる戦いだったな！」

「対戦相手のト・バッチーリの奴、リーン様に話しかけられるなんて羨ましい！」

「後で、あいつは呼び出しだな！」

負けた上に呼び出しを食らう事になり、踏んだり蹴ったりのト・バッチーリであった。

その後も順当に試合は進み、準々決勝になった。

リューは、手加減して勝った為、さほど騒がれる事も無かったが、確実に勝利したのでやはり学年一の成績優秀者！　と観戦している各騎士団や貴族などからも評価されるのであった。

そんな中、リーンはナジンと対戦した。

この対戦はナジンの善戦が光る試合であった。

終始リーンが攻めて、ナジンがそれをどうにか凌ぐという展開であったが、シズの応援も届いたのかナジンはリーンの金色の髪の毛を数本斬り落とすくらいには反撃して見せたのであった。

もちろん、試合はリーンの圧勝で終わったが、

「ナジン、腕を上げたじゃない！」

とリーンが珍しくリュー以外を褒めるのであった。

続いて、イバルはある意味因縁の相手と対戦していた。

それは旧エラインダークラスの取り巻き、マキダール侯爵の嫡男であった。

「イバル！　男爵の養子となった今となっては、以前のように気を遣う事も無いからな。ボコボコにしてやるよ！」

マキダールはそう試合前に宣言したのであったが、試合はイバルがマキダールをボコボコにする展開で終始進み、審判が止めに入った事でイバルの完全勝利となったのであった。

「……すまない、マキダール君。俺はそう簡単に負けるわけにはいかないんだ」

イバルは担架で運ばれるマキダールにそう答えると控え室に戻って行くのであった。

そして、会場の観客が一番注目していた試合がやってきた。

それは、ランス・ボジーンと、『聖騎士』スキル持ちのスード・バトラーである。

注目のスード・バトラーに対して、一番の対戦相手と見られていたのが、シードのリューとリーン以外では、このランスだったのだ。

ランスはボジーン男爵の嫡男としてその剣術における実力は評価が元々高かった。

その為、観客席の前評判では、事実上の決勝戦はランスとバトラーが対戦する準々決勝だと目されていた。

シード選手であるリューとリーンも注目だが、成績優秀と剣術は別物と思われていたのでこれは仕方がないだろう。

試合前、リューはランスに声を掛けた。

「ランス、準決勝で待っているよ」

「おう！　待ってなくていいけど、バトラーは俺が倒すぜ！」

ランスはリューとは本当に対戦したくないようだが、バトラーには負けたくないようで気合いが入っていた。

「うん！」

リューの返事を聞くとランスは控え室を出て、試合会場に向かうのであった。

ランス・ボジーンと、スード・バトラーの準々決勝。

観客席の評判通り熱戦が繰り広げられた。

将来の剣聖と称され、優勝候補の呼び声が高い『聖騎士』スキル持ちのスード・バトラーを相手に、ランスは愚直に正面から打ち合っていた。

バトラーはランスと同じ十四歳。

青い長髪を後ろで結び、身長はランスと同じ長身。体格も変わらない。

ランスのスキルは、『魔剣士』。

こちらも、有望なスキルではあるが、『聖騎士』程ではない。それに、今回は剣術の大会なので魔法は使えない。剣のみの戦いの中では『聖騎士』に分がありそうであった。

その為、事実上の決勝戦とはいえ、バトラーの大きなリードで勝敗を決すると思われていたので、この互角の戦いは観客席を沸かせた。

「なんと！　やるなボジーン男爵の倅《せがれ》は！」

「バトラーの実力の程を確認しに来たのだが、これは意外な展開だな！」

「将来は、ボジーン男爵の跡を継いで陛下の側近になるのだろうが、それまでは我が騎士団で一翼を担う人材になるかもしれんな……！」

「ボジーン男爵の嫡男では、当家の護衛役には雇えないな……。実に惜しい」

騎士団のスカウトから上級貴族までバトラーと互角に渡り合うランスに高い評価が付くのであった。


「くっ！　やるな！　だが、俺にも意地がある！　今回だけでなく来年再来年と三連覇して名を残し、一流騎士団に就職して、爵位を得るんだ、邪魔をするな！」

バトラーは自分の未来設計を語りながら、ランスに鋭い斬撃を浴びせる。

「残念だったな。その夢は叶わないぜ！」

「お前が『魔剣士』スキル持ちなのは知っている。だが、ここは剣術大会だ。純粋な剣の腕なら俺は誰にも負けない！」

「俺じゃないさ！　うちの学年にはお前より圧倒的に強い奴が二人いる。その二人がいる限り、バトラー、お前の優勝の可能性は無いんだよ！」

ランスはバトラーの剣に押されながら、バトラーの優勝を否定した。

「俺より圧倒的に強い⁉　はん！　『聖騎士』スキル持ちである俺にこの学園で剣術で勝てる奴はいないさ！」

バトラーはそう言うとランスの剣を撥ね上げた。

勝負を決した。

「それがいるのさ」

ランスはニヤリと笑ってバトラーに言い返すと、負けを宣言して退場した。

審判がバトラーの勝利を告げる。

「負け惜しみさえ言わなければ、その実力、認めてやっても良かったのにな！」

バトラーは退場するランスの背中にそう告げて見送ると、観客席の歓声に応えて手を振り、退場するのであった。


「ごめん、リュー。約束を果たせなかった」

控え室に戻って来たランスがリューにそう謝罪した。

「相手も強かったから仕方がないよ。でも、ランスなら勝てない相手じゃないよ。次回、リベンジしないとね」

リューはランスの肩をポンと叩くとそう励ました。

「……そっか。リューがそういうなら次回リベンジだな……。ちょっとトイレに行ってくる」

ランスはそう告げると控え室から出ていくのであった。

リューはあとを追わない。

ランスが一人になりたいのがわかったからだ。

「……スード・バトラーか。今回はランスの代わりに倒しておくよ」

リューはそうこの場にいないランスに宣言すると、次の試合まで待機するのであった。


休憩時間――

リューと同じ控え室のイバルは観客席から試合を眺めていた。

そこに、多くの側近を連れた貴族が現れた。

エラインダー公爵だ。

イバルがいる事に気が付くと近づいて来た。

「――イバルか。まだ、この学園にいたとはな。お前はどこまでもエラインダー家の面汚しだな」

元親とは思えない辛辣な言葉が投げかけられた。

「……俺はもう、エラインダー家とは関係ありません。今のコートナイン男爵家も継ぐ気はないので、あなたに気を遣うつもりはありません」

イバルは元父親の言葉に動揺する事無く、言い返した。

「……ほう。少しはマシになったようだ。だが覚えておけ。エラインダー家でなければ、お前には価値がないのだ。この大会で少し勝って目立ったところでお前の才能を買う者はいないと知るがいい」

エラインダー公爵はそう宣言すると側近を引き連れて貴賓席に戻って行くのであった。

そこに、イバルを探してリューがやってきた。

「あれは？」

「ああ、あれが俺の元父親エラインダー公爵本人さ」

イバルが自嘲気味に答えた。

「……酷い事言っていたよね？　でも、大丈夫。イバル君の才能は僕達みんなが認めているから」

リューは笑顔でイバルに答える。

「ありがとう。……じゃあ、リーンに次の試合、俺に負けるように言ってくれるか？」

イバルはリューの言葉に感謝すると笑いながら冗談を言い返した。

「それは無理だよ。リーンはそういう手加減は出来ない質《たち》だからね」

リューもイバルの冗談に笑って答えるのであった。


もう一つの控え室――

そこにはリーンとバトラーの二人が静かに待っていた。

バトラーの方は、たまにチラチラッとリーンに視線を向けているが、リーンは全く相手にしていないのか、静かに座って動かない。

「……り、リーン様！」

バトラーが何か決心したのか勇気を出してリーンに声を掛ける。

「……」

リーンはピクリと反応したが何も答えず、バトラーの次の言葉を待った。

「リーン様。今日俺が優勝したら、友達になって下さい！」

どうやら、バトラーはリーンに好意を持っていたようだ。

「……優勝？　それは次の準決勝に勝ってから考えなさいよ。リューがあなたに負ける事は絶対無いけどね」

リーンは確信を持ってそう答えると、バトラーから視線を外した。

「お友達の肩を持つのもわかりますが、俺は、俺の次に優勝候補最有力だったボジーン君に勝ったんですよ。残念ながらミナトミュラー騎士爵殿では俺の相手には──」

「とんだ勘違い君ね。リューに勝てる子なんて、この学園には一人もいないわ。私でも勝てないのに、あなたが勝てるわけないじゃない」

リーンはバトラーの実力はリューどころか自分よりも劣ると宣言したのだ。

バトラーはプライドを傷つけられて歯軋りした。

「……では、俺がそのミナトミュラー騎士爵殿を完膚なきまでに叩き潰し、実力の差を見せつけます！　俺が勝ったらリーン様には俺の彼女になって貰いますよ！」

バトラーの計画では今回優勝して、友達になる約束をし、次の大会優勝で彼女に。

そして、三回目で婚約を申し出るつもりでいたのだが、リーンの挑発的な言葉に計画を一つ飛ばして言い放った。

「そんなの嫌に決まっているじゃない。それにリューに勝てると思っている時点で哀れに感じてきたわ。そうだ、その約束をする代わり、あなたが負けたらリューの手下になって貰うわよ。あ、それはリューが嫌がるかしら……」

「言いましたね？　約束ですよ！　この約束はもう覆らない！」

バトラーは、言質を取ったとばかりに言い切ると、リーンとの将来を思い描いて、勝利を確信するのであった。

休憩時間が終わり、リューとバトラー、リーンとイバルの準決勝が行われる事になった。

今や、三年生や二年生の準決勝戦よりも、一年生の準決勝戦に注目が集まっていた。

何しろ無難ながら成績優秀者として勝ち進んできたリューと、準々決勝で激闘を制して勝ち進んできた優勝候補のバトラーの戦いと、こちらは誰もが口にしないが元エラインダー公爵家の嫡男であったイバルと、エルフの英雄リンデスの娘であり、こちらも準々決勝で強豪であるマーモルン伯爵家の嫡男を破って上がって来たリーンとの対戦である。

好カードが同時に行われるのだから、観客は注目せずにはいられないのであった。

「貴様を倒して、リーン様を俺のものにする！」

リューと対面したバトラーは、騎士爵を相手に貴様呼ばわりすると、敵意を剥き出しにするのであった。

「？」

リューは、ここでなぜリーンの名前が対戦相手のバトラーの口から出てくるのかわからず、疑問符が頭に浮かぶのであったが、敵意剥き出しの様子から、リーンに何か言われたのかもしれないと察し、

「リーンはうちの家族だからやるわけにはいかないよ」

と、応酬するのであった。

そこに、審判が開始を宣言する。

バトラーは敵意剥き出しの割に慎重なのかその場から動かず剣を構えている。

「意外に慎重なのかな？」

リューは、内心首を傾げる。

その二人とは対照的に、イバルとリーンの試合会場は、開始と同時にイバルが先制攻撃を仕掛け、激しい打ち合いになっている。

イバル君、頑張っているなぁ。リーンもそれに対して打ち合ってあげているし、意外にリーンは手加減を覚えたのかも……。

リューはそんな事を思いながら、バトラーから視線を外し、チラッと隣の会場に目を向けた。

「もらった！」

バトラーはその瞬間を逃さなかった。

一瞬でリューとの距離を詰めると、その喉を目がけて渾身の突きを繰り出した。

バトラーの目にも止まらぬ一撃はリューの喉笛に突き刺さった。

……と、観客は見えたのだったが、リューはそれを紙一重でかわしていた。

あまりの一瞬の出来事に、観客はみな、バトラー自身が敢えて外したように見えたほどで、バトラー本人も驚き、その場から飛び退り、リューから距離を取った。

「次の手も考えて攻撃しないと駄目だよ？」

リューは、バトラーが一撃のみで距離を取ったので、注意する。

「……くっ。俺がミスっただけだ。調子に乗るなよ！」

バトラーは悔しそうにそう言うと、剣先をリューに向けて構えた。

「……じゃあ、次は僕から行くね？」

リューはそう宣言すると、ゆっくりとバトラーに歩み寄って行く。

あまりにゆったりした距離の詰め方に、バトラーは何かを感じたのか背後に飛び、また、距離を取る。

「……それじゃ戦いにならないよ？」

リューは、また、ゆっくりとバトラーとの距離を詰める。

バトラーは、リューの気配に圧されたのかまた、背後に下がった。

だが、もう後ろは試合会場の舞台の外でこれ以上下がれば場外で失格である。

「くっ！　この俺が威圧されているというのか⁉　この感覚は一体⁉」

バトラーがそう口にした瞬間であった。

目の前にリューが急に現れ立っていた。

余りに一瞬の出来事だったので、バトラーはそう感じずにはいられなかったのだ。

「え？」

バトラーが、驚いていると、リューはバトラーの胸を軽く突き飛ばした。

バトラーは為す術も無く場外に尻もちをつき、この瞬間、リューが勝者になったのであった。

余りにも呆気ない決着に観客席は一瞬静かになった。

そして、

「……結局、一合も剣を交える事無く、バトラーは負けたのか？」

「……バトラーが油断し過ぎたということか？」

「それも、突き飛ばして場外とか完全にまぐれ勝ちじゃないか！」

一部の納得できない観客が声を上げる。

だが、その声をかき消す歓声が上がった。

イバルとリーンの勝負が白熱してきたのだ。

リーンはそんなつもりはなかったのだが、イバルが必死に食い下がっている事に感心したのかそれに付き合った結果の盛り上がりであった。

リーンは、観客の歓声が大きくなった事に眉を顰めると、

「引っ張り過ぎたわ」

と漏らし、イバルの胸当てを細剣で強めに突くと場外まで吹き飛ばして落とすのであった。

「イバル、頑張ったわね。これからもリューの為に腕を磨いてね」

リーンはそうイバルに声を掛けると、リューの結果を確認する。

どうやらあっちは先に終了したようだが、観客の反応からリューの試合には納得しなかったらしいのは雰囲気でわかっていた。

「リューったら、バトラーって子に怪我させなかったのね。鼻っ柱を折る程度に叩き潰せばよかったのに」

リーンはそう呟き、審判に勝利宣言をされると早々に控室に戻って行くのであった。


リーンが控室に戻るとバトラーは先に控室に戻っており、うな垂れていた。

リーンはそれを無視して、自分の為に用意されている椅子に座ると決勝戦までの休憩に入る。

「……リーン様。負けてしまいました」

バトラーが呟くように言う。

「……」

リーンは相手にしない。

「一体彼は何者なんですか⁉　この俺が……、この将来、剣聖に近い男と言われている俺が、何も出来ずに終わるなんて有り得ない！」

「あなた馬鹿なの？　リューとの格の違いに気づけない時点で、剣聖になんて成れるわけがないじゃない」

リーンははっきりそう答えると、続ける。

「私は次があるから敗者のあなたはこの控室から出て行ってもらえるかしら？」

リーンの言葉にバトラーは何も言い返す事が出来ず、打ちひしがれたままとぼとぼと控室を後にするのであった。


「イバル君、頑張ったね！」

リューは、リーン相手に善戦したイバルを褒め称えた。

「……ははは。あそこまで格の違いを見せられるとリューの右腕にはなれないな」

イバルは苦笑いするとリューに答えた。

「僕の右腕はリーンなのは絶対だからね。イバル君には左腕になって貰いたいな」

リューはそう答えると二人は笑顔で握手を交わすのであった。


ランス、ナジン、シズ、イバルが当初から一番注目していた対決、リューとリーンの決勝戦は会場全体が最も注目する試合になっていた。

二年生、三年生の決勝戦は二の次だ。

「……うわー。変な注目集めているなぁ。バトラーって子に格の違いを見せる為に剣を交えずに勝ったけどあれが駄目だったのかな？」

リューは決勝戦の舞台に上がると、苦笑いして汗を拭く。

控室が反対側にあるリーンもその舞台に上がって来る。

すると観客席は静かになった。

息を呑む瞬間だ。

審判が二人の間に立ち、決勝戦始めの合図を宣言しようとした時であった。

「私、棄権します」

リーンが突然手を上げると、そう宣言した。

「リーン！　棄権はマズいって！」

リューが、慌ててリーンの棄権宣言を止めようとする。

「だって、勝負はわかっているじゃない。私がリューに勝てるわけ無いもの。毎日、一緒に練習試合しているんだから、今更じゃない？」

観客席がざわつき始めた。

「今、棄権って言わなかったか？」

「言ったな……」

「怪我でもしたのか？」

「いや、棄権を口走った方のエルフは、接戦をものにしてきているが、そんな気配は無かったぞ？」

注目の一戦が行われなさそうな雰囲気に観客席から困惑した声が上がり始めた。

「リーン。ここは、練習試合の一環だと思ってやらないと、お客さん達が納得しないから！　──じゃあ、僕が最初に斬りかかるからリーンも相手して後は流れでね？」

リューが前世でも話題になった八百長試合を彷彿とさせる打ち合わせを、観客の前でやり始めた。

「おいおい！　真面目にやれ！」

「後は流れでって、やる気あんのか！」

「集中しろ！」

観客席からはヤジが飛び始めた。

かつて決勝戦で、こんなにやる気の無い試合は起きた事がないだろう。

もう、完全に準決勝までの白熱した雰囲気は「零」になっていた。

「マズいよ、リーン。この雰囲気で棄権したら僕達の今後の評価に繋がるから！」

リューはリーンの説得に移った。

「……確かにリューの評価が落ちるのはマズいわ。――審判さん、試合開始の合図をして頂戴」

リーンはリューの評価と聞いて棄権を断念すると、一転、試合を行う事にするのであった。

「し、試合開始！」

審判もこの雰囲気に居た堪れないのかリーンの言葉に反応してすぐに試合開始を宣言した。

ぐだぐだな開始に、観客の不満は最高潮になっていたが、リューとリーンの先程の間の抜けたやり取りからは想像できない本気の激しい戦いが始まると、ヤジは減っていき、観客の声自体が静まって行く。

そして、激しい剣の交わる音だけが会場に響き渡り始めると、次の瞬間ドッと歓声が起きた。

リューとリーンの真剣と思われる雰囲気に観客は呑み込まれたのだ。

「す、すげー……！」

「動きが早すぎて所々見えないぞ⁉」

「二人共レベルが高すぎるだろ！」

観客は一転して、この二人の試合に魅了された。

「これが学生の試合なのか……⁉」

各騎士団のスカウト達が、このハイレベルな戦いに息を呑み、学園側から出された出場選手の経歴をまた、確認する。

「リュー・ミナトミュラー騎士爵。最年少で爵位を得たのはわかっていたが、これほどまでの腕とは……、ぜひうちに欲しいな……」

「エルフのリンド村の村長であり英雄の一人であるリンデスの娘リーン。こちらも細剣の使い手としてすでに一流の領域にあると言っていいかもしれない……。これはバトラー以上に欲しい人材だ」

「資料をよく見ろ。ミナトミュラー騎士爵は、すでに街長として勤めを果たしている。スカウトは無理だ。エルフの方は、そのミナトミュラー騎士爵の身内らしい」

「……なんと！　──親はランドマーク子爵か……。最近よく聞く名だが、人材に恵まれているな……」

「「「そうなるとやはり、バトラーを是が非でもうちに！」」」

リューとリーンの試合を真剣に観戦しながら各スカウトは、数年後に採用する為に、敗者であるバトラーに唾を付けようと企むのであったが、そのバトラーはリーンとの約束によって、リューの手下に決定している事を知る由もなかった。

と言っても、リューが首を縦に振らないと、どうしようもない約束なのであったが……。

リューとリーンの激しい戦いはしばらく続き、剣が激しくぶつかる度に、歓声が上がる。

その激しい戦いを繰り広げる当人達はいたって冷静で、どうやって終わらせるべきか二人共悩み、視線を交わすと一旦距離を取った。

一呼吸置くと、二人の本気の突きが交差する。

上空にはリューの剣先が折れて宙を舞い、リーンの細剣は根元からへし折れて同じく宙を舞う。

「「参りました！」」

その瞬間、二人が同時に負けを認めるという奇妙な光景となった。

これは、二人が結局、これ以上本気で続けると怪我をすると判断し、高度なやり取りの結果生まれた武器破壊という八百長まがいの瞬間であった。

お互いがお互いを勝たせる為の判断であるが、一見すると引き分けに見える。

しかし、二人はその瞬間、負けを認める発言をしたので、場が静寂に包まれた。

二人とも負けて試合を終わらせようとした事から、奇妙な状況になっていた。

「……うん？　どういう事？」

「……何でお互い負けを認めるんだ？　引き分けじゃないのか？」

「……言われてみれば、おかしいな……。なんでどちらも『参りました』なんだ？」

観客は地面に乾いた音を立てて落ちる二本の剣を見て、数瞬静かになり、何が起きたか最初から観客全員が振り返る。

試合前のリーンの負け宣言から、リューの対応、そして、「参りました」発言……。

そして、観客が導き出した答えは……。

「「「……結局、やらせって事かい！」」」

と、総ツッコミするのであった。


まさかの両者同時降参宣言に、観客席は不満で大荒れであったが、お互いの剣が砕けたのも確かであった。

「何でリーンが降参するんだよ！」

リューは、愚痴をこぼした。

「それは私の台詞よ！　どう考えても私が負けてリューの名を轟かせるチャンスだったじゃない！」

「だって、僕の方はバトラー戦まで大した試合してないから、観客席の盛り上がり的にリーンの勝利で、大団円でしょ！」

「もう、何言っているのよ！　ミナトミュラー家の名を世間に知らしめないと、全部意味ないでしょ!?」

リーンが、会場の空気を読み過ぎたリューに呆れて見せた。

「……確かにそうでした。——あ、でも、この剣じゃもう無理だし、どっちでもいい気が……」

リーンの言葉にリューも納得しつつもお互い降参した事で試合は終わりでいいだろうと思うので

あった。

この後、これ以上の試合は観客のブーイングから続行不可能と判断され、二人は同時優勝扱いとなった。

王立学園の剣術大会史上、初の同時優勝と共に、八百長疑惑までがセットの前代未聞の大会になった。

学園長に呼び出された二人は前代未聞の八百長疑惑で説教されるのであったが、試合内容は十分評価されるレベルの内容だったので、最終的に不問に付したのであった。


リューは戸惑っていた。

それは目の前に跪く相手にだ。

剣術大会の表彰式終了後、リュー達隅っこグループは、お互いの健闘を讃え合っていたのだが、そこへスード・バトラーがやって来てリューの前で跪いた。

「え？　どういう事？」

リューは周囲を見渡すと、この状況を説明してもらえないかと助け船を求めた。

そんな中、珍しくリーンがリューと視線が合うと目を逸らす。

「……リーン？」

リューはどうやらこの状況について説明できるらしい人物をみつけたようだった。

リーンに理由を問いただそうとすると、目の前のスード・バトラーが代わりに語り出した。

「俺……、いえ、自分はスード・バトラー。将来、剣聖になる男。その剣聖になるまでは誰にも屈しないと自分に誓いを立てていました。しかし、リーン様と賭けをして、ミナトミュラー騎士爵殿に負けてしまいました。不本意ではありますが、賭けに負けた以上、約束通りこれからはミナトミュラー騎士爵の手下として学生生活を送らせてもらいます」

スード・バトラーはそう言い切るとチラチラとリーンを見ては頬を赤らめる。

どうやら、この子はリーン狙いで自分の手下になるつもりのようだ。

「リーンが何を言ったのか見当はついたけど、僕は承諾していないから断るよ。──リーンも、変な賭けをしないで」

リューがリーンを軽く叱る。

「この子が勝手に賭けを言い出したのよ！　それにリューを馬鹿にするから……。自分は強いからリューには負けないって──」

「わかったよ、わかった」

リーンが言い訳し始めたので、リューは止めると続けた。

「──そういう事だから、賭けは不成立。それとその賭けに便乗してリーンに近づこうとせず、正々堂々と声を掛けなよ。男として恥ずかしいよ？」

リューはバッサリとバトラーの行為を切り捨てた。

ガーン！

リューの言葉に、ショックを受け、自分の行為の愚かしさに気づいたのか地面に手を突き、うな垂れるバトラーであった。

「じゃあ、表彰式も終わったし、みんな帰ろうか。今日はみんなにランドマークビルで好きな食べ物奢るよ！」

リューは、みんなに声を掛けると、シズが真っ先に食いつく。

「……リュー君！　新作のチョコケーキを出すって本当!?　それは食べられるかな？」

「どこでその情報を入手したの!?　──『ガトーショコラ』って言うのだけど、もちろん、特別に出すよ」

リューはシズの情報網に驚きながらも、振る舞う事を誓う。

「やったぜ！　じゃあ、俺はその新作をデザートに、メインはお好み焼きもどき（ピザ）を食べようかな！」

ランスもシズに便乗して手を上げる。

「じゃあ、自分はパスタと新作にしようかな」

ナジンもランスに賛同した。

みんながこの後の食事に盛り上がる中、

「ミナトミュラー騎士爵殿！　先程は失礼しました……！　確かに、邪《よこしま》な思いでリーン様との賭けを利用しようとしていました、すみません。ですが重ねてお願いします。あなたの配下にお加えください！」

とバトラーがまた食い下がって来た。

「ちょっと！　リューが断ったんだから諦めなさい！」

リーンがリューとの間に入るとバトラーを下がらせた。

「自分は平民です。それも農民の出です。それだけに今回の大会に懸ける意気込みは人一倍ありました。自分にはこれしかありませんから。その過程でリーン様とお近づきになろうと目論んだのも事実です。でも、負けました。そして、今後も騎士爵殿に勝てないだろうと痛感しました。となると、自分は終わりです。きっと周囲の評価も大いに下がったと思います。でも、自分は強くなりたい。その為にも騎士爵殿の下で学ばせてもらえないでしょうか？」

先程のリーンを意識した態度と異なり、今度はどうやら心の底からの真剣な言葉のようだった。

「……さっきまでの態度なら、すぐ断るところだけど……。うーん、そうだ。友達としてならばいいよ？　あとはみんなの意見も必要だけど……」

リューは、そう言うと友人達の意見を促した。

「鼻に付く態度がムカついたけど、それを改めるならいいぜ？」

ランスが、大会での態度を改める事を条件に賛同した。

「リューやランスが賛成なら別に自分は構わない」

と、ナジン。

「俺も男爵家の養子で平民みたいなものだからな。その必死さはわかるよ。態度を改めるならいいんじゃないかな」

とイバル。

「……みんながいいなら、私もいいよ」

とシズ。

「……みんなが賛成なら私も反対できないじゃない……。仕方ないわね……、いいわよ。でも、リューに対して失礼な態度が今後あったら、容赦しないわよ？」

リーンは賛同しながらも、釘を刺すのを忘れない。

「……ありがとうございます！　粉骨砕身、騎士爵殿にお仕えします！」

バトラーは早くもリューの友人ではなく家臣として仕える気になっていた。

「ちょ、ちょっと友人だって言ったじゃない！」

リューが慌ててスード・バトラーの態度を指摘した。

「友人扱いは嬉しいですが、やはり自分は平民です。その分はわきまえたいと思います！」

バトラーは、そう答えると片膝を突く。

その後リューは説得しようとしたが、バトラーは頑として態度を改めない。

「……もう、わかったよ。でも、友人は友人だからね？」

リューがそう釘を刺すと、

「わかりました！」

と、起立してバトラーは答える。

「……じゃあ、改めてランドマークビルで祝勝会しようか」

リューはそう言うと、新たに増えた友人？　も連れて、馬車に乗り込むのであった。

自転車ですが何か？

リューの日常に、リーンとイバルはよく傍にいたのだが、そこにスード・バトラーが加わった。

スードはいつも背筋を伸ばし、リューの護衛のように周囲に目を配っている。

そういう役目はリーンがいつもやっているのだが、スードが役割分担してくれることになった。

そのスードは、青い長髪を後ろで結び、鋭い青い瞳を持ち、長身でリューより二歳年上である。

成長盛りの十四歳だから今後が楽しみな存在だ。

何より『聖騎士』のスキル持ちだから、成長次第ではリューの直属の部下としてありかもしれない。

そんな将来有望そうなスードだが、王都郊外の農家の出で、両親と祖父、二人の弟に妹一人の七人家族で、スードは一家の将来を期待される長男である。

王立学園には今年、『聖騎士』のスキルを評価され、才能ある平民に適用される授業料免除制度を利用して入学してきた。

スードの努力は大したもので、勉強のレベルは王立学園では平均レベルであったが、それは勉強できる環境が整っていない農家の出でありながらの結果なので、どれだけ独学で勉強していたかがわかるというものだろう。

それに、勉強だけでなく家の手伝いはもちろん、家族を養う為に村で力仕事もこなしていたのだから、その辺にいるスキル頼りの脳筋とは違う一面を持っていた。

そのスードは、学園の授業以外ではリューの傍を離れない姿勢であったが、リューもこれではスードの学業に影響が出るというので普段、スードの勉強も見てあげる事にしている。

そんなスードも授業が終われば、家へと真っすぐ帰っていく。

王都郊外の自宅まで一時間をかけて徒歩で帰宅すると、早々に村の仕事を手伝って少々のお金を稼ぎ、家族の生活の足しにしている。

夜は弟妹の遊び相手をし、学校の復習・予習をして早めに就寝する。

そして朝早く起きると薪割りなどの手伝いをする。

そして、ギリギリ学校に通学するというのが、スード・バトラーの普段の日常であった。

リューはスード・バトラーの身辺を手下に調べさせ、提出された報告書を読んでこの若者の一日の生活を知ったのだが、この新しい仲間のひた向きな生活態度に感心した。

「スード君は意外に苦労人だね」

「第一印象は感じ悪かったけど、頑張り屋みたいね」

リーンがリューの読んでいた報告書を後ろから覗き込むと、リューに賛同する。

「彼は将来性があるし、うちで雇えたらいいなと思うのだけど、どう思う？」

リューはリーンにお伺いを立てる。

「リューがいいなら、いいんじゃない？　リューに実力の差を見せつけられて負けてからは改心したみたいだし、私に対する好意は迷惑だけど、それも最近は控えるようになっているし」

リーンもスードの事は認めているようだ。

「まあ、あとは本人次第だけどね。僕の従者扱いでいいかな？」

リューが一つの案を挙げた。

「……私と同じなの？」

リーンがリューの第一の従者を誇っていたので少し引っかかったようだ。

「本人の希望にもよるけど、一応僕に剣を教えてほしいみたいだから、傍に置くのが手っ取り早いかなと。それにリーンも一人じゃ大変じゃない。女子だから一緒に入れない場所もあるし」

リューは、そう言って渋るリーンを説得した。

「……わかったわよ。確かに男同士じゃないと駄目な事もあるからいいわよ」

リーンが少し拗ねた素振りを見せたが納得するのであった。

「じゃあ、それで本人に聞いてみよう。一応、給金も出すつもりだから生活に影響はないだろうし」

リューは翌日、学校でスードに提案する事にするのであった。

「え？　いいのですか⁉　それに給金まで……、助かります！　よろしくお願いします！」

スードはリューの提案に驚いたが、最初からリューについていくつもりでいたので、渡りに船とばかりにあっさりと承諾した。

逆にリューの方が騙している気分になったので再確認する。

「え、本当に大丈夫？　もしかしたら将来、爵位を得る機会があるかもしれないよ？　うちはただの騎士爵家だけから、もっと上級貴族の下に仕えるチャンスがあるかもしれないし」

「いえ。自分の未熟さを圧倒的な実力差で教えてくれたのは騎士爵殿です。確かに上級貴族に運が良ければ今後、仕えられる可能性もあるのでしょうが、実力はそこで止まってしまうと思います。それならば騎士爵の下で実力を伸ばす環境を選ぶ方が自分にとって恵まれているのではと思います」

スード・バトラーはそう言い切ると、リューの申し出を受ける決断をした。

「……わかったよ。うちには正規の剣術を扱わない、とんでもないメイドもいるし、剣術だけでなく拳術を扱う職人頭や、後々話すけどトリッキーな剣術を使う頭の切れる優秀な部下もいる。それにうちの執事は剣術教えるのが上手だし学べる事は多いと思う。他には……ごにょごにょ（魔境の森修行コースも……）」

最後の言葉は濁したが、リューの下なら強くなる環境が待っているのは確かだ。

そしてリューの言葉は続く。

「それでは……、――ミナトミュラー騎士爵家にようこそスード・バトラー君。主として君を歓迎するよ」

リューの言葉にスードは片膝を突くと頭を垂れて宣言した。

「主よ。これから身命を賭してお守りいたします！」

「重い！　重い！　――まあ、気軽にとは言わないけど、これからよろしくね」

リューはスードの真面目過ぎる姿勢に戸惑うのだったが、将来の剣聖を名乗るこの少年に期待するのであった。

ミナトミュラー商会が、ランドマークの下請けで生産を開始している新商品のお披露目が、もうすぐなされようとしていた。

貴族やお金持ちなどの上流階級は、その情報の一部を掴んでいろんな予想が立てられたが、ほぼ貸し出ししかしていなかった二輪車の改造版の販売が始まるのではないかというのが、ランドマーク製品フリークの貴族らが出した答えであった。

というのも、新しい馬車の発表会はあったばかりだし、『チョコ』新商品発表も定期的に行われている。

ランドマークの代名詞である『コーヒー』もブレンド商品や、『チョコ』とのコラボ商品などが出されている。

それらを考えても食べ物系はなさそうであったから、今、注目されながら入手出来ない『二輪車』が今度の新商品だろうという結論に至ったのであった。

ランドマーク製品フリーク貴族達の間で広まっている噂の報告を、馬車内で受けたリューは、驚いて舌を巻いていた。

「恐るべし、ファンの分析能力……。というか情報、どこからか漏れてないよね？」

リューは、巷で出回っている噂話がほぼ正確なものである事に、情報の漏洩を疑うのであった。

「どうやっても秘密はどこかしらで漏れるものよ。でも、『自転車』の単語がないところを考えると、漏れたわけでなく、本当にファンも分析だけで辿り着いたのかもしれないわ。リューも落ち着

きなさいよ」

リーンが、リューをそう指摘すると宥める。

「そうか……。ファンの想像力恐るべしだね」

リューはごくりと生唾を飲み込んだ。

「ところで主。『自転車』とは一体、何ですか？」

一緒に馬車に乗って移動していたスード・バトラーがリューに質問した。

「ボクが説明しよう、新米。『自転車』とは……、跨いで足で何かを回すとビューンって進む乗り物の事さ！」

「⁇」

馬車に同乗していたメイドのアーサが、先輩風を吹かして大雑把な説明をした。

スードにはメイドのアーサの説明では全く想像もつかず、頭上の疑問符だけが増える結果になった。

「アーサ、その説明だと馬でもいいじゃない。——スード、『二輪車』は知っているわよね？」

「はい、リーン様。王都内で若者達が配達なんかでよく利用している乗り物ですよね？」

「そうそれ。あれは足で地面を蹴って進む乗り物だけど、『自転車』は地面を蹴らずに、ペダルというものを回す事で前に進む乗り物なの。リューはそんな凄い物を発明したのよ！」

今度はリーンがリューの功績を代わりにスードに対して自慢するのであった。

「そうなのですか⁉　仕組みについてはよくわかりませんが、流石、主！　剣術だけでなくそのようなものを発明する才能もおありなのですね！」

スードは、好意を寄せるリーンの説明に舞い上がると、興奮気味に主であるリューを褒める。

「凄いかどうかは発表して売れるかどうかだね。一応、国王陛下に献上したものは補助輪は付けたものだったから、販売するものも補助輪は付けて販売する予定。これなら乗り易いとは思うのだけど……」

「今日、王女殿下から聞いたのだけど……、王宮内の移動に陛下は自転車を利用しているって言ってたわよ。王様のお気に入りだもの、大丈夫よ」

「え？　そうなの？」

「うん、化粧室で一緒になった時に聞いたわ。──あ、だからファンの間の噂で正確な情報が出回っているのよ。王様が利用しているのが、多分『二輪車』だと思われているのかも？」

「情報源はそこか！　王宮なら使用人達から貴族へ漏れるのも早いからなぁ……。まあ、いいや。新作発表会では大々的に『自転車』を宣伝する予定だからね。そこで名前をしっかり覚えて貰おう」

「ところで若様。その『自転車』はいくらぐらいするものなの？」

メイドのアーサが興味津々で値段を聞いてきた。

「国王陛下に以前献上した『自転車』のコストは金貨十五枚（前世の価格で約百五十万円）ほどがかかる高級品だったのだけど……」

「「金貨十五枚⁉」」

メイドのアーサと自称・将来の剣聖スードはその高値に声を揃えて驚いた。

「うん。でも、今回は価格を下げる為に、材料はより安いものを探し、さらには製造技術も安定してきたから販売価格を金貨五枚まで落としたよ！」

「それでも金貨五枚ですか⁉」

貧乏農家の長男であるスードが下がったその金額にも驚くのは仕方がないだろう。

金貨五枚もあれば、半年は楽に家族を養う事が出来る額だ。

「まあ、驚くのも仕方がないよね。でも、今はこれが精一杯かな。特にベルトに使用している革が大量入手出来たから価格も大きく下げられたんだけど、あとはチェーンベルトの開発が進めば大きく値段を下げられると思う。その辺りはランドマーク家とうちの職人達の技術の向上次第だね。それが出来れば、一般向けのものも大量に販売出来ると思うよ。最終的には金貨一枚程までには下げたいな」

リューはスードの反応に苦笑いすると今後の展望を語るのであった。

「そうだ。スードにも一台上げるから家と学校までの往復に使ってくれるかな？　そして、使用状況を教えてほしいのだけど」

「え、自分がですか⁉　そんな高額な品、貰えません！」

スードは慌てて断る。

「スードの通学距離が丁度、耐久実験にも理想的なんだよ。それに宣伝にもなるし、『自転車』はその報酬だと思って貰ってくれていいよ。あ、盗難防止用の魔法が込められた魔石も搭載しているから、大丈夫だよ」

こうして、数日後の販売に向けての最終確認も兼ね、スードが通学の往復で『自転車』に跨る光景が、連日、学生たちの間で目撃される事になるのであった。

徒歩で通学していた自称、将来の剣聖・スードが、『自転車』の改良版である『二輪車』に跨り、馬車を追い抜いて王都を走り抜けていく様は、学園のみならず、王都内でもすぐに目を引いて噂になった。

学園の普通クラスの生徒達は剣術大会後、スードがリュー達とつるんでいるのを知っていたので、それがリューから渡されたものだとすぐわかり、その確認も含めてスードに群がってきた。

「スード君！　あの『二輪車』は、ここのところ王都で有名な貸し出しだけがされているやつの改良版だよね⁉」

「やはり、ランドマーク製なの？　あれも貸し出しなのかな？」

「『二輪車』よりもさらに速いけど、あれはどういう仕組みなの⁉」

「僕もあれ欲しいのだけど、買えるのかな？　良かったらミナトミュラー君に仲介を頼めない？」

「あれ売り出すの⁉　いくら⁉」

スードは、質問攻めに遭い、リューのところに行けなくなるのであったが、リューに言われた通りに説明した。

「五日後に、ランドマークビルで販売されるよ。ただし、数に限りがあって価格は高めだから焦らないで！」

スードは沢山の生徒を相手に告げた。

『『「いくらなの⁉」』』

生徒達は声を揃えて肝心の価格を聞く。

「……金貨五枚らしいよ……」

スードでは買えるはずもない高額設定なので申し訳なさそうに答えた。

「……よし！　買えない事もない！」

「くそー！　お小遣いでは無理だ、父上にお願いしないと！」

「僕も父上に言って買って貰うよ！」

スードは思わぬ反応に驚いた。

確かに、画期的な乗り物なのは確かである。

脚力のある自分がペダルを漕げば、馬車よりも速く進める。

おかげで通学時間も大きく短縮できたのも確かであった。

だが、金貨五枚は貧乏な自分には高いと思っていたのであったが、みんなは適正だと思ったようだ。

「……高くない？」

思わずスードは周囲にそう聞いてみた。

「そりゃ高いさ。でも、それだけの価値はあると思うよ。それは乗っているスード君が一番理解しているんじゃない？　『二輪車』の改良版、――『自転車』って言うの？　――その『自転車』を見る限り、ランドマーク製のリヤカーと組み合わせるとより能力を発揮できると思わない？　あの『自転車』は無限の可能性を秘めていると思うよ？」

商人の倅である生徒、ト・バッチーリは『自転車』について熱く語るのであった。

こうして、実物が目の前で確認できた学園内の生徒達は、スードの情報の下、親に頼み込んで『自転車』購入の為に当日、ランドマークビル前に並ぶ者が沢山現れるのであった。

さらに王都内でスードが乗る姿にランドマーク製だと気づいて、王都内に点在するランドマークの『二輪車』貸し出し店に問い合わせる者も後を絶たなかった。

それだけ、地面を蹴って進む『二輪車』以上に、スードが跨り、馬車すらも追い抜く『自転車』の疾走ぶりに、衝撃を受けた者が多かったという事だ。

価格を聞いて様子を見る者、断念する者も確かにいるのだが、買う為に貯金を心に誓い我慢する者も多くいた。

だが、それに反して、借金してでも買おうとする者もいたのは確かだ。

もちろん、当日はランドマークビル、各『二輪車』貸し出し店に行列が出来た。

「スード君のおかげで短い期間でかなり宣伝出来たみたいだね」

ランドマークビルの五階から階下の行列を見下ろして、リューが隣のリーンに声を掛けた。

「王都を横断して家に帰っているスードならではね」

「リュー、そのスード君にはちゃんと報酬をあげなさい」

二人の傍からひょいと覗き込んだ父ファーザが二人の会話を聞いていたのか一緒に下を覗いて告げる。

「うん。『自転車』もあげたし、この行列だから特別報酬もあげるつもりだよ」

「そうか、ならばいい。よし、私は従業員に声を掛けてくるか」

ファーザはリューの頭をクシャっと撫でると、階下に降りていく。

「『自転車』は、大成功しそうね」

リーンはまた、リューの成功に喜ぶのであった。

「その為には、これからもっと低コストで提供出来るように職人さん達と技術を磨いていかないとね」

リューはリーンに笑顔で答えると大きく頷くのであった。


『自転車』の販売が開始されると、今回も盛り上げる為に出した出店の力も相まって、文字通りお祭り騒ぎになった。

購入した傍から自転車に跨り、練習を始める者が後を絶たず、急遽、練習会も行われた。

一応補助輪は購入の際に付ける事をお勧めしているのだが、中にはそれを拒否する強者もいたのだ。

「痛っ！　くそー、結構難しいな……。だが今ので コツが掴めた気がする！」

「勢いをつけると安定するのか！　もう一度だ！」

「お、お、お！　――やったー！　前に進んでいるぞ！」

練習会は購入者達で盛り上がり、購入はしないが物珍しさで遠巻きにそれを眺め、コケては再度挑戦する購入者を応援している者もいる。

「惜しい！　次行けそうだぞ、頑張れ！」

「おお！　あっちの人はもう、乗りこなせているぞ⁉」

「本当だ、うまいもんだ！」

こうして、ランドマークビルの前での、この光景は普段以上に人を集めた為、一時、警備兵がやってきて、道が通れないから空けるようにと厳重注意する場面もあったが、大いに盛り上がるのであった。

「この調子なら、今日予定してある分は売れそうかな」

リューは大盛況になっている自転車販売会を上から眺めて満足する。

「そうね。それに買って行った人が乗っているのを見て、購入しようと思う人が現れるだろうから、これからまた忙しくなるわよ」

リーンもリューの言葉に賛同する。

「この盛り上がりを、ランドマークとマイスタの街の職人さん達が聞いたら喜ぶだろうな」

リューは、それを想像すると満面の笑顔になるのであった。

魔術大会ですが何か？

『自転車』の販売会から数日。

王立学園の校庭では、貴族の子息や商人の子息などの一部が『自転車』に跨って乗り回す光景が見られるようになった。

予想以上の売れ行きで、買えない者も続出した為、購入できた者にとってのステータスになっていたのだ。

だから学校まで馬車に積んで持ち込むと、校庭で『自転車』に乗る事が流行りだしていた。

「(前世の子供時代にもゲーム機を学校に持ち込んで自慢している子がいたけど、いつの時代も変わらないなぁ)」

リューは教室の窓から校庭を見下ろして苦笑いするのであった。

「『自転車』か……。リューが人気が出ると言ってはいたけど、これほど学校で人気が出るとはなぁ。うちは親父が買ってくれそうにないんだよ……」

ランスが、残念そうに溜息を漏らした。

「うちも買って貰えないから同じだぞ？ ——シズのところはラソーエ侯爵がランドマーク子爵に、売ってほしいと直談判に行ったらしいが……」

ナジンがランスに理解を示しながら、幼馴染のシズのところの話をした。

「ははは……。ラソーエ侯爵は娘の事になると、猪突猛進だからね……。お父さんも流石に断れないから特別に今日の分を回したよ」

リューが苦笑いしながら答えた。

「……リュー君、ごめんね。私が『自転車』の話をパパにしたものだから……。でも、ありがとう」

シズがいつものか細い声で申し訳なそうに言って、優先してくれた事に感謝した。

「いいんだよ。僕もみんなに聞いておくべきだったよ。販売会の成功ばかりが頭にあって気が回らなかった、ごめん」

リューはみんなにお詫びをした。

「いいんだって。うちは買ってくれないから、聞かれても断っただろうし。ナジンのところはそういうの厳しそうだよな。イバルはうちと同じで経済状況的に厳しいよな？」

ランスが、名ばかりの男爵家の嫡男に収まっているイバルに話を振った。

「……すまないランス。俺はリューの部下になっているから優先して、スード同様タダで貰っているんだ」

そう、イバルはこの日から、養子先であるコートナイン男爵家の馬車ではなく『自転車』で通学していたのだった。

「マジか⁉　という事は、この隅っこグループで持ってないの、俺とナジンの二人だけかよ！」

ランスはがっくりと肩を落とした。

「それは違うよ。僕とリーンも持っていないから安心して」

凹むランスをリューが慰めた。

「え？　製造元のリューとリーンがなんで持ってないんだよ？」

ランスが、当然の疑問を口にした。

「お客様を優先する為さ。だから、販促用のものを一台マジック収納に入れているけど、それ以外は無いよ」

そう答えると、販促用の『自転車』をマジック収納から出して見せた。

『自転車』のフレームには『ランドマーク製・販促用』と、書かれている。

「マジかよ……」

ランスはそれを見て呆れるのであった。

「あ、でも、販売強化期間が過ぎたら、この『自転車』、特別価格でランスにあげてもいいよ？

ナジンの分も同じ販促用で良ければ都合できると思う」

「「本当か⁉」」

ランスはともかくナジンも一緒になって聞き返した。

どうやらナジンも、密かに『自転車』は欲しかったようだ。

「販促用は、中古品になるから、金貨一枚でいいよ」

「それなら、俺は放課後の親父の手伝いで貯めた小遣いがあるから買えるぜ！」

「自分もそのくらいなら、同じく貯めた小遣いで買える、ありがとうリュー！」

ランスとナジンは笑顔でリューに感謝するのであった。

「「あ……。その販促用って書いているのは消せるよな？」」

感謝しながらも、二人はそこを気にした。

「ははは！　もちろん、引き渡す時にはそこは消すから安心して。ちゃんと補助輪、盗難防止用魔石などフル装備で渡すね」

リューは笑顔で二人を安心させるのであった。

「じゃあ、安心してあとは来週の魔術大会にみんなで臨めるな！」

ランスはもう次に差し迫っている行事を口にした。

「あ、それは僕達出ない事になっているんだよね」

リューはランスに断りを入れる。

「今回うちのクラスは、王女殿下、イバル、シズ、自分とランスさ」

ナジンが指を折りながら、ランスに説明した。

「そうなのか？　先生から代表に選ばれたって言われたから、てっきりリュー達と一緒だと思っていたぜ」

ランスが勘違いを口にした。

「僕とリーンは大会の実行委員側に回ったんだ」

「「「実行委員？」」」

みんな初耳の言葉に首を傾げる。

「そう。僕とリーンの魔法は、大掛かりな結界を張らないと会場を破壊してしまうからという理由で、先生達が務める実行委員側に入る事になったんだ。その分、点数は貰うけどね？」

ちゃっかりリューはそういう交渉はしていたようだ。

「本当はみんなと一緒に出たかったのだけどね」

リーンが、残念そうに口にした。

「でも、リューとリーンが別格なのは確かだからな。それに、二人のお陰で自分とランスは控えから繰り上がったから、感謝するよ。ありがとう」

ナジンが、苦笑いしてお礼を言う。

「だから俺、出場できるのか！　――ありがとうな、リュー、リーン！」

ランスは自分が代表に選ばれた理由を知り、素直に二人に感謝するのであった。

「みんな、普段通りにやれば、上位進出は間違いないから頑張って。優勝候補は王女殿下だけど、対抗にシズとイバル君、大穴にナジン君とランスだね」

「リューの見立てもやっぱりそうか。他所のクラスの代表も気になるが、うちのクラスだとそんな感じだろうな」

ナジンはすでに分析結果を出しているようだ。

「こうなったら、みんなで上位を独占するのよ！　リューが教えたリュー式魔法術なんだからみんな勝って！」

出場するみんな以上にリーンが一番気合が入っているのであった。


王立学園の魔術大会は、剣術大会と対となるものだが、こちらの評価が将来の就職に有利になる事は大きい。

努力によってある程度カバーできる剣術に比べ、才能に大きく左右されるところがあるからだ。

それに、魔法に優れる者が貴族出身者に多い事からも、その評価がよくわかる。

なので、剣術大会よりも、進路に有利であり、才能がある者はこちらに力を入れるのが普通であった。

その為、規格外過ぎて出場できないリューとリーンはアピールの場を奪われた事になるのだが、学園側は開会宣言にあたって、リューとリーンには実行委員として魔法の公開演技をして貰う事になった。

本当ならば、学園側はそれをやらせたくなかった。

なぜならば……、
ズドーン！！！！

ドカーン！！！！

ゴゴゴゴゴ！！！！

……そう、六面ある舞台会場のうち、一面がこの公開演技の為に完全に破壊されてしまうからであった。

この公開演技の後、会場全体に張られていた結界も、その威力を抑えきれずに壊れてしまう為、その結界を張り直すという時間と経費も必要になってくる。

実行委員の先生達はこの破壊された会場と結界の補修、張り直し作業の為に大会開始宣言三十分で試合が始まる前に疲労困憊になるのであった。

「……二人の公開演技のせいで、この後に試合する俺達、霞むわー……」

ランスがみんなの代弁をすると、出場予定者全員が大きく頷いた事は言うまでもなかった。

観客もこの公開演技には驚愕した。

特に今回、特別貴賓席が設けられ、そこを陣取っていた王族は、度肝を抜かれていた。

「……あやつはランドマーク子爵の倅……だったな？」

「……その通りです。オウヘ殿下」

そう、今回の魔術大会観戦に訪れていたのはオウヘ第二王子だった。

「やはり何としてでも我の直属の部下に欲しいぞ！」

「以前にも申し上げた通り、あの者はすでに騎士爵の爵位を持ち、ランドマーク子爵の与力になっております。それにその爵位はエリザベス第三王女殿下ではなく、陛下自らお与えになったものだとか……。ですからそれは難しいかと……」

オウヘ王子の部下であるモブーノ子爵が、調べ上げた情報を主君に披露した。

「父上自らだと……!? ——ならば、その子である我の部下にしても文句はあるまい！」

「ランドマーク子爵が実の息子でもあるミナトミュラー騎士爵を手放すとは思えません……」

「くそっ！　——仕方ない……、別の方法を考えよ。今回は、他の優秀な者を見つけて召し抱えるぞ！」

オウヘ王子はやけくそ気味に言うのであった。


魔術大会のルールは、剣術大会と同じで個人戦である。

剣術大会と違うところは、魔法を対戦相手に当てると、会場に張られた結界の力によって、怪我を負わせる事無く消滅させられる事。

だから危険性は低いがそれでは勝負にならない。

そこで出場者全員の腕に装着してある魔道具である。

これは、装着者にリンクしてあり、当たり判定をポイント化してくれる。

そして、倒されるほどの蓄積ダメージを受けたと判断したら、審判の下に信号が送られ勝負判定がなされるのだ。

他にも対戦相手の降参や失神など、続行不能状態の判断でも勝敗が決するが、リューとリーンは、これらを全て消し飛ばしてしまう程、段違いの魔法威力を誇るので、今回は参加を見送られたのだった。


大会は成績を加味されシードになった、エリザベス王女とナジンの試合は無く、二回戦からであった。

なので、他の試合から行われ、王女クラスの代表組の密かな優勝候補の一角であるシズとイバルが対戦相手に何もさせる事無く圧勝して二回戦進出。

ランスも相手の下級魔法を避けながら高威力である中級魔法を詠唱して一発で仕留め、勝ち進んだ。

そして二回戦。

一番の注目であり、シードであるエリザベス王女の初登場試合は、観客席を盛り上げた。

対戦相手の下位魔法を俊敏にかわしながら、自らも下位の光魔法を無数に使って相手の動きを止める。

そして、威力の高い光魔法で止《とど》めだ。

その実戦的な動きに観客は歓声を上げて王女に大きな拍手を送るのであった。

「ひゃー。王女殿下の対戦相手は大変だな！　あんな的確な攻撃されたら、ぐうの音も出やしない」

ランスがイバルの肩を叩く。

そう、イバルが勝ち進んだら、準決勝で当たる予定なのだ。

「その前に、俺とナジン君が準々決勝で当たるから大変さ」

イバルが神妙な面持ちで答えた。

「二人とも大変だな。俺の方は、順調に勝ち進んでも準決勝でシズが相手だぜ？」

ランスは暢気そうに言う。

「ランス。シズさんの一回戦観てないな？　彼女、相当強いぞ」

「おお？　イバルがそこまで評価するのか！　じゃあ、俺も気合い入れ直して次の試合勝って、シズ戦頑張るぜ」

ランスはどこまで本気なのか笑って答えるのであった。


二回戦は順当に試合が終わり、準々決勝——

「王女殿下って、お姫様とは思えない立ち回りするわね」

観客席から眺めるリーンが隣のリューに感想を漏らした。

「確かに。普段から実戦練習していたみたいだね」

リューもエリザベス王女の動きに感心しながら答えていると、エリザベス王女は試合を制した。

「これで、王女殿下が準決勝一番乗りよ。次の対戦はイバルとナジンね」

リーンが楽しそうに言う。

そして、二人が試合会場に出てくると、リーンは二人に大きな声で、声を掛けた。

「二人ともー！　頑張りなさいよ！」

イバルとナジンは、笑ってリーンに手を振って向き直ると、真剣な顔つきになる。

「二人とも、リラックスして集中しているね」

リューは二人のここまでの勝ち方を見ていると、どちらが勝ってもおかしくないと内心評価するのであった。


イバルVSナジンの準々決勝——

リューは、この二人が拮抗した戦いになると予想していた。

イバルが元より魔法適正に優れ才能豊かなのは、リュー自身が教えていて理解している。

ナジンはその点、イバルには魔法適正の面で劣るが、剣術大会での動きを見ても立ち回りが上手いのは明らかだった。

イバルも幼少からちゃんとした剣術を学んでいたのだろうが、立ち回りはナジンに分がある。

なので、互角ではないかと踏んだのだ。

審判が試合開始を宣言すると、試合は予想外の展開で進んだ。

イバルが、その魔法の才能はもちろんの事だが、立ち回りでもナジンを圧倒していた。

いや、圧倒していたというか、ナジンの魔法適正に対し、あらゆる魔法適正を持つイバルは、的確にナジンの弱点になる魔法を繰り出し続けたのだ。

これにはナジンも立ち回りだけでは埋められない差が出て後手後手になり、気づくと減点ポイントがナジンに溜まっていた。

ナジンはそこで一発逆転を狙って、動き回りながらリュー直伝の上位風魔法を繰り出そうとした。

だが、大きな魔法には隙が生まれるもの。

イバルはそこを見逃さず、下位土魔法でナジンの足元を攻め立てて動きを止めると、ナジンの詠唱が終わる前に下位火魔法をナジンにヒットさせ、減点一杯でナジンの敗北が決定されるのであった。

「イバル君、やるなぁ……！」

リューはイバルの短期間での成長の跡に素直に感心した。

「リューの部下の一人なんだからこれぐらいはやって貰わないとね」

リーンは当然とばかりに頷く。

観客席はイバルの戦い方にも感心したが、ナジンが不発とはいえ、上位魔法を使おうとした事が話題に上がっていた。

「彼はまだ、一年生だろ？　それで上位魔法を使おうとするとは……」

「三年生の試合よりも見どころがあったな。だが、中位魔法を通り越して上位魔法とはな！」

「ナジン、ナジン・マーモルン？　ああ！　マーモルン伯爵家の！　武官を多く輩出している家だが、魔法も凄いのか⁉」

そんな敗北した方であるナジンの才能に注目する声が多く上がる中、リーンは呆れた。

「イバルの戦い方がいかに優れていたか理解出来ていない人が多いわね」

「まぁまぁ。二人とも見せ場があって良かったじゃない。イバル君は次、王女殿下との準決勝だしその時にまた、見せ場があるよ」

「そうね。イバルにはミナトミュラー家の代表として頑張って貰わないと」

リーンはどうやら、それが目的で応援しているらしい。

「……ははは。イバル君にプレッシャー掛かるから止めなよ？」

リューは苦笑いするとリーンを止めるのであった。


他の準々決勝はシズとランスが見事に勝ち進んだ。

二人の戦い方は対照的で、正確で精密な魔法を駆使し、相手に減点を与えていくシズと、詠唱の間動き回って相手の攻撃を凌ぎ、詠唱し終わると高火力の火魔法の一撃で相手を仕留めるランスである。

こちらも、毎回当然のように中位魔法を使うランスに注目が集まっていた。

「ボジーン男爵家の嫡男と言えば、剣術が優れていたが、魔法もイケるとはな」

「今年の一年生には驚かされる……」

「マーモルン伯爵家の嫡男は不発とはいえ上位魔法。ボジーン男爵家の嫡男は中位魔法。そして、公開演技を行ったミナトミュラー騎士爵と、エルフの英雄リンデスの娘は驚異的な魔法の使い手と来ている。今年の一年生は豊作ですな」

観客はみな、高火力の魔法にばかり注目していたが、リューとしては次の準決勝であるエリザベス王女とイバルの対戦に注目していた。

「王女殿下の光魔法は正直反則級だからなぁ。それに対してイバル君はあらゆる魔法に対して適性を持つ天才型。この二人の試合は中々予想が難しいよ」

「光の魔法は全ての攻撃魔法の中でもその攻撃速度は一番だもの。相手に詠唱時間を簡単には与えないから、いかに王女殿下に魔法を使わせずにイバルが立ち回るかだけど難しいわね」

リューの言葉に、リーンが二人の戦い方を予想して、イバルの心配をするのであった。

休憩を挟んで準決勝が行われた。

リーンが予想した通り、エリザベス王女は試合開始と共に光魔法の詠唱に入る。

イバルは防御魔法を即座に詠唱する。

エリザベス王女の光魔法は光の矢となってイバルを襲う。

だが、イバルの防御魔法が間に合いその攻撃を防いだ。

しかし、エリザベス王女の攻撃はそれだけでは終わらず、間髪を容れず次々に攻撃魔法が飛んでくる。

イバルは防戦一方になった。

時折、防御魔法の間に攻撃魔法を挟むが、光魔法が早すぎて途中で直撃をいくつかくらい減点され、詠唱も中断されてしまう。

「……これは、思った以上に王女殿下の光魔法は厄介だね」

リューが、自分も使えない光魔法の優位性に感心しながらぼやいた。

「あのイバルが何もさせて貰えないわ。……まあ、私なら土魔法で使い捨ての障壁をいくつも作って王女殿下の視界を遮り、攻撃に転じるわね」

下位魔法なら無詠唱で出せるリーンならではの発想だ。

「そうだね。王女殿下より早く魔法を唱えて、より早く攻撃に転じないといけないからリーンの案はいいね」

リューもリーンの対抗策に頷いた。

そこへイバルも同じ答えに至ったのか下位土魔法で障壁を作った。

だが、リューやリーンのように無詠唱とはいかないため、そして、終盤では時すでに遅いため、意味はあまりないものであった。

エリザベス王女は中位の光魔法をそれに合わせて詠唱するとイバルが身を隠す土の障壁ごと光魔法で打ち砕きイバルにヒットさせ、勝利を得るのであった。

完全にイバルが物理的な防御魔法を唱えるのを待っていた展開であった。

「あちゃー！　完全に読まれてた！　――序盤に仕掛けて畳みかけないと光魔法対策は無理だね」

リューはエリザベスの立ち回りに再度感心するとイバルの敗因をそう分析した。

単独で対抗するには短期決戦しかなさそうだ。

「こうなると、シズとランス、どちらが勝ち上がっても対抗するのは難しいかも……」

リーンも仲間の技量ではまだ、エリザベス王女には対抗できないかもしれないと判断したようだ。

「うーん……。でも、まぁ、判断するのは、二人の準決勝を見てからにしよう」

リューは、成長著しいシズとランスに期待するのであった。


シズとランスの準決勝は観客席をはじめ、リューとリーンも予想しない決着であった。

なんとランスの、動き回って中位魔法を詠唱し、高火力の火魔法で仕留めるやり方に、シズが中位水魔法で対抗してきたのだ。

前の試合までの的確で精密な魔法を駆使した展開から、シズがまさかの力押しでランスを封じて勝利した事は、見ている者みなの想像の範囲を超えていた。

「……こいつはすげぇーぜ！」

「あんな小さな子が、大きな子に力で圧倒するとは！」

「そこにしびれる、憧れる！」

勝敗が決した瞬間、観客席は一気に盛り上がった。

この日一番の大歓声が巻き起こった。

「シズらしくない戦い方だけど……。――もしかして……。なるほど、そういう事か……！」

リューは、シズらしくない戦い方が不自然と感じたが、その理由がわかった気がした。

決勝戦のエリザベス王女に対抗する為の伏線と読んだのだ。

「え？　どういう事？　シズは、何か考えての事なの？」

リーンがわからずにリューに聞き返した。

「見てのお楽しみだよ。決勝戦は面白くなると思う」

リューは意味ありげに笑うとみなまで語らないのであった。

「やられた！　まさかシズが正面から力押ししてくるとは思わなかったよ。前の試合の戦い方だったら俺にも分があると思っていたんだけどな」

負けたランスは試合後、シズと握手をすると笑顔でそう答えた。

「……ごめんね」

シズが謝る。

「おいおい、謝るなよ！　決勝戦、楽しみにしているぜ？」

「……うん！」

シズはランスの檄《げき》に珍しく強く頷いて答えるのであった。


ついに決勝戦のカードが決定した。

これは誰もが予想していない対戦だった。

エリザベス・クレストリア第三王女と、シズ・ラソーエという女性対決である。

エリザベス王女はシードでもあるし、光魔法という優位性からも優勝候補最有力であったが、シズに関してはリューやリーンなどの隅っこグループでもない限り、大人しそうな彼女が上がってくるとは誰も思わなかっただろう。

対戦カードに恵まれた事もあるが、ランスとの対戦で中位魔法を使って力押しで勝利するという荒業も見せた事からシズの評価はうなぎ上りであった。

だが、観客の中にはこう分析する者もいた。

「ラソーエ侯爵のご息女は、準決勝で切り札を見せた感があるな。あの中位水魔法での力押しは素晴らしかったが、本当なら決勝まで隠しておきたかったのではないだろうか？」

と。

「なるほど。相手のボジーン男爵の嫡男の強さに切り札を出さざるを得なかった感じですな？　あれを見られてしまったら、王女殿下に対抗策を取られる可能性は高い。決勝戦は王女殿下有利ですな」

分析にそう納得する観客は多かった。

「好き勝手に言っているわね」

リーンが、観客の声を聞いて、そうぼやいた。

「でも、そう思うのが普通だよ。シズが切り札を見せたのはある意味本当だろうけど、それはシズにとって、決勝戦に勝つ為の伏線だと僕は見ているよ」

「さっきもそれらしい事言っていたわよね？　どうせ、教えてくれないんでしょ？」

「観てのお楽しみだよ！　ははは！」

リューは改めて含んだ言い方をすると笑って誤魔化すのであった。

決勝戦――

エリザベス王女は、油断した雰囲気は一切なく、決勝の舞台会場に上がった。

対戦相手のシズ・ラソーエさんは強敵だ。

一回戦から試合を観ていたが、その正確性から準決勝の高火力の魔法まで使い分ける才能ある魔法使いだ。

だが私には必勝法がある。

光魔法は詠唱時間こそ、他の魔法と時間は変わらないが、到達時間は他の魔法よりもはるかに短い。

初動で詠唱してしまえば、あとは相手に詠唱時間を与える事無く畳みかけてしまえばいい。

きっとあちらは、序盤で勝負をかける為に、下位魔法で自分より早く攻撃を仕掛け、光魔法の詠唱を妨げようとするだろうが、私はそれをかわし、詠唱を続ければいい。油断は無い。

エリザベス王女はそう自分に言い聞かせると対戦相手の少女が舞台に上がってくるのを待つのであった。

シズは時間ギリギリで決勝の舞台に上がって来た。

「……ごめんなさい。お願いします」

シズは審判と対戦相手であるエリザベス王女に謝罪すると、構えた。

二人ともやる気十分だ。

審判はそれを確認すると、試合開始の宣言をするのであった。


エリザベス王女は、開始と共に詠唱に入ろうとした。

相手であるシズの口の動きを確認して、下位魔法を警戒する。

いつでも相手が発動する下位魔法はかわせるようにだ。

だが、次の瞬間、エリザベス王女の視界が歪んだ。

というか息が詰まった。


「え？」


エリザベス王女は光魔法の詠唱が出来なくなり、動揺した。

頭上から水が落ちてきたのだ。

そう、シズは無詠唱で使える生活魔法の〝水〟をエリザベス王女の頭上に出したのだ。

エリザベス王女は思わず水を飲み込み咽《むせ》ると、詠唱が止まってしまった。

シズはそこで初めて水をエリザベス王女の顔付近で留める為の魔法を唱えた。

どれも攻撃魔法ではない為、審判も一瞬固まったが、使ってはいけないという規則もないので、無言で進行した。

エリザベス王女は、顔の辺りが球体の水に包み込まれ、息が出来ない状態に陥った。

急いで手でどかそうとするが、相手は水である。

それは無理であった。

頭全体を覆う程度の水の塊であったが、シズが魔法で操っている為、エリザベス王女がどんなに抵抗しても水をどける事は出来ない。

それに息も出来ず苦しい。

詠唱も不可能である。

攻撃魔法のように、攻撃を当てて相手のポイントを減点する事は出来ないが、試合のルールには、相手が試合続行不可能になる場合や、棄権した場合に、勝負が決する事も条項にある。

シズはそれを逆手に取ったのだ。

ランス戦では中位魔法を使う事で、エリザベス王女に高火力魔法を印象付けたのも、生活魔法を警戒させない為であった。

シズは、自分の切り札の中位水魔法をも伏線にして、無詠唱で使える生活魔法の〝水〟に勝負を掛けたのだ。

エリザベス王女は陸で溺れる状況に抗っていたが、意識が遠のいていくのを感じてその場に倒れ込んだ。

そこで審判は、試合を止めた。

エリザベス王女の試合続行不可能と判断したのだ。

観客席は地味な決着に、静まり返る。

そんな中、リューとリーン、ナジンにランス、イバルが拍手をするとそれに釣られるようにして拍手が伝染していく。

最後は会場全体が拍手と歓声に包まれ、この決勝の勝者であるシズの頭脳戦での勝利を祝福するのであった。


シズは決勝の舞台から控室に戻った。

そこで出迎える幼馴染のナジンの顔を見ると緊張の糸が解けたのか、腰砕け気味に脱力する。

それをナジンが抱き留めて椅子に座らせた。

「シズ、頑張ったな」

「……うん。一生分頑張った……」

シズは何とも言えない笑顔でナジンに答える。

そこに、観客席で観戦していたリューとリーン、ランスにイバルが駆け付けた。

「「「「シズ、優勝おめでとう！」」」」

「……みんな、ありがとう……」

シズが嬉しそうにリュー達に答えた。

「まさか攻撃魔法以外で王女殿下を出し抜くとはよく考えたな！」

ランスがシズの頭脳戦での勝利を褒めた。

「本当ね。ランス戦で大きな切り札を敢えて使う事で、王女殿下に生活魔法という意識すれば簡単に回避出来る魔法を警戒させずに済ませたんだもの、凄いわ、シズ！」

リーンもシズの戦術を絶賛する。

「王女殿下と対戦して負けたからこそわかるよ、あの王女殿下に勝ったのは本当に凄いと思うぞ！」

イバルもシズの偉業を大きく評価した。

「……えへへ。二度は使えない手法だけどね……」

シズが照れ臭そうに答えた。

「ああいうのは、一度肝心なところで決まれば良いんだよ。それを決めてしまうシズは本当に凄いよ。僕もあれをやられたら、ちょっと困っていたと思う」

リューもシズの頭脳戦を最大限評価した。

シズは憧れの存在的な友人に褒められて満面の笑顔を浮かべる。

「リューなら、どう対応したんだ？」

ランスが、具体的な回避を聞いてみた。

「僕なら？　……うーん、無詠唱で水を取り除く事も出来るけど……、無詠唱無しなら上着を脱いで一度頭に被せて、その上着ごと水を取り除くかな。王女殿下は直接攻撃でシズに解除させる案が思いついたみたいだけど、ルール上、直接攻撃は禁止だから躊躇し、判断に迷って適切な対応が出来ないまま、溺れて気を失った感じだよね」

「なるほどな！　俺も王女殿下と同じ直接攻撃での解除までしか思いつかなかったな」

ランスがリューの回答に感心した。

「確かに。溺れている段階で冷静な判断は難しいから、俺もルールを無視してシズへの直接攻撃で解除を試みるだろうな。王女殿下はその辺り、まだ、冷静だった分、裏目に出たな」

イバルが、そう指摘したのは、ルール上直接攻撃は禁止だが、一度目は厳重注意なので、一発で反則負けではないのだ。

その辺りは王女殿下も溺れて焦った部分があったのかもしれない。

「ところで、王女殿下は大丈夫なのか？」

ナジンが、エリザベス王女を心配した。

「王女殿下は大丈夫みたいよ？　審判が処置して、すぐに意識を取り戻していたから。ナジンたら、シズの勝利に浮かれてその確認はしていなかったのね」

リーンがクスクスと笑うとナジンを茶化した。

「……そうか。確かにシズの勝利に浮かれていたかもしれないな」

ナジンは苦笑いを浮かべて答えるのであった。


表彰式では、王女殿下は元気な姿をみんなの前に見せた。

今回は二位だが、実力的にはシズより上なのは間違いない。

負けた事に悔しがる事無く、堂々と表彰される姿が、さすが王女であった。

そして、表彰台でシズと握手をする。

「シズさん、優勝おめでとう。今回は私の完敗です。でも、来年は、負けませんよ？」

王女殿下は堂々とした笑顔でシズの耳元に囁くと、シズの腕を上げて会場の拍手を促した。

恥ずかしがるシズだが、会場の優勝を祝う歓声と拍手に照れながらも、誇らしそうに小さく手を振って答えるのであった。


大会の翌日――

シズは一躍、時の人になっていた。

ラソーエ侯爵の令嬢としては、シズはもちろん有名であったが、その実、大人しい少女というイメージがあり、今回の魔術大会の活躍はそのイメージを払拭するものであった。

エリザベス王女の取り巻きはさすがに王女の手前、シズを絶賛する事はしなかったが、朝の挨拶をわざわざシズにするようになった。

エリザベス王女本人もシズに対する認識を改めたのか、教室でシズに話しかけるという光景が生まれていた。

シズは動揺してナジンの袖を掴んで離さなかったのが印象的であったが、会話がなかなか続かないため、エリザベス王女が、シズと共通の話題を絞り出した結果が、ランドマーク製『チョコ』の話だった。

するとシズがそれに対し目を輝かせ、夢中で新作について熱弁するという状況が生まれた。

これには王女クラスの全員が、呆気に取られていたが、エリザベス王女も笑顔でそれに答えて質問したり、お勧めを聞いたりしていると、そこに甘いものにうるさいリーンが加わり、女子トークに花を咲かせるのであった。

そんな中、ただ一人、シズに袖を掴まれてその場から離れられないナジンが女子トークを聞かされて困った顔をしているのをリューやランス、イバルが面白がって笑っているのであった。

酒を巡る抗争ですが何か？

最近の王都では、静かに流行し始めている事があった。

その中心は夜の飲み屋通りである。

「マスター、ドラスタは置いているかい？」

酒を飲みに来た男は、カウンターに座ると第一声で、そう言い放った。

「うちが扱っている酒の銘柄は、酒造ギルド公認のボッチーノを中心としたものばかりだよ。ドラスタは最近出回っている密造酒だろ？　置いてないよ」

ボッチーノはこれまで長く王都で飲まれてきた酒造ギルド公認の酒造商会の銘柄だ。

色々な種類のお酒が出ているが、全体的に味はぼちぼち、値段は高めであったが、ギルド公認のお酒の中ではそれが普通だと思われていた。

そう、ドラスタという銘柄の密造酒が出回るまでは。

「おいおい。これまで飲んで来た酒造ギルド公認の酒と比べたら、ドラスタは確かに密造酒だが、値段は手頃なのに、香りや味は最高。それと比べたらボッチーノの酒はドブ水に感じちまうぜ？」

「馬鹿を言っちゃいけない。ギルド公認の酒は値段もずっと安定しているし、何より歴史がある。だから、扱う店も信用が持てるし、客にとっては変わらない味が何よりなのさ。密造酒というのは、味は安定しないし、ちょっと売れると値段を引き上げるし、信用がおけない。そんなもの、うちのような王都で長い歴史を持つ酒場では置けないさ」

酒場のマスターは、もっともな事を語った。

そう、密造酒は所詮、小規模で作られているので、出来た時期で味がまちまちで安定しない。信用第一のお店側にとって、そんなものを扱うのは、場末のすぐに無くなるような店だけだ。

「マスター。あんた、ドラスタの酒、まだ飲んだ事ないな？　あそこの銘柄は一等級の高級果実酒から、三等級のウイスキー、エールに至るまで揃っている、ただの密造酒じゃないぜ？　俺は普段、酔えればいいから三等級のお酒ばかり飲んでいたが、ドラスタの酒を飲んで考え方が変わったね。金を出すなら良い酒に出すってな！」

「大きく出たな。そんな都合のいい密造酒は、量が出たらすぐ味が落ちて消えていくものさ。長年、酒場のマスターをやっている儂が言うのだから間違いない。最後はボッチーノのような酒造ギルド公認の酒に客は戻ってくるのさ」

マスターは確信を持って答えた。

長年王都で経営して来たマスターの言葉だ、説得力が違う。

「よし、じゃあ、俺が他の店でドラスタの酒を買って来てマスターに飲ませてやるよ。どうせ、業者が勧めても門前払いして味見もしてないんだろ？　じゃなきゃ、そんな台詞は出てこない」

お客の男はそう答えると、すぐに店を後にする。

だがすぐに、お酒の瓶をいくつか持って戻って来た。

本当に他所でドラスタのお酒をいくつか買ってきたようだ。

そのお酒を見てマスターは驚いた。

まず、その酒瓶の出来から違うのだ。

「こ、これは⁉　密造酒に多い粗悪品の瓶じゃないだと⁉」

「瓶は、卸業者が回収するみたいだが、良い出来だろ？　この瓶を眺めながらでも酒が進むってもんさ！」

客の男は、酒の入った瓶をマスターの前に並べる。

「こっちから一等級の高級果物酒、二等級、三等級の酒だ。一等級はもちろんだが、三等級の酒瓶も中々出来が良いだろ？　これで味が良いんだから最高だぜ？」

客は自分が作ったかのように自慢する。

「……確かに、この瓶は酒造ギルド公認のものよりも立派に見えるな……。いや、だが、酒は味が一番だ！」

マスターは酒瓶だけで降参しそうな勢いであったが、すぐに持ち直した。

「じゃあ、全種類味わってみな。飲んだらボッチーノには戻れないから」

客の男は、マスターにグラスを用意させると、一つ一つドラスタのお酒を注いでいく。

マスターは手にしたグラスを顔に近づけるとまずは香りを確認する。

そして、目を見開く。

何も語らないが、驚いているのは確かだ。

そして、中身を確認するようにちびちびと飲み始めた。

「う、うまい……！」

マスターはそう口にすると、残りのお酒も確認した。

「そんな馬鹿な⁉　これだけの種類を密造酒商会規模で作るのも大変なのに全て安定して美味しいのだ⁉」

……だと？　いや、美味しすぎる……！　今まで飲んでいた酒造ギルド公認の酒は一体なんだったのだ⁉」

マスターは、長年沢山の種類のお酒を飲んでいただけに、今までの概念を完全に吹き飛ばすこのドラスタという密造酒銘柄に頭を真っ白にされるのであった。

呆然自失の中、正気に戻ると、肝心の価格を聞いた。

聞けば公認のボッチーノの銘柄より、全て安めに設定してある。

これならボッチーノのお酒と価格を同じにして客に出し、店側の利益を優先しても心が痛まないレベルの美味さである。

確かにこのお客の言う通り、これまで自信を持って客に提供して来たボッチーノを始めとしたギルド公認の銘柄の味はドラスタのお酒と比べたらドブ水同然だ。

酒瓶の品質から香り、味に至るまで、このドラスタに勝てる要素が何一つない。

「……あんた。ただの客じゃないな？」

マスターはふと、何かに気づいたように客の男に声を掛けた。

「何の事だい？　だが、これでわかっただろマスター。美味しい酒を提供しての老舗店だぜ？」

客の男はニヤリと笑うと、ドラスタのお酒をグラスに注ぎ、それを一気に飲み干す。

「……いつから納品できる？　できればうちの客に、早くこの酒を飲ませたいんだが？」

「毎度あり。竜星組《ドラスタ》側からすでに商品は預かっているから、二時間以内に入れ替え作業までやっていいぜ？」

お客の男、もといノストラをボスとする『闇商会』の卸業者は、マスターの気持ちが変わらないうちにと、外に待機していた手下達にお酒を運び込ませ、店内に並ぶボッチーノのお酒との入れ替え作業を始めるのであった。


「王都の飲み屋通りで大きい老舗で有名な酒場、分かりますか？　あの酒場がうちのお酒を仕入れる事にしたようです。先程、『闇商会』の営業担当が、自慢げに報告してきましたよ」

竜星組を取り仕切っているマルコが、助手の元執事のシーツからの報告書に目を通しながらリューに知らせた。

「ああ！　あのお店か！　確か、酒造ギルド公認のお酒しか扱わないこだわりを持ったお店だよね？　良く説得できたなぁ」

執務室で作業していたリューはマルコの報告を聞いて驚いた。

「それも、全品入れ替えだそうです」

「そうなの？　完全にうちの商品を気に入ってくれたんだね？　あそこがうちに鞍替えしてくれたのは大きいよ。酒造部門のみんなにも知らせてあげて、これからどんどん酒造ギルドのお酒は駆逐していくよって」

リューは不敵な笑みを浮かべると、マルコに伝えた。

「わかりました、若」

マルコもリューの笑みに自信を持って返事をすると、執務室を後にするのであった。

酒造ギルドの会長を務めるのはボッチーノ侯爵。

その名を冠する銘柄『ボッチーノ』は、長年王都の民衆に愛飲されてきた。

王都に流通するお酒の七割は酒造ギルドに登録された正規のお酒であり、品質も保証されている。

その七割のうち、ボッチーノは、半分以上を占め、自他ともに認める王都最大の酒造商会であった。

もちろん、それには色々と裏が有り、酒造ギルドを牛耳るボッチーノだからこそ為せる事であった。

これまで、品質の良い密造酒商会はいくつもあり、大規模生産が可能になる正規の許可を求めて酒造ギルドに登録を求めた。

しかし、ボッチーノ一強の酒造ギルドは、強敵をわざわざ身内に作る理由は無く、何かと理由を付けては登録を認めてこなかった。

そんな事から、近年では新規参入した酒造商会は一切存在していない。

そこへ王家からミナトミュラー商会が推薦され、酒造ギルドへの正規登録を求められた。

ボッチーノ会長は、新参者、それも下級貴族の酒造商会を一切認める気はなかったが、相手は王家である。

断るわけにはいかなかった。

登録申請の書類に目を通すと、ミナトミュラー商会はずぶの素人ではなく密造酒を細々と作っていた。

だが、一部、高級酒も作っているようだ。

それはつまり、それだけの技術がある事になる。

もし、生産量制限があった密造酒作りから、制限を無くせる正規登録を下級貴族に許可したら、どうなるか簡単に予想が付くというものだ。

王家には許可を快諾する素振りを見せ、ミナトミュラー商会にも、下級貴族に対して異例の認可を与えると恩を着せつつ、低品質のお酒しか製造できない三級の許可状だけを発行する。

こうすれば、王家にもいい顔が出来て、ミナトミュラーという下級貴族に儲けさせず、そればかりか酒造ギルドに登録させた事で高級酒の密造を厳しく取り締まれる形にした。

これで酒造ギルド内に不穏分子を作らせず、これまで通り安泰である、……はずだった。

はずだったというのは、最近、ボッチーノ酒造商会を狙い撃ちするように、大きな取引先が次々に契約を断って来ていたのだ。

先日は、一番の取引先で長い付き合いのある、王都で一番の老舗酒場が契約を打ち切って来た。

売り上げも大きなこの酒場が、長年の信用ある我がボッチーノとの契約を切るとは予想だにしなかった。

「うちと契約を切った酒場はどこの酒造商会と契約を結んだのだ？　副会長のヨイドレン酒造商会か？　それとも、古参のメーテイン酒造商会か⁉」

ボッチーノ侯爵は、酒造ギルドの正規の有名酒造商会の名をいくつか出して、部下に詰問した。

「いえ……、それがドラスタという銘柄を密造しているところだそうです……」

「ドラスタ？　それも密造酒だと⁉　──あの老舗酒場がいつ消えてなくなるのかわからない密造酒銘柄を選んだというのか⁉」

「はい、そのようです……」

「……ならば、いつものように、そのドラスタ？　という密造酒商会を買収するなり、もしくはいくらでも口実を考えて警備隊に取り締まらせて潰すなどすればいい。さっさと手配しろ！」

「……そ、それが、そのドラスタという密造酒は出所がいまいちわかっていないので、手の打ちようがないのです」

部下は、言いづらそうにしながら、その事を報告した。

「は？　そんなもの、卸業者から辿ればすぐだろうが！」

部下の無能さに腹を立てると怒鳴る。

「その卸業者が、裏社会の組織に属するところで辿れないのです」

「……そういう事か。……どこの組織だ？　儂が話をつけてやる」

ボッチーノも部下がなぜ困っていたのか把握すると確認を取った。

こういう場合も、ボッチーノは十分、対応できる人脈は持っているのだ。

「『闇商会』です」

「『闇商会』だと？　……王都を牛耳っていた『闇組織』から分かれたところか……。あそこは大幹部のルッチとは人脈があったが、今は完全に切れている……。——どちらにせよ相手は密造酒。量も出せなければ、味も安定させる事はできまい。お前はドラスタの出所を調べ続けよ。その上で『闇商会』も買収するのだ。やつらも小さい密造酒の商会から上がる少ない報酬より、こちらの方が金になると考えるだろう」

ボッチーノは命令すると、すぐに売り上げは回復すると高を括って安心するのであった。

だが実際は、製造規模を増やし、その品質を落とさずにボッチーノの縄張りを荒らして行くのであるが、まだ、今はその事に気づく由もないのであった。


「ボッチーノはまだ、対策取ってこないの？」

リューはお酒の製造についての話し合いの中で、マルコに確認を取った。

「卸しを担当してくれている『闇商会』からは、ボッチーノの部下がドラスタについて嗅ぎ回っていると連絡は上がっていますが、今のところドラスタの勢いは密造酒によくある一時的なものと考えているようです」

「意外に危機感足りないみたいだね。じゃあ、うちは引き続きドラスタ銘柄での大量製造と、ミナトミュラー商会酒造部門で現在開発中の新酒完成と同時に表と裏、両面からボッチーノを攻略する。

——みんな、勝負はこれからだよ！」

「「「へい！」」」

街長邸の一室に強面の男達の声が響き渡る。

いつもの光景だが他人がもし見たら、肝を冷やすだろう。

「ランスキー、新酒の仕上がりはどうだい？」

リューは、進捗状況を確認した。

「九割方はほぼ完成かと。味も香りも若の求めていたものが出来ていますよ！　あとは生産ですがこちらは流石にいきなり大量に作るのには時間がかかりますがどうしましょうか？」

ランスキーは新酒に自信を持ってリューに答えた。

「生産に時間がかかるのは仕方がないよ。それだけ手間がかかるお酒だからね。仕込んでいる量は多いから、それが完成するまでは、闇魔法を使って先行で少量ずつ作ったものを販売しよう。その前に、商業ギルドへの登録もしないとね。そして次に、酒造ギルドへ登録。この順は絶対間違わないように。それさえ間違わなければ、前代未聞の三等級での高級酒『ニホン酒』が誕生するよ。

——みんな、最後まで油断せずに励んで下さい！」

リューは、酒造ギルドに対しての勝利に向かって、部下達を叱咤激励するのであった。

竜星組が密造しているお酒銘柄『ドラスタ』は、じわじわと、だが確実に王都で大人気のお酒になっていた。

狙い撃ちされてかなりの被害を受けていたボッチーノ商会もこの人気が一過性のものではない事にようやく気付いた。

何しろ、どこに行っても『ドラスタ』のお酒を見かける事ばかり増え、報告も上がって来ていたからだ。

それはつまり、大量に製造されて世の中に出回っている事を意味する。

ボッチーノは酒造ギルドの会長として、正規の酒造メーカーとして、そして自分の利益の為にもドラスタを早急に撲滅する必要性を求められている事にようやく気付いたのだった。

「これは非常事態だ！　酒造ギルドの会員連名で、警備隊にドラスタの取り締まり強化を願い出ないといけない！」

ボッチーノは酒造ギルド本部の会議室で幹部会を開き、危機感を煽った。

「……確かに、『ドラスタ』という銘柄のお酒が出回る事で、うちにも少なからず影響が出てきています。侯爵の意見に賛成ですな」

酒造ギルドの副会長を務めるヨイドドレン酒造商会の代表ヨイドドレン侯爵が賛同した。

「しかし、ドラスタとは、どこが作っているのでしょうな？　先日、そのお酒を入手して試飲してみましたが、非常に品質が良くて驚きました。あれは一介の密造酒商会に作れるものではないと思いますが……」

古参幹部のメーテイン酒造商会代表メーテイン伯爵がドラスタの味を評価しつつ、身内の犯行ではないかと推察した。

「酒造ギルド内に？　……確かに、短期間にあれだけの量のお酒を出荷するとなると、大きな醸造所が必要になるはずだ……。この幹部会の中にいないだろうな⁉　正規酒造商会による密造酒の大量製造は、罪が重いぞ⁉」

急に矛先が自分達に向いた幹部達は、口を閉ざした。

もし、いたとしたら、上から色々指図をしている会長達に対しての反感からではないか？　とは流石に思っても誰も言えなかった。

そこへ、スッと手を挙げて発言する者が現れた。

「……すみません。今日は特別に幹部会に呼んで頂いた新入りのミナトミュラー商会です。こちらとしては新酒の登録を認めて貰ったら、忙しいので帰りたいのですが」

そう言って会議の進行を促したのは、リューであった。

なぜ幹部会に、リューがいるかと言うと、新入りは後学の為に幹部会に一度は、参加する事が決まっているのだ。

これは、新入りを幹部連中でいびって、上下関係をはっきりさせておく狙いがあるのだが、リューはそんなものに付き合うつもりはなかった。

「新酒だと？」

ボッチーノは、手元にある資料をめくると、リューの言う新酒の届け出を確認した。

「――米を原料にしたお酒？　米とは家畜の餌のか？　わははっ！　ミナトミュラー商会だったな？　米のお酒とは三等級のお酒しか製造出来ないところに相応しいな！　こちらも忙しい。いつもなら厳正な審査をしてから登録を認めるところだが、今、我々は、酒造ギルドの未来を話し合っている最中だ。登録を認めよう。会長印、副会長印を持って来い」

ボッチーノ会長は、そう使用人を呼びつけると、持って来た印を登録証に押す。

副会長であるヨイドレンも会長から書類を受け取り、印を押した。

「これで良いだろう。精々、酒造ギルドの三等級に相応しいお酒を造るがいい！　とっとと会議室から出て行け」

リューは不敵な笑みを浮かべてお礼を言うと、退室した。

「――ありがとうございます。それでは失礼します」

ボッチーノは、そう言って、追い払うように手を振るのであった。

「若、早かったですね？」

会議室から出て来たリューに気づいて、待合室で待機していたリーン、護衛のスード・バトラー、ランスキーが、出てきて迎え、ランスキーがそう口にした。

「言い出すタイミングを計っていたんだけど、上手くいって審査もなく早く済んだよ。新酒の登録は無事済んだから帰ろう」

リューは、登録証を、リーン、スード、ランスキーに見せる。

「審査も無しですか!?　飲んだら危機感を抱かれ、ごねられると思っていましたが、ついていましたね！」

ランスキーが、登録証を一目見て喜ぶ。

「どうやら、幹部のみなさんは、それどころじゃないみたいだよ？　ふふふっ。これで、堂々と『ニホン酒』を売り出せる。ミナトミュラー商会酒造部門も本格始動だ！」

「リューの作戦勝ちね」

幹部会が行われ、新入りのミナトミュラー商会が呼ばれるこの日に、狙いを定めて登録の申請を出していたリューの魂胆を、リーンは褒めるのであった。

「案の定、会議はうちの新酒より、謎のドラスタ密造酒の話題で持ちきりだったから、途中で割って入ったら邪魔者扱いだったよ。それに米のお酒と知って危機感を全く感じていなかったみたいだから、ここまで術中にハマってくれると正直助かるね」

リューは酒造ギルド本部を出ながら、ランスキーとスードに解説して見せた。

「なるほど、それで！　――さすが若です！」

表に待たせてあるランドマーク製の馬車のドアをランスキーが開き、リューを褒める。

リューとリーンが乗り込み、ランスキーが続く。

護衛役のスードは御者の横に乗る。

「これから少し時間はかかるだろうけど、次の段階に進むよ。そして、その次の段階が達成された時が、ボッチーノに止めを刺す瞬間だ」

車内でリューはそう確信を持って宣言した。

リューを乗せた馬車は一路、マイスタの街へと向かって王都を後にする。

日はまだ高く、沈む様子は見られないのであった。

大豊穣祭ですが何か？

ランドマーク領では一大行事である豊穣祭の季節を迎えようとしていた。

例年より遅い開催なのは、コヒン豆の収穫がこの時期だからだ。

今や、ランドマーク領の代名詞と言ってよい収穫物である。

その時期に合わせて豊穣祭を今年からずらす事になったのであった。

それにリューは、今年から主催者側ではない。

だから今回の責任者は長男タウロである。

ただし、毎年ランドマーク家が領民を労う為に出している出店に関しては、リューが案を出していた。

それが、ランドマーク城館に作られた地下三階の存在である。

この地下三階はリューとリーンが、学園で停学処分を受けている間に作ったものであるが、豊穣祭の出し物の為であった。

その地下三階では、リューとリーンがいなくてもランドマーク家の人々によって維持出来るように大きな氷室《ひむろ》が用意されていた。

氷室、それは氷を管理する部屋の事である。

リューならば、その場で魔法による氷を大量に作ってマジック収納に保存すれば良いが、マジック収納を持たない家族にとってはそういうわけにもいかない。

それに氷魔法は貴重な上に魔力消費も大きいので、家族の中でも氷魔法が使える長男タウロ、妹ハンナ、そして母セシルの三人で領民を満足させる量の氷を一度に用意させる事は難しい。

だから毎日、適量の氷を魔法で作り、地下三階の巨大な氷室に保存する事で準備してもらっていたのだ。

そう、今年の領民を労う為の甘味は、かき氷である。

かき氷機もリューの提案ですでに職人達が技術を駆使して開発済みである。

「氷は貴重だから、食べるというと王族や上級貴族の夏の贅沢品というイメージがあるのだけど、まさかそれをさらに加工して違う食べ方を考えるとかさすが、リューだね！」

長男タウロは、地下三階で毎日、コツコツと作って蓄積させておいた氷の山をリューに見せ、白い息を吐きながら自分の弟の発想に感心するのであった。

「リューお兄ちゃんは天才！　——私も毎日、氷作っていたよ！」

妹ハンナが、同じく寒い氷室の中で白い息を吐きながらリューに褒めて貰いたくてアピールした。

「うん、ハンナも偉いね、よしよし。——これだけの量があれば、かき氷だけでなく食べ物を冷やすのにも使えそう。贅沢な使い方だけど安定供給できればこれも商売になりそうだね」

リューがハンナを褒めて頭を撫でながら、いろんな使い道を想像するのであった。

「そうだね。領内の数少ない氷魔法を使える領民も雇って安定化を図ると良いかもしれない」

長男タウロもリューの意見に賛同する。

「それより今は豊穣祭の『かき氷』の試作品を試すんでしょ？　シロップだったっけ？　早くそれを使って食べてみましょうよ！」

リーンはすでに食べるモードに入っている。

興奮気味なのか吐く白い息もみなより多めな気がする。

「ははは！　わかったよ。じゃあ、かき氷機を出すね」

リューは笑うとマジック収納からかき氷機を出し、氷を機械に設置する。

木の皿を下に置くと、取っ手を掴んでリューが回し始めた。

シャッシャッシャッシャッ。

かき氷機から氷を削る音が鳴り始めると木の皿に削られた氷が落ちて山になってく。

妹ハンナは、白い息を吐きながら目を輝かせて、その光景を眺めている。

リーンも似たようなもので、リューの作業が終わるのをワクワクしながら待っていた。

「――こんな感じかな？」

リューは削った氷の山を軽く手で固めて形を整えると、職人に頼んで作って貰っていた瓶詰のシロップをマジック収納から出した。

「イイチゴ（苺）のシロップと、練乳、溶けた『チョコ』をちょこっとかけてっと……」

リューは完成したかき氷をみんなの前に置いた。

「「「おお！」」」

長男タウロ、妹ハンナ、そしてリーンはただの氷から出来上がったこの赤い小さな山に歓声を上げた。

「じゃあ、みんなで食べてみて」

リューはスプーンを三人に配る。

三人とも思うままにかき氷の山をスプーンですくって口に運ぶ。

「イイチゴの甘酸っぱさと練乳の甘味、そして、チョコがアクセントになってたまらなく美味しいよ！」

「凄いよ、リューお兄ちゃん！　口の中で一瞬で溶けちゃうけど、とっても美味しい！」

「――！　まだ暑さが残るランドマーク領でこの冷たい氷菓子は最高ね！」

長男タウロ、妹ハンナ、そしてリーンが顔を綻ばせ思い思いの感想を口にした。

そして、あっという間にかき氷は無くなるのだが、ここでお約束が発動する。

「あ、頭が⁉」

とタウロ。

「キーンってするよ、お兄ちゃん！」

とハンナ。

「何、この痛みは⁉」

とリーン。

「ははは！　それはアイスクリーム頭痛だね。かき氷を一度に沢山食べちゃうと頭痛が起きちゃうんだ。痛みを和らげるにはおでこを冷やすのが一番だよ」

リューは笑って前世の知識を披露すると、小さい氷の欠片をみんなのおでこに押し付けた。

「アイスクリーム頭痛？　あ、ほんとだ和らいだ……」

「痛みが引いて来たよ、リューお兄ちゃん物知り！」

「さすがリューね！」

三人はリューの知識に感心するのであった。

そして、また、かき氷をリューにお願いして三人は食べるのだが、

「「「クション！」」」

と、一緒にクシャミをした。

「「「寒い……！」」」

三人はかき氷の味に興奮して忘れていたが、氷室内は山積みされた氷で室温は大きく下がっている上にその中でかき氷を食べて体温まで下げているのだから寒くないわけがない。

リューは笑うと三人を急いで氷室から出すのであった。


ランドマーク領の豊穣祭が行われることになった。

かなり前から準備が行われて来たこの豊穣祭は、例年と比べて規模はかなり大きくなっている。

というのも、ランドマーク領は最近、馬車で一日の距離にあるスゴエラ侯爵の領都という都会か

らも、足を運ぶ人が増えているからだ。

ランドマーク領は他所から注目され、人が集まって来る程、栄えてきている。

主産業となっているコヒン豆、カカオン、各種果物の生産や、それらを加工した『コーヒー』や、『チョコ』などの他に、馬車、自転車、リヤカーなどの製造業も盛んで人手は常に求められているから、仕事が欲しくて移住を求める者も未だにあとを絶たない。

そんな注目の的となっている領地だから、豊穣祭ともなると領外からも注目されて人がやってくる。

だから、これまでの領民で楽しむ小さい祭りから、ランドマーク領をアピールする大規模な祭りが今年から行われることになったのだった。

これには長男タウロが陣頭指揮を執り、プロデュースにリューが付いて領内外に大々的に宣伝し、準備された。

この準備にはリューが行ったマイスタの街での祭りの経験が生かされている。

祭囃子の笛太鼓に今回は山車《だし》までもが準備されていた。

リュー曰く、「馬車の技術が生きる！」だそうだ。

さらに、竜星組からは露店部門、興行部門、魔法花火部門、密造酒部門の人員を中心に、他の部門からもそれを補佐する為に事務所総出で派遣されている。

ミナトミュラー商会からも同じで、酒造部門、山車の制作にあたる各職人部門、お好み焼きもどき（ピザ）で勢いに乗る飲食部門などを中心にこちらも総出である。

もちろん移動はリューの『次元回廊』であったが、流石に前例のない大移動にリューも疲れ果てた。

しかし、そのおかげか『次元回廊』の能力がバージョンアップしたのだがそれはまた別のお話。

そんなこんなで今年の豊穣祭は総力戦とも言える力の入れようで、ランドマーク家名物の甘味の出店も数か所で行われる事が決まっている。

今年は、『かき氷』だが、もちろんその情報は当日である今日まで秘匿されている。

重要な氷もランドマーク城館の地下三階に沢山備蓄されているから、今回の大規模な祭りにも対応できる予定だ。

「山車の準備は大丈夫だよね？」

この祭りの陣頭指揮を執っている長男タウロがリューに最終確認を行った。

「もちろんだよ、タウロお兄ちゃん。城館前にひとつひとつ山車をマジック収納から出してスタートさせ、領都を一周練り歩き、城門を潜って出たところで終了だよね」

「うん……！　交通整備は出来ているよね、セバスチャン？」

リューの答えに心強く感じて頷くと、執事のセバスチャンにも確認を取る。

「はい。開始時刻には、道の整理も領兵や、リュー坊ちゃんのところの組員？　達と共に行われます」

執事のセバスチャンがいつもの通り、準備万端の手筈で答え、さらに続ける。

「それよりタウロ様。私としましては、この忙しさで婚約者であるエリス嬢をお一人にしておられる事の方が大問題と愚考致します。今、セシル様やハンナお嬢様がご一緒ですが婚約者が傍にいないと寂しいかと思います」

セバスチャンがそう意見すると、タウロはハッとする。

「そうだよ。タウロお兄ちゃん。あとはセバスチャンに任せて、お祭りの開始宣言をエリス嬢と一緒にしなよ」

リューもセバスチャンの意見を支持した。

「わ、わかった！　――じゃあ、セバスチャン、あとはリューと一緒にお願い！」

タウロは二人に感謝するとエリスの待つ城館に走って戻っていくのであった。

「……セバスチャン、タウロお兄ちゃんは来年にはエリス嬢をランドマークに迎えて一緒に生活するみたいだけど大丈夫だよね？」

リューは、何でもこなして優秀な長男タウロが、女性に関してのみ不器用な事に心配になっていた。

「大丈夫ですよ。リュー坊ちゃん。いえ、ミナトミュラー騎士爵様。エリス嬢はそんなところも含めてタウロ様を好意的に受け止められているご様子。義理の父になられるベイブリッジ伯爵もその事を昨晩の食事の席で茶化しておいでになりました。問題はないでしょう」

執事のセバスチャンは、リューにちゃんと礼儀を払いながらもランドマーク家の三男として扱って答えてくれた。

リューはその気持ちを嬉しく思いながら、長男タウロが心配の必要がない事を確認したのであった。

ランドマーク城館の周囲は人だかりが出来ていた。

今年から、豊穣祭の開始宣言が城館前で行われる事になったと言うので、それを領民として見届けようと集まって来たのだ。

城館前にはひと際高い台が用意され、ランドマーク家の人々が一堂に会している。

リューは、リーン、護衛役のスード、準備の指揮の為に訪れているランスキー、マルコなど幹部達と共に、関係者席に座っている。

父ファーザが、領民にこの一年働いてくれた事への感謝をすると簡単に話をまとめる。

そして、ランドマーク家全員で豊穣祭の開始を宣言した。

その瞬間、開始の合図である魔法花火が上空に上がる。

集まった領民達からその音と綺麗な光に歓声が上がった。

わあああぁぁぁ！

今年もこうして、ランドマーク家の豊穣祭が始まったのであった。


ランドマークの領都は、領内外の人々が入り混じって文字通りのお祭りになっていた。

マイスタの街の祭りで評判だった色取り取りの提灯で華やかさを演出し、竜星組の指導の下、出店も例年以上に種類も豊富に出されている。

竜星組の露店部門ももちろん出店《しゅってん》しているが、中心はランドマーク領民による露店だ。

その辺りは与力であるミナトミュラー家が出しゃばって仕事を奪うわけにはいかないのだ。

とはいえ、今回は大規模なお祭りだから街の中心に例年通りランドマーク領の関係者がお店を出し、その周辺に竜星組が出店する形で話はまとまっている。

そんな中、毎年恒例のランドマーク家による『かき氷』の出店は、早速、行列が出来ていた。

領民にとって、豊穣祭の最大の楽しみの一つである。

今回はリューではなく嫡男であるタウロが中心となっていたが、その人気は領民の間では絶大で、人たらしである父ファーザに似て、タウロも領民から愛されるタイプだった。

そのタウロが、目の前でかき氷機を使って氷を削り、お客に出来立てのかき氷を配ると有難がられた。

そして、かき氷は領民の期待を裏切らず、感動を与えていた。

「氷なんてお貴族様の贅沢品を口にできる日が来るとは！」

「これが、かき氷か……！　一瞬で口の中で溶けてしまうが、いろんな味がしてたまらないな！」

「溶けて下に溜まったやつも飲んだら美味しいぞ！」

領民達は毎年のように、画期的な食べ物を提供してくれる領主一家に感謝しかなかった。

この数年の間に領内は栄え、人も仕事も増え、生活は豊かになった。

もちろん、そうなると幸せな事ばかりではなくトラブルも起きるようになるのだが、腕の立つ領兵達が治安を守ってくれるから心配する程ではない。

領民達は一年間、安全、安心にランドマーク領民として過ごせた事を、『かき氷』を口にしながら安堵し、幸せを感じるのであった。

他所からランドマーク領を訪れた者達は、呆然としていた。

近隣と言えば、スゴエラ侯爵領の他には、ランドマーク騎士爵時代の同与力である騎士爵、準男爵、男爵領が領境を接していて、そこの領民達が、出稼ぎや、見物がてら足を運んで来ていたのだが、ランドマーク領都の華やかで数多くの露店の規模にスゴエラ侯爵領都とはまた違うスケールを感じて圧倒されていた。

もちろん、お祭りであるから、人が多いのは想像出来ていた。

それならスゴエラ侯爵領都のお祭りに出かけていけば、体験する事も出来るからだ。

だが、ランドマーク領都のお祭りは目に入るものが知らないものばかりであった。

露店の一つ一つも、王都での最先端のものばかりらしい。

こんな魔境の森に接している辺境に、王都の最先端の嗜好品や食べ物、お菓子、道具、おもちゃなどが、当然のように並んでいるのが異常なのだ。

余所者の領民達にとって文字通りランドマーク領都のお祭りは別世界であった。

そんな驚きに包まれている中、いつの間にか暗くなってくると、大通りの交通整理が行われだした。

「なんだなんだ?」

「山車が通るんだよ」

「山車?」

「ああ、作っているところを見たが、凄く大きくてな。——まあ、見物してみろ。驚くから」

見物客達は、交通整理の為、紐を渡された外側に席を陣取って山車が来るのを待った。

するとランドマーク城館の方から、祭囃子の笛太鼓が微かに聞こえてくる。

「来たようだ!」

ざわざわと見物客達が騒ぎ始めていると、大きな人を模《かたど》った人形が馬車の土台に乗せられ、通りを進んで来た。

「なんじゃこりゃ⁉」

見物客達はその内側から光って強調される人形の大きさにびっくりしながら、初めて見る山車に圧倒された。

「――何々……？　この大きな人形はこの国の王様の像らしい」

山車の足元部分に、一つ一つタイトルが付いているのだ。

「へー。王様はこんな巨人なのか⁉」

「馬鹿、そこは、違うに決まっているだろう」

「でも、王様をこんな辺境で見るなんて事、下々の俺達にしたら人形でも無い事だぞ」

「そうだな。ありがたやありがたや！」

見物人達は、驚く者、感動する者、祈る者など色々であったが、一様に初めての体験に心を震わせるのであった。

山車はいくつも続き、元寄り親であるスゴエラ侯爵の像や、祖父カミーザが剣を持って魔物退治をするシーンを切り取ったもの、父ファーザの勇壮な騎士姿のもの、長男タウロ、次男ジーロの戦う姿を描いたもの、リューとリーンの道路整備しているワンシーンを造形したものなど、ランドマーク領に所縁のある山車が続いて、領民達はその一つ一つに歓声を上げて拍手を送る。

最後はランドマーク家総出の家族写真のようなシーンを模った山車が登場すると大きな歓声が起きた。

「我々ランドマーク領民の誇りだ！」

「子爵様ご一家、ばんざーい！」

「来年も豊作をよろしくお願いします！」

領民達が口々にそう言うと、最後の山車を拝むのであった。


祭囃子が永遠のように鳴り響く中、大盛況でお祭りは進んだ。

そして、お祭りは佳境を迎える。

ひゅるるる……。

ドーン！

ドドーン！

魔法花火が上がり始めた。

わあああああ！

見物客達から歓声が上がる。

大きな音に腹の底から振動を感じ、その大きさに圧倒され、色鮮やかな光に感動して心を震わせた。

花火が終わるまでその心の底からの歓声は続き、ランドマーク領初めての大掛かりな大豊穣祭は大成功で終わりを迎えるのであった。


「……みんなお疲れ様！」

この大豊穣祭の陣頭指揮を執っていたタウロがへとへとになりながらリュー達裏方を労った。

傍にはエリス嬢がいる。

こんな時だから、長男のタウロとエリス嬢には、仕事を離れて楽しんで貰いたかったが、ランドマーク主催だから嫡男のタウロが忙しいのは仕方がなかった。

だが、エリス嬢は今日一日、長男タウロの働く姿を見て、改めて惚れ直したのか仲睦まじそうなのであった。

「じゃあ、お兄ちゃん。残りの後片付けは僕達がやるからゆっくりしていて」

リューはそう言って長男タウロを城館に強引に帰すと、

「よし、みんな！　後片付けまでが祭りだよ！　僕達が中心になってランドマーク領民と共に街を綺麗にし、ミナトミュラー一家の仕事が最後まで丁寧な事をアピールするよ！」

「「「へい！」」」

リューの号令の下、ミナトミュラー一家の面々は、ランドマーク領都に散らばって、後片付けを始めるのであった。

終章

リューの表の顔であるミナトミュラー商会の酒造部門は、三等級の酒造許可証を持っている。

この三等級は、品質、格、共に酒造ギルドの制約に縛られ、消費者に満足のいくものを届けられるものではない。

その抜け道が、新酒の開発、そして、許可証を得る事であった。

前途多難と思える道のりに思えたが、リューの発想と職人達の確かな技術で新酒は完成。

さらには、最大の難関と思われた許可証も、リューの策略で下りた。

こうなったら、後は市場に自慢の新酒を広めるだけである。

まだ、製造できる量は限られ、少量ながら大きな酒場などにもお試し期間という事で比較的に安く卸したこともあり、水面下ではじわじわと人気が出始めていた。

この新酒『ニホン酒』は、三等級でありながらその芳醇で米のふくよかな高級な味わいが、お酒にうるさい層に人気を博し、さらには市場に出回っている量が少ない事から、正規の酒造メーカーが作る『幻のお酒』という扱いを受ける事になる。


とある酒場の一角——

「最近、よく通の間で『ニホン酒』という銘柄のお酒の名を聞くのだが、どんな代物だい？」

とお客。

「『ニホン酒』ですか？　私は一杯だけ飲む機会に恵まれましたが、これまでのあらゆるお酒とは一線を画すお酒だと思いましたね。あれを造る酒造商会が、三等級レベルの扱いはおかしい話です」

と、店の店主。

「マスターがそこまで評価するのか⁉」

「正直、あの新酒には衝撃を受けました。今、製造元に注文していますが中々回ってきません。無理を言って挨拶代わりに一本だけ都合して貰いましたがね？」

ガタッ。

客は驚いて思わず立ち上がる。

「お客さん、落ち着いて下さい。――一杯だけ飲んでみますか？　多少値段は張りますが……」

マスターが悪い顔をしている。

「一杯いくらだ？」

「銀貨五枚でどうです？」

「！」

「次、いつ入るか分からないお酒ですからね。本当ならば私が飲みたいところですが、お客さんみたいに飲んでみたいと思う方も多いんですよ。お客さんはうちの常連ですし、お酒がわかってらっしゃるから、この価格です」

ごくり。

「足元を見たな、マスター……。――わかった。銀貨五枚だな？　だが、飲んでその価値がなかったら、今回のこと、周囲に言いふらすぞ？」

客は、マスターの言い値で承諾しながらも、釘を刺した。

「……それでは」

マスターは、奥からスッと一本の青い綺麗なガラスの瓶を出してきた。

「はい。見た目から美しいでしょう？　これが、現在、通の間で噂になっている、ミナトミュラー酒造商会の『ニホン酒』です」

マスターは客の前に小さいグラスを一つ置くと、少量の『ニホン酒』を注ぐ。

「お、おいおい……！　たったこれだけなのか!?」

量の少なさに驚く客。

「これでも多い方ですよ。騙されたと思って飲んでみて下さい。驚きますよ？」

客は、無言でグラスを手にすると、まずは香りを確認する。

銀貨五枚のお酒だ、時間をかけて飲まないと勿体ないというものだ。

「フルーティーな香り……、これは合格だな……。それにこの透明感……。一見すると水にも見えるのに、この華やかで甘みのある香りが一致しないな……。確かにこれだけでも通が騒ぐのがわかる……」

客はごくりと生唾を飲み込む。

本来なら一気に飲んで楽しみたいところだが、銀貨五枚だ。

我慢であった。

そして、客はゆっくり口にグラスを運んだ。

舌を湿らす程度に、『ニホン酒』を口にする。

「！　——こ、これは!?」

「それが……!?」

客はそう言うと次の瞬間には思わず、グラスのお酒を飲み干してしまった。

「う、うまい……！　原料が家畜の餌とは思えない……。確かにこれは飲んだ者にしかわからない想像を絶する味だ……。──マスター、もう一杯頼む……！」

客は、銀貨五枚を躊躇なくマスターの前に出した。

「本来なら一人一杯までですが……。仕方ないですね、最後ですよ？」

マスターは、恩着せがましくそう言うと、グラスにまた、少量『ニホン酒』を注ぐのであった。


こうして、お酒好きの舌を唸らせる新酒である『ニホン酒』は、その希少性から正規のお酒にも拘わらず、一部のお店では、法外な値段が付く取引が行われたが、不思議な事に客からは高い事への不満は無く、その為、製造元ではなく、「もっと飲みたい、飲ませろ！　お金は出すから！」という、酒場側への不満が集中するのであった。


「ランスキー、『ニホン酒』の評判はどうなの？」

来年に向けての話し合いを街長邸の会議室で行っている際、ふと気になったのかリューは、ランスキーに質問した。

「報告では、市場に出回っている『ニホン酒』は、かなり高値で取引されているようです。販売元のうちに、『価格が安すぎるから引き上げた方が良い』と、助言してくる酒場もありました」

「そんなに？　──どれどれ……、こんな額になっているの!?」

人気が出るのはわかっていたリューであったが、報告の取引額が想定の十倍以上だったので、目を剝いた。

「はい。思った以上の評判に供給が全く追いついていません。今、蔵で製造しているものは来年以降になります。今年の製造分は魔法を使って作っているので、安定して一定分は製造できますが数に限りがあります。悩みどころですね」

「仕方ない……。価格を引き上げて、評判を少し落とそう。それで少しは落ち着くかも」

リューは、高級路線は狙っていなかったのだが、人気が凄すぎるので、市場を落ち着かせる事にした。

しかし、値段が引き上げられても、その人気が落ち着く事は無く、それどころか『幻のお酒』の異名に拍車をかけるだけであった。

「若。『ニホン酒』の評判が高過ぎて、最近、貴族から直接売ってほしいという使者が、増えています、どうしましょうか？」

ランスキーが、現場の状況を視察しに来たリューに報告する。

「使者を集めて、くじ引きでその中から数人にだけ数本売ってあげな。売る姿勢は示しているんだから、買えなかった貴族には、使者の運が悪かったという事で納得して貰おう」

リューは、苦し紛れの案を出して、貴族達からの評判を維持するのであった。

こうして、『ニホン酒』の人気は確実に高まり、問い合わせはミナトミュラー商会のみならず、酒造ギルドにまで及ぶ事になるのだが、それはまだ少し先の話である。

「――連絡会で子供組長の言った通りの流れになってきたな」

王都裏社会で暗躍する巨大組織の一つ『闇商会』のノストラが部下からの報告にそう応じた。

「へい。うちの卸業部門の連中も大貴族相手の喧嘩とあって張り切っていますよ」

『竜星組』の密造酒『ドラスタ』の卸を任されているのは『闇商会』だが、これは『竜星組』のボス、リュー・ミナトミュラーと長年利権をほしいままにしている酒造ギルドとの抗争であり、自分達はあくまで部外者である。しかし当の部下達は自分達の事のように張り切っていた。

「おいおい、ありゃーうちの喧嘩じゃないんだぞ？　確かに部下共が浮かれるのも仕方がないくらい面白いのは確かなんだがなぁ……」

ボスであるノストラはリューが始めた抗争に自分自身もウキウキしている事を認めざるを得ないのであった。

そして、内心ぼやく。

やれやれ……、あっちのボスは俺達裏社会の人間が喜びそうな事を心得てやがる。お陰でうちの部下にまで子供組長の評判が良いじゃねぇか、と。

場面は変わって王都の有名歓楽通りの一室。

ここには夜のお店が軒を連ね、お客が平民から貴族に至るまであらゆる欲望を求めて集まってくる場所だ。

その通りを仕切っているのが『闇夜会』のボス、ルチーナである。

「今月の売り上げはどうなんだい？」

「へい、例のお酒を入れてからというもの、右肩上がりでさぁ！」

ルチーナの部下は報告書をボスであるルチーナに提出しながら喜ぶ。

「……こんなに上がっているのかい⁉　――参ったね……。子供組長様様じゃないか……」

ルチーナは報告書を見てその売り上げ急増に呆れる。

部下達も美味い密造酒、『ドラスタ』や幻の酒と名高い『ニホン酒』を客に自信をもって勧めるのが楽しいようで、口々に「ドラスタ様様だな！」とか「うちに優先して『ニホン酒』を回してくれるからそれ目当ての客の入りが半端ないな！」と喜んでいた。

「……うちの連中、どこの組織の部下かわからない状態さね……」

ルチーナは売り上げが上がった事に喜びつつも、協力関係の『竜星組』の評判が身内から上がっている事に組織のボスとしては複雑である。

内心でそう思いつつルチーナは『ドラスタ』の密造酒に口を付けた。

「……やはり、美味いわね」

そう満足するとグラスの中身を飲み干すのであった。

こうして、『闇商会』と『闇夜会』は自然とリューの率いる『竜星組』と蜜月の関係に入っていくのだが、それでも別の組織同士、これからどうなるのかは誰も知らない。

場所はまた変わり、マイスタの街長邸の執務室。

「若、この前仲裁した『雷蚕会』の事なんですが……」

『竜星組』の実務を任せているマルコが直接報告に来た。

「どうしたの？」

リューは書類にサインする手を止めて顔を上げる。

「奴ら、金にものを言わせて不穏な動きを見せているようです」

「……『雷蚕会』かぁ、あそこのライバ・トーリッター君は何を考えているのやら……。うちをはじめ、関係組織に手を出すようなら……。──わかるね？」

リューは街長の顔から『竜星組』組長の顔になるとマルコに何やら匂わせるのであった。

そして、今後王都内ではその雷蚕会がきっかけで大きな抗争が起きる事になるのだが、それはまた別の話である。

書き下ろし特別篇

王都でのちょっとした冒険

URAKAGYOTENSEI

母親似の金色で肩に近い長さの髪に澄んで綺麗な青い瞳の美少女が、この日は朝からウキウキしていた。

場所はランドマーク子爵領都の城館前である。

少女の名はハンナ、その傍に居る母親はセシルという。

二人はよそ行きの服を着て身だしなみを整えていた。

どうやら朝早くからどこかへ出かける予定なのか、使用人兼護衛の領兵二人も付いている。

「リューお兄ちゃん、まだかな？」

ハンナは二歳年上の兄リューの来訪をまだかまだかと心待ちにしていた。

この少女ハンナは、ランドマーク家で、兄タウロが嫡男であり、次男ジーロが剣と魔法に優れ、三男リューが王国で珍しい十二歳で騎士爵を叙爵されたという兄達を持つ末の妹にあたる。

このハンナは家族から一心に愛情を注がれて真っ直ぐ育ったお陰で、素直ないい子であった。

そしてなにより、これは家族で秘密にされているが、国内でもとても貴重な『賢者』のスキル持ちであり、さらにはその能力を最大限に伸ばす為の『天衣無縫』というスキルも持っている。

兄達がそれぞれとても優れた能力を持つのに対し、ハンナはその兄妹達の中でも天才と言っていい程であった。

三男のリューが昔から家族の間では神童扱いされていたが、妹には敵わないと本人が言う程、ハンナはスキルに恵まれている。

そのハンナは兄達が大好きで小さい頃からよく遊んでもらっていた。

その中で三男のリューはいつも忙しくしていたから、兄達の中ではあまり遊んでもらっていない方であったが、よく武勇伝は聞くし、とても尊敬している。

そんな兄リューがいつもの日課でランドマーク本領に訪れるのをハンナは心待ちにしていた。

この日はリューがランドマーク本領にいつもの回収作業をして王都に戻るついでに、母セシルと二人も連れて行ってもらい、その王都で買い物をする予定なのだ。

そこへ、いつもの時間通りにリューがリーンと共に『次元回廊』を使って城館前に現れた。

「あ、リューお兄ちゃん、リーンもおはよう！」

ハンナは元気よく兄であるリューに挨拶する。

母セシルもリューとリーンに朝の挨拶をした。

「おはよう。ハンナは朝から元気良いなぁ。ふふっ。——ちょっと待っていて。まずは商品の回収をするから」

リューはそう言うと、城館の傍にある大きな管理倉庫の出入り口に歩いていく。

大きな引き戸を開けると、丁度、父ファーザと兄タウロが倉庫から出て来る。

そこで朝の挨拶もそこそこに家族同士、今日王都に運ぶ荷物の確認をしてからリューがマジック収納で荷物を回収していく。

その光景をハンナは毎日のように眺めているのだが、今日も飽きずにそれを眺めていた。

しばらくすると回収作業を終わったリューとリーンが母セシルとハンナのもとへ戻って来る。

「お母さん、今日は王都に二人と護衛の領兵二人を運んで、放課後にまた、ここに送り届ければいいんだよね？」

「ええ、そうよ。今日は二人で買い物をして夕方まで王都でゆっくり過ごすわ。――ねぇ、ハンナ？」

「うん！　お買い物楽しみ！　――リューお兄ちゃんは一緒に買い物しないの？」

ハンナはうるんだ瞳でリューも一緒できないのか確かめる。

「そんな目で見られても僕とリーンは今日も学校だから駄目だよ。また今度ね」

リューはかわいい妹のお願いだから、心が揺らぐところであったが、鉄の意思で断った。

「残念……。リーン、今度また遊んでね！」

ハンナは姉のような存在であるリーンにもよく甘えていたから、お願いする。

「リューが暇な時にね」

リーンはハンナを甘やかしている一人であったが、優先順位はリューが一番であったからリューの判断に任せている様子だ。

「それじゃあ、学校に行く時間だし、みんなをあちらに連れて行くよ」

リューはそう言うと、背後で待機していた護衛の領兵二人を手招きして『次元回廊』で王都のランドマークビル前に運ぶのであった。

そして母セシルを運び、最後にハンナの手を取る。

ハンナは嬉しそうに兄リューの手を握ると、あっという間に王都のランドマークビル前に到着するのであった。

そこにはすでにランドマーク製の馬車が準備してあり、領兵達がそのドアを開けて母セシルを車内に導いている。

ハンナもそれに続いて馬車に乗り込む。

「じゃあ、二人共一日王都を楽しんでね。何か困ったら御者に言ってくれれば、最寄りの関係各所に立ち寄って誰か助けてくれると思うから。じゃあ、僕達も行って来ます」

リューはそう告げると元気に手を振るハンナに手を振り返して、もう一台の馬車に乗り込み学校に行くのであった。

それを見送ってからハンナの乗り込んだ馬車も母セシルの告げる目的に向かって馬車が動き出す。

最初の目的地は王都自慢の裁縫通りである。

ここは国内の腕利き裁縫職人が沢山集まって各々が出店しており、その技術やデザインを誇っている場所だ。

ここからその年の王都に流行する事になるようなデザインが生まれる事もよくあるし、その筋の貴族がデザインしたものを模倣する事で最先端を維持したりもする。

ランドマーク本領は辺境の割に技術のある職人が多いし、三男リューの発想から王都でも注目されるような流行商品を生み出しているが、服となるとそれも中々難しい。

特にデザインというのは、流行の中で多くの職人の間で刺激し合って生まれるものだから、辺境からそれを生み出すのは中々難しいところであった。

服に関しては王都で探すのが一番であったから、母セシルも可愛いハンナの服はこの裁縫通りのお店で選ぶのが常であった。

「お母さん、あの服、かわいい！」

ハンナは無邪気に馬車内から通りのお店のショーウインドーに飾ってある服を指差す。

「あら、本当ね。御者さん、ちょっとここで止まってくれる？」

母セシルは馬車を早速止めるとハンナと一緒にお店に入るのであった。

店内は、ドレスから普段着の質素なものまで飾ってある。

棚にもジャンル別に服が積み上げてあり、品ぞろえが豊富だ。

「わぁ、凄い！　お母さんが似合いそうな服もいっぱいあるよ！」

ハンナは地元であるランドマーク本領では見られないデザインの服の多さに驚きながら母セシルに似合いそうな服を見つけてはしゃぐ。

「あら、本当ね。ちょっと、試着してみようかしら」

「いらっしゃいませ、お客さん。こちらを試着してみますか？　仕立ても行っていますからどうぞこちらに」

従業員が早速、接客してくる。

母セシルがその従業員とやり取りをしている間、ハンナも店内を見て回った。

子供用の服も充実していて、気になるものがあると、ハンナはそれを持って店内の全身を映し出す姿見鏡の前に行き、自分に似合うか確認する。

それを何度から繰り返したハンナであったが、やはり店先のショーウインドーに飾ってあった服が気になったのか、ハンナはお店から出てそれを確認しに行った。

「やっぱり、これが可愛い！　でも、私にはちょっと大きいかなぁ……」

ハンナはそう言っては、可愛い仕草で考え込む。

そして、母セシルに聞いた方が早いと顔を上げた時だった。

通行人の男性がハンナの傍を通り過ぎて行ったのだが、その時、ポケットからハンカチを落とし、それに気づかぬまま歩いていく。

ハンナはそれを拾うと、

「おじさん、ハンカチ落ちたよ？」

と通行人に向かって声を掛けた。

だが、通行人の男はその声に気づかず、急いでいるのか早足で道を曲がっていく。

ハンナは護衛の領兵が店内にいて、傍に居ないから一瞬迷ったが、追いかけて渡して戻れば大丈夫と思い、その通行人を追いかけた。

角を曲がり、その先に通行人が歩いていく。

だがまた、すぐに角を曲がって見えなくなった。

ハンナは「おじさん、ハンカチ！」と言いながら、その後を追いかけていく。

入り組んだ道を追いかけていくハンナであったが、気づくと大きな通りに出ていた。

その為、通行人が多く、ハンカチを落とした男もその中に溶け込んでしまい完全に見失っていた。

「……ここはどこ？」

ハンナはかわいい顔を曇らせて首を捻る。

後ろを向くと通ってきた細い路地裏の道だが、入り組んだ場所をまた、同じ様に戻るのは自信がない。

追いかけるのに必死でどこをどう曲がったのか覚えていないのだ。

幸いここは大きな通りだから、危険はないはず。

だが、少し様子が違った。

それはお酒の臭いが周囲から漂っているからだ。

それでハンナは何となく気づいた。

お酒の臭いを真っ昼間から漂わせる場所、そこに集う大人達……。ここは……、駄目な大人の巣窟だ！　と。

母セシルから、そのように習っていたから、ハンナはこの状況に困惑した。

「おい、お前。どこの通りのグループの奴だ？　ここは俺達の縄張りだぞ！」

迷子であるハンナの耳に子供の声が聞こえてきた。

ハンナはキョロキョロと周囲を確認すると、三人の男の子がハンナの方を見て怒っている。

ハンナは自分に声を掛けられているとは思わず、また周囲をキョロキョロして確認した。

「金髪のお前だよ！」

リーダー格らしいハンナと歳が変わらなさそうな男の子がそう言うとハンナに迫ってきた。

「私？」

ハンナはキョトンとする。

思わず、細い路地に後ずさりするハンナであったが、子供達はすぐにハンナを囲む。

「どこの通りのグループだ？　俺達の縄張りにこんな明るい内から乗り込んでくるとは良い度胸だな！　ここは、飲み屋が集中する酔いどれ通りだぞ！」

リーダー格の男の子が、胸を張ってハンナに自慢する。

「酔いどれ通り？」

ハンナはまだ、キョトンとしている。

初めて聞く通りの名だし、それよりも縄張りの意味がわからないのだ。

「うん？　お前、結構かわいいな？　……まさか、最近、有名なツツモタセってやつか？」

明らかに大人の会話を盗み聞きして覚えたであろう、意味もよくわかっていない言葉を男の子は口にする。

「私はハンナだよ。ツツモタセって名前じゃないもん！」

ハンナはリーダー格の男の子に言い返す。

「だから、どこの子だよ！　少なくともお前、この酔いどれ通りの子供じゃないだろ！　俺はこの通りの顔役デースイの息子ゲトだ。知らないとは言わせねぇぞ！」

ゲトはこの界隈では有名なのかもしれない名前を名乗る。

「だから私はハンナだよ。南東部の出身だから、ここの事は知らないの、ごめんね」

ハンナは王都出身ではないから、知らないとしか言えず、素直に謝った。

「南東部？　なんだ、田舎者かよ！　それなら仕方ない。俺が色々教えてやる。それが顔役のデースイの息子であるゲト様の役目だからな」

　ゲトはよく見るとハンナが美少女だから、良い格好をしようと威張り始めた。

「私の住んでいるところは、良いところだよ？　王都も良いところだと思うけど」

　ハンナは田舎呼ばわりされて少し、頬を膨らませると反論した。

「田舎は田舎だろ。良い酒も田舎では飲めないからな。親父がそう言ってたぞ。地方では飲めないような酒が、王都には集まって来るって。だから良い酒は王都に限るってさ。最近も、ドラスタって良いお酒がこの酔いどれ通りでは有名なんだ。王都を代表するメイシュってやつなんだぞ！　そんなお酒、田舎にはないだろ！」

　明らかに父親の受け売りであろうこの通りの自慢話をした。

　ハンナはそれを聞いてポカンとした。

　それってお兄ちゃんのところで作っているお酒の名前だった気がする……。

　と思ったのだ。

「……うーん。――そのドラスタってお酒は、私のお兄ちゃんのところのお酒だと思う」

「「「え？」」」

　ゲトと取り巻きの子供三人は、思わぬ返答に唖然とした。

「う、嘘つくな！　田舎のお酒が王都にあるわけないだろ！　ドラスタは『王都に広まる謎多き密造酒』ってやつだって、親父が言ってたんだぞ！」

　ゲトはハンナを嘘つき呼ばわりすると、言い返す。

あ、リューお兄ちゃんが王都では秘密だって言っていたんだった！

ハンナはリューの言葉を思い出して、言い返す言葉を飲み込んだ。

だが、嘘つき呼ばわりされるのは悔しいからリューの自慢をする事にした。

「でも、私のお兄ちゃんは凄いんだよ。その子が乗っている二輪車、それを考えたのはお兄ちゃんだから」

ハンナはゲトの取り巻きが跨っていた二輪車を指差して答える。

「は？　これ今王都で注目されているサイセンタンの乗り物だぜ？　それを田舎の奴が考えられるわけがないじゃん。これだって、配達用に借りて乗っている貴重品だぞ！」

ゲトが負けじと応じる。

「私はお兄ちゃんから直接貰ったもの！　ほら！」

ハンナはそう言うと、マジック収納からハンナ専用のピンクの車体の二輪車を出した。

「「「えー⁉」」」

ゲト達子供は見た事がない特別製の二輪車はもちろんの事、マジック収納という珍しい能力にも驚いて声を上げる。

「ど、ど、どうやって出したんだ⁉」

先程までの高圧的な態度から一転して、ゲトは一人の好奇心旺盛な少年として目を輝かせて聞く。

「？　こうだけど？」

ハンナは一度出した二輪車をマジック収納に納めて見せた。

「「「す、すげぇー！」」」

そこには最早、田舎者の女の子ハンナではなく、色んな意味で凄い女の子ハンナとして子供達の目には映っていた。

「じゃ、じゃあ、本当に二輪車を考えたのはお前の兄貴なのか⁉」

ゲトはすでにハンナを尊敬の眼差しで見始めていた。

「うん、そうだよ！　お父さんはランドマーク子爵だから、その二輪車の貸し出しをしているの。そして、それを考えたのがリューお兄ちゃんなの！」

ハンナは尊敬するべき相手は自分のお父さんとお兄ちゃんだよ、とばかりに事実を告げる。

「し、子爵様！？　は、ハンナちゃんは貴族なのか⁉」

ゲトは少し華やかな恰好をしている可愛い子が貴族の娘と聞いて驚く。

それは他の二人の子供も一緒で、目を見開いて驚いている。

「貴族なのはお父さんとお兄ちゃんだよ。偉いのは爵位を持っているお父さんとお兄ちゃんだよ」

ハンナは母セシルからそう教わっているのか、自分が偉いとは思っていないようだ。

「し、失礼しました！」

ゲトは絡んだ相手が貴族の令嬢とわかって、いち早く謝る。

父親も貴族相手にはすぐに謝っていたからこそ、ゲトは貴族がどういう存在か直接関わりがなくても、なんとなく謝らなくてはいけない相手だとわかっているのだ。

「急にどうしたの？」

ハンナはいきなり謝罪されたので驚いて聞き返す。

「親父が言ってた。貴族相手に失礼があったら家族全員の首が飛ぶんだって……」

ゲトは他の子供達に聞こえるように怖い事を言う。

すると、他の子供達もハンナに謝る。

「私は全然気にしてないよ」

「……ホントか？」

「私の地元でも男の子達とはそんな感じで言い合いする事あるよ」

ハンナは安心させるように、ランドマークの地元でハンナの親衛隊を務める子供達の事を話す。

「へー、貴族相手にそんな口の利き方していいのか。初めて知ったよ」

ゲトはハンナの話から少し勘違いしていらぬ学習をするのであった。

ハンナはその後も、ランドマーク家の話や、兄であるリューの話をすると、子供達は「すげー！」とか、「格好いい！」とか感嘆の声を上げ、すっかりハンナと仲良くなってしまうのであった。

「あ、そう言えば、迷子だった……。ねぇ、道を――」

ハンナがもといた場所に戻りたくて道を聞こうとした時であった。

「良い事を聞いたぜ。そっちのガキ、子爵の娘だって？　なんだか酒が沢山飲めそうな情報じゃねぇか」

近くにいた酔っぱらいの男二人組が近寄ってきた。

ゲトは酔っぱらいの二人の顔を知っているのか、眉をしかめてハンナとの間に入って酔っぱらいから視界を遮る。

「おっちゃん達、ソコウフリョウでうちを出入り禁止になった人だよな？　貴族相手に何かすると店どころかこの通りからも出入り禁止になるぜ？」

と子供ながらに凄んで見せた。

「はっ！　お前デースイのところの息子かよ！　そん時は世話になったな！」

酔っぱらいの男の一人はべろべろで千鳥足だったが、ゲトの前に立つと容赦なく殴り飛ばした。

ゲトは顔面を殴られ鼻血を出して後ろに吹き飛ぶ。

「「ゲト！」」

子供達はリーダー格のゲトがやられて声を上げた。

「お前らハンナを守れ！」

ゲトは血の出た鼻を押さえながら、子供達に声を掛ける。

「おう！」

子供達はゲトの言葉に従うと酔っぱらい二人の腰に掴みかかった。

「ああ？　ガキが邪魔なんだよ！」

酔っぱらい達は千鳥足でも大人である。

腰にしがみ付く子供達に膝を食らわせると投げ飛ばした。

「お、お前ら！　――ハンナ逃げろ、ここは俺がなんとかする！」

ゲトはまた、ハンナと酔っぱらいの間に立って庇おうとした。

「ゲト君、あとは私に任せて」

ハンナは突然の事で呆然と経緯を見守っていたが、子供達の勇気ある行動に我に返りゲトをどかすように前に出る。

「待て！　こいつら子供相手にも容赦ない大人だ。ハンナも危ないぞ！」

ゲトは止まらない鼻血を拭いながらハンナを止める。

「へへへっ。ガキ共はボコって路地裏に転がして、その嬢ちゃんは大金と一緒に交換だ」

酔っぱらいはクズな発言をすると、ゲトをまた殴ろうとする。

その時であった。

ハンナの足元の地面がせり上がる。

それは拳の形をした土の塊となり、そのまま伸びて酔っぱらいを襲う。

土の拳は大人二人の顔面を殴り飛ばして鼻血を出させ、一瞬で失神させるのであった。

「す、すげぇ……」

ゲトは今日何度言ったかわからない言葉を、改めて今日一番の驚きを以てつぶやく。

ハンナは土魔法で気を失っている酔っぱらい大人二人を身動きが取れないようにすると、今度は治癒魔法で、気を失っている子供二人とゲトを治療する。

「顔の痛みが、引いていく……」

ゲトが今度は癒される力に感動を覚えてつぶやく。

ハンナは三人の子供達が回復したのを確認すると、今度は、気を失っている酔っぱらい大人の二人に『状態異常回復』魔法を唱えて酔いを解き、血だらけの顔も治癒魔法で治療した。

「……これで大丈夫、だよね？」

ハンナは笑顔で振りかえると、ゲトに確認する。

「お前を攫おうとしていた大人は治療しなくても良かったんじゃないか？」

ゲトはハンナの人の良さに呆れて答える。

「リューお兄ちゃんだったら、『カタギ相手に本気になったら駄目だ。やっつけたら、あとはマッポに任せればいい』と言うと思う」

ハンナは自信満々に胸を張って決め台詞を言う。

「カタギ？　マッポ？　よくわからないけど、警備隊を呼ぶよ」

ゲトは二輪車の子供に警備隊を呼んでくるようにお願いすると、子供は急いで二輪車を飛ばし、その場から立ち去る。

「あ、ゲト君。私、迷子だから帰り道教えてもらっていい？」

ハンナはようやく自分が迷子である事をゲトに伝えるのであった。


「ハンナ！　探したのよ、どこにいたの」

裁縫通りの一角、ゲトの道案内でハンナはようやく元の道に戻ってきた。

そこに、母セシルが領兵と共に走り寄ってくるとハンナを抱きしめて言った。

「お母さんごめんなさい。落とし物を届けようとしたら迷子になっちゃったの。でも、このゲト君が道案内してくれたのよ」

ハンナはそう言うと、ゲトを母セシルに紹介する。

「そうなの？　ハンナが見つからないから、リュー達も呼びに行かせたのだけど、こんな小さい騎士が傍にいたのなら大丈夫だったわね。ありがとう、坊や」

母セシルはゲトを騎士に例えて褒めると、お礼を言う。

そこに、学校から直行してきたリューとリーンの馬車が駆け付けてきた。

「お母さん、ハンナは⁉　……って、無事だったみたいだね」

リューは母セシルの傍にハンナがいたので安堵の溜息を吐く。

「ゲト君、あれが私の自慢のリューお兄ちゃんだよ」

ハンナが現れたばかりのリューをゲトに紹介した。

「おお！　あの！」

ゲトはリューを見て、ハンナが自慢していた本物の『生リュー』に驚く。

リューは「……どの？」と応じるのだが、ハンナとゲトはそれに対して笑ってしまうのであった。

こうして、王都でのハンナのちょっとした冒険は幕を閉じた。

そして、ゲトと二人の子供はその後、王都でのハンナの親衛隊《ともだち》として名乗りを上げ、ハンナが王都に来る際は、道案内を買って出る事になるのであった。

あとがき

どうも、この作品の作者、西の果てのぺろ。です。

ついに「裏稼業転生」も三巻目となりました。

作者も感慨深いものがあります。

実は、作家にとって三巻の壁という話がありまして……、書籍化して三巻目を出すのが難しいとの事。

ですから、私もこの三巻が出せて少しホッとしています。

楽しみにして頂いたみなさん、お手に取って頂き本当にありがとうございます。

続きはお楽しみ頂けましたでしょうか？

作者としては一巻、二巻、そして、この三巻と段階を踏んでさらに面白くなってきていると思っているのですが、どうでした？

WEB版と違って感想が中々聞けないというのが、もどかしいところではありますが、作者もSNS上でエゴサーチをして読者様の感想を見つけてはチェックしております。

時にはキツイ内容に心痛める事もありますが、ほとんどは温かい感想の数々に作者も心癒されております。本当にありがとうございます。

この巻からようやく、リューの組織である竜星組が活躍していく事になります。

某組織の壊滅から某ギルドとの対決など面白さが格段に増す展開なっております。

お酒の回などはWEB版でも好評でしたので、お楽しみ頂けると幸いです。

あ、そうだ。書き下ろしSSの方もお楽しみ頂けたでしょうか？

みんな大好き妹ハンナのお話となっております。

王都のある通りでの小さい活躍を描いておりますので楽しんで頂けたら嬉しい限りです。

SSを書くにあたっては、これも毎回の事ではありますが、担当Y様のアドバイスに助けられて執筆できております。

改めまして、いつもありがとうございます。

そして、TOブックス編集部様、その他関係者各位、毎回素敵なイラストを描いてくれるriritto様、本当にありがとうございます。

いつも思うのは、いろんな方のお力添えがあって続刊が出来ているという事です。

そういう意味でみなさんには感謝しかございません。

そのお陰で四巻の続刊も決まっており、作者も鋭意執筆しておりますので続きを楽しみにして頂けると幸いです。

それでは次巻でまたお会いしましょう！

次回予告
全面抗争勃発!?
コミカライズ進行中!
Presented by
西の果てのぺろ。
Illust. riritto
URAKAGYOTENSEI
裏稼業転生
~元極道が家族の為に領地発展させますが何か?~
4

昨日のカタキ《友》は今日の敵!?
心優しき元極道少年の
義理と人情の
領地経営ファンタジー!
2024年
第4巻発売決定!

小説
第16巻
2024年 春
発売!
シリーズ累計
200万部
突破!
(紙+電子)
絶賛配信中!
帝国物語
餅月 望 ―― 著
Gilse ―― イラスト
式HPへ!

コミックス
第8巻
2024年 春
発売!
漫画：杜乃ミズ
各配信サイトにて
TVアニメ
ティアムーン
断頭台から始まる、
姫の転生逆転ストーリー
詳しくは公

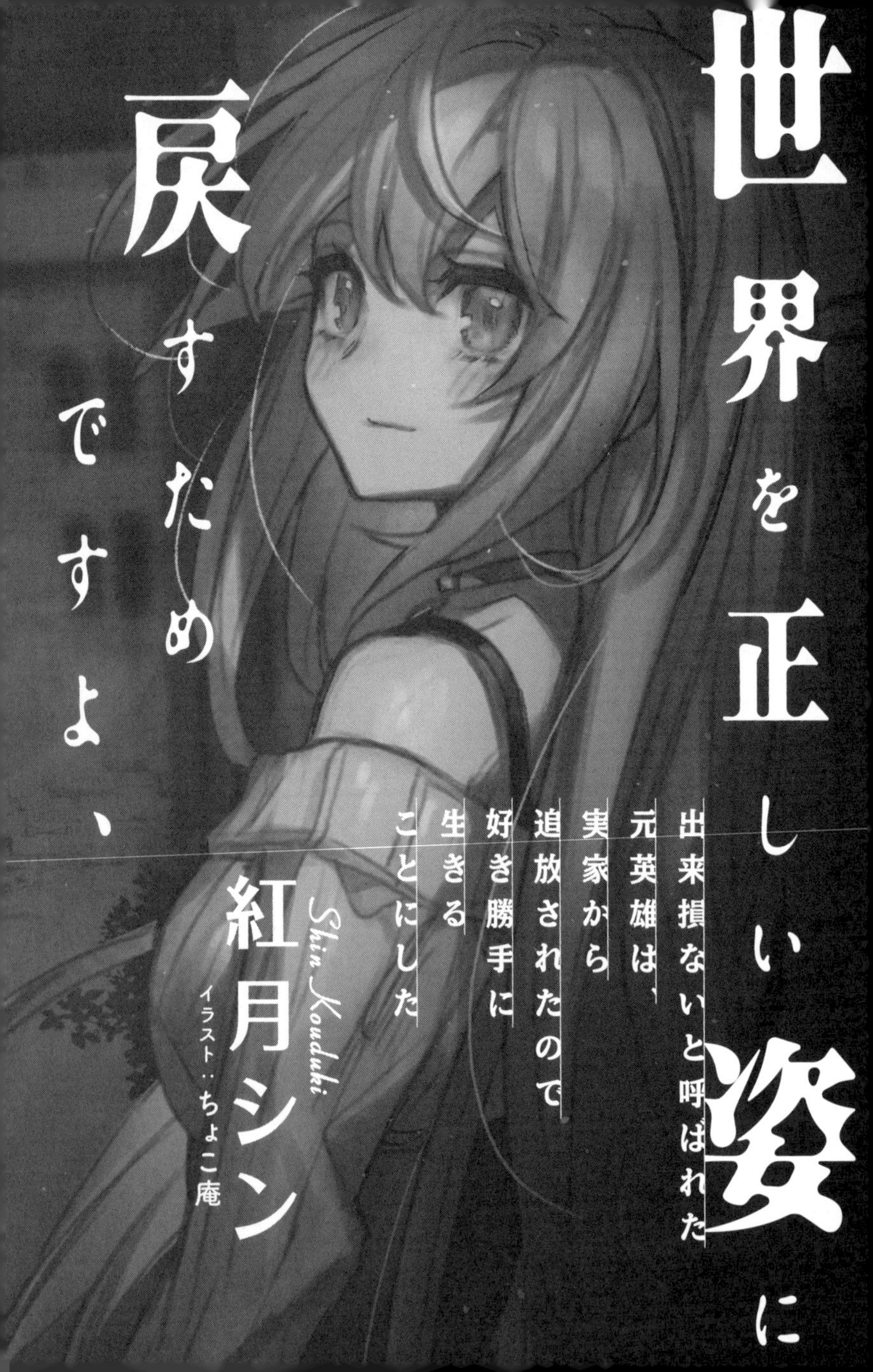
世界を正しい姿に
戻すためですよ、
出来損ないと呼ばれた
元英雄は、
実家から
追放されたので
好き勝手に
生きる
ことにした
Shin Kouduki
紅月シン
イラスト：ちよこ庵

アレン君。
新教皇に仕える
聖女リーズの思惑とは――
望まぬヒロイック・サーガ
第7巻!
Next Story 2024年春発売!

コロナEXにて
絶賛配信中!!
こちら!▶

漫画：秋咲りお
原作：三木なずな
キャラクター原案：かぼちゃ
没落予定の貴族だけど、
暇だったから魔法を極めてみた
@comic
CORONA EX
コロナEX
TObooks
詳しくは

リーズ累計120万部突破!（紙＋電子）

TO JUNIOR-BUNKO

※第4巻書影

イラスト：kaworu

TOジュニア文庫第5巻
2024年発売!

NOVELS

※第25巻書影

イラスト：珠梨やすゆき

原作小説第26巻
2024年発売予定!

COMICS

※第10巻書影

漫画：飯田せりこ

コミックス第11巻
2024年春発売予定!

SPIN-OFF

漫画：桐井

スピンオフ漫画第1巻
「おかしな転生～リコリス・ダイアリー～」
好評発売中!

著：皇雪火
イラスト：夜ノみつき
コミカライズ決定！
狩りますか！
ハート《810》ダンジョンで
レアモンスター探索！
Level gacha
レベルガチャ2
～ハズレステータス『運』が結局一番重要だった件～

デートのついでに
ダンジョンデートって何!?
2024年春
第2巻発売予定!!
力を得た不屈の男がダンジョンに隠された秘密を暴いていく物語

TOブックス
コミカライズ
連載最新話が
読める!
月額400円(税込)で
全作品が読み放題!

裏稼業転生３
～元極道が家族の為に領地発展させますが何か？～

2024年1月1日　第1刷発行

著　者　西の果てのぺろ。

発行者　本田武市

発行所　TOブックス
〒150-0002
東京都渋谷区渋谷三丁目1番1号　PMO渋谷Ⅱ　11階
TEL 0120-933-772（営業フリーダイヤル）
FAX 050-3156-0508

印刷・製本　中央精版印刷株式会社

ISBN978-4-86794-035-8